漫時光

蓮花樓

冊四

完結篇

藤萍　作

高寶書版集團

目錄

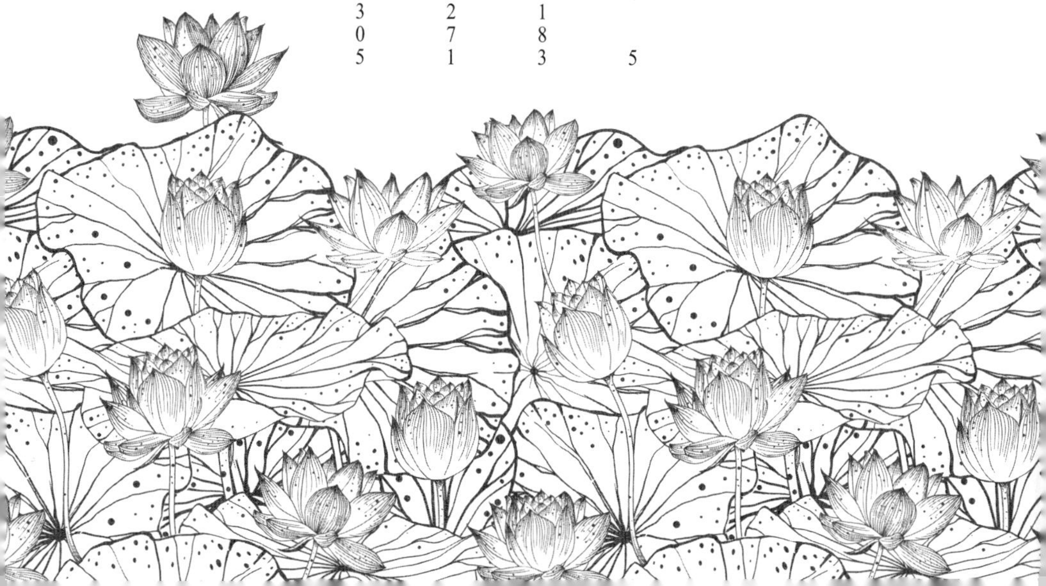

第十五章

紙生極樂塔

一 第一張紙

「後來呢？」

燭火搖曳，吉祥紋蓮花樓中響起桌椅搖晃的聲音，有人咬牙切齒道：「你不要說封磬被豬妖附身，突然拿塊磚頭把自己砸昏，然後你就撿了這柄劍回來。」

另一人正襟危坐：「你真聰明……」

「死蓮花！你不要欺人太甚！快說！角陽村那件事是怎麼回事？」來人勃然大怒，「喀嚓」一聲，木器倒地碎裂。

吉祥紋蓮花樓內，那個一向什麼也不擺、連喝酒都得把酒杯從桌子底下摸出來的木桌上，現在放著塊比黃金還燦爛的軟緞，軟緞上墊著個繡有雜色四季花樣的軟墊，軟墊上放著個黑檀木嵌紫金絲鏤花座，弄得像是供奉祖先的牌位，然而，這檀木座上卻恭恭敬敬地放著一柄劍。

玄鐵色透著青碧，一股井壁似的清冷光潤，正是「相夷太劍」李相夷李大俠李謫仙李門主曾經的那柄愛劍——少師劍。

「我說我施展一招驚世駭俗、驚才絕豔、舉世無雙、空前絕後的劍招打敗封磬，白千里對我敬佩得五體投地，雙手奉上此劍，你也不信；我說封磬大澈大悟，後悔得生不如死，決定自殺，雙手將此劍奉上，你也不信；我說封磬看我是用劍奇才突然欣賞我的根骨，親自將此劍送我，你也不信……那麼……」李蓮花摸著下巴，看著那柄被方多病搞得像是祖先牌位的劍，喃喃道，「那就封磬……那個……有隱疾在身，動手之前突然暴斃身亡……你看如何？」他用一種欣然且期待的眼神看著方多病。

方多病覺得自己像是被餵了一肚子大便的老鼠，這世上有人扯謊還欣然期待旁人同意他扯得合情合理嗎？「死──蓮──花！」他拍案而起，「總而言之，你就是不肯說了？沒關係！這件事老子和你沒完！你不說，我總會找到白千里，白千里總會說！何況那天在場的萬聖道上下總計六十四人，你當真以為紙能包得住火？」

李蓮花卻道：「說得也是。」

「你就滿口胡扯吧，總有一天老子會搞清楚這柄劍你是怎麼得來的！到時候老子和你算總帳！死蓮花！李小花！李王八……」方多病被他氣得跳腳。

方多病的咒罵對李蓮花而言如過耳清風，只見他從懷裡摸出個東西，輕輕放在桌上：「比起少師劍，我現在更好奇的是這個東西。」

「這是什麼？」方多病的注意力立刻被桌上的東西吸引。

李蓮花道：「這是王八十從封小七衣兜裡摸出來的字條，我猜也許不是封小七的，說不定是清涼雨的。」

方多病詫異：「清涼雨的？這有什麼用？」

李蓮花正色道：「這是個很有趣的東西，你不覺得嗎？」

李蓮花放在桌上的並不是一張字條，而是一個紙糊的方塊，方塊上畫著線條，似乎是將那方塊切去了一角。

方多病瞪眼：「這是字條？字在哪裡？」

李蓮花敲了敲桌面：「字在它肚子裡。」

方多病皺眉：「這是什麼玩意兒？有什麼用？」

「不知道。」李蓮花搖頭，若有所思地看著那個方塊，「這本是張十字形的字條，上面寫了些字：『四其中也，或上一下一，或上一下四，或上二下二等，擇其一也。』」

「『四其中也，或上一下一，或上一下四，或上二下二等，擇其一也』？」方多病的眉頭打結，「那又是什麼玩意兒？」

李蓮花在桌上畫了幾個方框，「把那張白紙的中間算成四份，上下就只剩下兩份，符合這句話的本意。意思是，這是一個東西，這東西中間四份，上下兩份，或者中間四份，在中間四份的第一份上面又有一份，在中間四份的第四份下面又有一份，也可以……能符合這個意思的『東西』就是方塊。這張十字形的白紙，將一份一份的白紙摺起來，能摺成一個方塊。」他一攤手，「或許還有其他形狀的白紙，也能糊成一模一樣的方塊。」

方多病古怪地瞪著那紙糊的方塊：「就算你能用白紙使出一萬種方法糊成這樣的方塊，又有什麼用？」

李蓮花縮了縮脖子，「我不知道，所以說，這是個很有趣的東西。」他縮完脖子後又很愜意地歪了歪脖子，舒舒服服地坐在椅子上，「這東西揣在封小七懷裡，那時候封小七剛剛盜取了少師劍，要幫清涼雨去救一個人。封小七和清涼雨在救人的路上被封磬所殺，少師劍被奪，顯然那個人沒有得救。我猜這個方塊，和清涼雨要救的人有關。」他正色道，「能讓清涼雨甘冒奇險潛入萬聖道三個月之久，意圖盜取少師劍相救的人，想必很有趣。」

方多病沉吟：「莫非這東西就是救人的關鍵？地點什麼的？或者是什麼機關破解的方法？」

李蓮花趕緊道：「你真是聰明……」

方多病斜眼看他：「莫非你又想出什麼門道沒有告訴我？」

李蓮花又趕緊搖頭：「不不，這次我和你想的一模一樣。」

方多病嗤之以鼻，全然不信：「難道你想替清涼雨去救人？」

李蓮花瞧了那被供成牌位的少師劍一眼，微微一笑：「少師劍不是利器，若是世上有什麼東西非要少師劍才能斬得開，說明關鍵不在劍，而在於用劍之人。」

方多病大吃一驚：「用劍之人？你說李相夷？李相夷已經死十二年了，就算清涼雨盜了這劍也萬萬來不及。」

李蓮花正色道：「你說的也是實話……不過，我說關鍵在人，並不是說關鍵在李相夷。」

方多病瞪眼：「那關鍵是誰？」

李蓮花點頭：「少師劍剛韌無雙，唯有劍上勁道剛猛異常，尋常長劍承受不住的劍招，才非要少師劍不可。」

方多病繼續瞪著那柄名劍：「清涼雨冒死偷這柄劍，難道是要送去給一個拿劍當狼牙棒使喚的瘋子？」

李蓮花咳嗽一聲：「這有許多可能，也許有人要求他拿少師劍換某個人的性命；或許他以為這柄劍可以砸開什麼機關；或許這柄劍的材質有什麼妙不可言之處，說不定將之碾碎了吃下去可以救命……」

方多病忍不住打斷他，怪叫一聲：「吃下去？」

李蓮花又正色道：「或者這柄劍是什麼武林前輩留在人間的信物，可以換取一個願望什麼的……」

方多病古怪地看著他，李蓮花不以為忤，從容而坐，半晌方多病喃喃道，「老子瘋了才坐在這裡聽你胡扯，老子的老子逼著老子讀書考功名，老子的老子的老子逼著老子娶公主，老子狗屁事情一大堆，瘋了才跑來這裡……」他重重一拍桌子，「你要玩方塊自己去玩吧，角陽村的事不說就算了！少師劍的事不說也算了！你不必坐在這裡費心扯謊給老子聽，老子走了！」

李蓮花道：「這個……」他本想說當朝皇帝只有一個太子，膝下再無子女，莫非近來又生了公主？若是如此，那公主只怕年紀太幼，此事萬萬不可。

他話還沒說完，方多病倒是很瀟灑，當真拍拍袖子，施施然從窗戶走了。

李蓮花望著他瀟灑的背影，嘆了口氣，喃喃道：「我當真的時候，你又不信；我胡扯的時候，你倒是聽得津津有味……」他站起身，本是想把那柄劍從牌位上拿下來，轉念又想，取下來也不知該放在哪裡，嘆了口氣後，終於還是留在那牌位上。

許多年過去，也許少師劍的宿命，就是留在芸芸眾生為它立的牌位上，任人憑弔罷了。

持劍的人，畢竟在很多年前，就已經死了。

方多病大怒而去，他自是半點也不想去做駙馬，一出了蓮花樓就飛也似的改道前往嵩山少林寺。不想他老子比他聰明許多，一早猜中這逆子勢必往和尚窩裡躲，說不定還會以出家相要脅，便派人在嵩山腳下一把將他逮住，即刻送入宮中。

方而優貴為當朝太子少傅，方多病的老子方則仕官拜戶部尚書，皇上近來新認了兵部尚書王義釧的女兒做昭翎公主，又有意將昭翎公主許配給他，這天降御賜的好事誰敢耽誤？於是八百里快馬加鞭，方多病被家中侍衛點了全身二十八處穴道，連趕兩日兩夜的路，火速送入景德殿。

方多病從沒見過王義釧，雖然他老子在朝當官，但方則仕住在京城，方多病一直住在方家，十六歲後浪跡江湖，連家都很少回，他和他老子不大熟，更不用說兵部尚書。王義釧生得什麼模樣他不知道，王義釧的女兒生得什麼模樣他自然更不知道。突然要和這樣一位公主成婚，萬一這公主芳齡三十，身高八尺，腰如巨桶，縱然是貌若天仙，他也消受不起。於是打從進宮那一刻，他就打定主意要開溜。

景德殿，是專門給皇帝諭旨待見，卻一時無暇召見的官員暫住的地方，與宮城尚有一牆之隔。住在這裡的人都是皇上點名要見的，只是不知道什麼時候見，所以彼此之間客客氣氣，不熟的裝熟，熟的自然更熟到人我難分、人我莫辨的境地。

方多病全身被點了二十八處穴道，一身武功半點施展不出來，在景德殿這個人來人往的地方，方則仕也不好再讓侍衛跟著他，簡略交代幾句就離開了，言下之意自是要他乖乖聽話，皇城重地，不得胡鬧，否則為父將會嚴懲云云。方多病裝乖了半日，但見時辰已至深夜，如何還按捺得住？當下悄悄翻出窗戶，摸入後院去也。

這裡與皇帝和公主居所尚離得很遠，他若能從這裡出去，說不定能在方則仕發現之前逃離京城，而他逃走後，他老子是否會被皇帝降罪，他自是半點懶得想。

二更時分，景德殿這等微妙之處，人人行事謹慎，戰戰兢兢，從來無人敢在半夜翻窗而出。方多病武功雖然受制，身手依然輕盈，自殿中出去，一路無聲無息。月色清明，映照得庭院中影影綽綽，他屏住呼吸，正尋思後門究竟在何處，「咿呀」一聲輕響，不遠處木橋上傳來細微的聲響，方多病往地上一伏，趴在花叢之中，無聲無息地向木橋望去。

一個看不清什麼顏色的身影正從橋上走過，庭院木橋的花廊上爬滿了藤蘿，裡面光線暗淡，他只依稀看出其中有個人，卻看不出是什麼樣的人，說不定是景德殿巡夜的侍衛。方多病耐心地屏住呼吸，紋絲不動地伏在花叢中，似乎已和花木融為一體。

「咿呀……咿呀……咿呀……」木橋上微乎其微的聲響悠悠傳來，那「侍衛」走了半天卻始終沒從橋上下來。方多病等了許久，終於覺得奇怪，凝神靜聽，那木橋上似乎並無呼吸之聲。他慢慢鑽出花叢，有股莫名的氣氛讓他覺得應當去木橋上看上一眼。庭院中花木茂盛，夜風沁涼……他突然覺得有些太涼了。

方多病瞪大眼睛看著木橋，木橋上並沒有人。

花廊中懸了一條繩索，繩索上有個圈，圈裡掛著件衣裳。

風吹花廊，衣裳在風中輕輕搖晃，繩索拉動花廊上的木頭，發出「咿呀咿呀」的聲音。

這是什麼玩意兒？方多病眨了眨眼，又眨了眨眼，衣服還在，他認出那是女人的裙子。

就在這時，不遠處傳來腳步聲——巡夜的來了。他飛快看了幾眼那繩索和衣服，衣服下方的橋面上掉了一個眼熟的東西。他突然生出個大膽的主意，他一把扯下那繩索，連繩索帶衣服一起揉成團揣入懷裡，再拾起木橋上的東西，往一側草叢中一跳一滾，再次暗伏不動。

巡夜的侍衛很快經過木橋，並未發現那橋上的古怪。

方多病心頭怦怦狂跳：老子膽子不大，還是第一次幹這等傷天害……啊，呸！這等褻瀆先靈的事，但這事絕對不簡單，絕對不簡單……

他抄起衣裙的那一刻就知道這是件輕容，極輕，所以很貴，能拉動繩索搖晃，證明衣服裡還有東西。而另一件他揣在懷裡的東西才是真正讓他心驚膽顫的原由——那是一張紙條。

一張十字形的紙條，還留著很深的褶痕——這本該是一個方塊，只是未曾用糨糊黏貼好，又被夜風吹亂了。

這裡離角陽村有百里之遙，離死蓮花現在住的阿泰鎮也有五六十里地，這可是皇城啊！怎麼會有這個東西？

是誰在木橋上掛了根吊頸的繩子？又是誰在上面掛了件衣服？方多病手心漸漸出汗，不管這鬧事的是人是鬼，顯然對方的初衷不是要給方多病看的。

此事必然是做給景德殿裡的某個人或者某些人看的。方多病在庭院裡伏了一個時辰，終於做出決定。

第二天天亮。

一聲呵欠後，方多病在景德殿為各路官員準備的木床上醒來。這床又小又窄，且硬得要命，和方氏家裡的不能比也就算了，居然比李蓮花那樓裡的客床還硬，真是豈有此理。洗漱之後，他數了數，住在景德殿內的官員共有五人，表面上看來無人身懷武功。方多病在眾人臉上瞟來瞟去，人人神色如常，似乎沒有人發現他昨夜摸了出去。

「方公子。」前來搭話的是位自西南來的遠官，做官的名堂太長，方多病記不住，只知這位生著兩撇小鬍子的大人姓魯，於是咧嘴一笑：「魯大人。」

魯大人面色猶豫：「我有一樣東西，不知為何怎麼也找不到，不知方公子可有看見？」

方多病剛剛起床，連口粥都沒喝，聽了這話，心裡「咯噔」一聲，假笑道：「不知魯大人何物不見了？」

這位西南來的魯大人姓魯名方，年不過四旬，聞言皺了皺眉頭，露出三分尷尬：「這個……」

「是魯大人從家裡帶來的一個盒子。」身旁另一位姓李的幫他說話，這姓李的也來自西南，卻是一口京城腔調，「昨日我還看見盒子在魯大人桌上，今日不知為何就不見了。」

方多病也皺起眉頭，「盒子？」他頓時風流倜儻地微笑，「不知魯大人丟失的是什麼樣的盒子？若是魯大人偏愛某一種盒子，我可請人為魯大人購回幾個。」

「萬萬不可。」魯方大吃一驚。

方氏有錢有勢，他自是知道的，方多病即將成為皇上的乘龍快婿，他也知道，猶疑了一陣，終於窘迫地道：「那盒子裡放著我託京城故友為我家夫人買的一件衣裙，我夫人隨我清貧半生，未曾見得輕容……結果昨夜那衣裙卻不見了。」

方多病大吃一驚，他明知魯方有古怪，卻不知那件衣服竟然是他的。那件吊在繩子上的衣服如果是他的，難道那吊頸繩原本也是要套到他脖子上？這未免怪哉！魯方不會武功，又是遠道而來，按理決計不會認識清涼雨，為何他身上卻帶了一張和封小七身上一模一樣的字條？封小七的字條肯定是從清涼雨那裡來的，清涼雨卻又是從哪裡得來的？

莫非——他是從魯方這裡拿走的？

那又是誰故意偷走魯方的衣服，又故意把那些東西掛在花園木橋上？

「方公子看起來很吃驚。」身邊那位和李蓮花一般姓李的官員慢條斯理地道，「在這地方遇到竊賊，我也很是吃驚。」

「不錯，這裡是皇城重地，怎會有竊賊？」方多病看了此人一眼，只見他尖嘴猴腮，膚色慘白，神態卻很從容，生得雖醜，看著倒不是特別討厭。

「不不不，並非竊賊，多半是我自己遺落、自己遺落……」魯方連忙澄清，「此地怎會有竊賊？絕不可能。」

方多病和那姓李的連連點頭，隨聲附和，此事也就不了了之。

二　第二張紙

魯方「遺落」的那件衣裙如今就捲在方多病的被子裡，輕容輕薄至極，宛如無物，捲在被中半點看不出來。至於衣裳裡揣著何物，昨夜回來太晚，他又不敢點燈，索性與紙條一起往櫃中一丟，諒誰也不會斗膽來開他的櫃子。

今日和各位大人寒暄過後，方多病回到屋中，點亮油燈，把那衣裳以外的東西從櫃子裡拿出來。

輕容乃是罩衫，一般沒有衣兜，這件自然也沒有，所以那東西並非放在衣兜裡，而是掛在衣角上。

那是一枝翡翠簪子。

簪子圓潤柔滑，雕作孔雀尾羽之形，華麗燦爛，紋路精細異常。方多病看這簪子看得呆了，倒不是驚嘆這東西價值連城，而是這並非女簪，卻是枝男人用的簪子。

縱然方氏富甲一方，他也從未見過如此華麗的髮簪，即便是他的大姨小姨只怕也沒有像這樣的東西，一等一的選料，一等一的手藝，都是可遇而不可求的。

輕容上只掛著一枝簪子，別無他物，正如魯方所說，這是件嶄新的衣裳，不似有人穿過。方多病拎起那條掛在花廊上的繩子，看來是用撕開的碎布三股擰成一股編成的，編得還有模有樣。昨日他被點了二十八處穴道，過了一日，氣血已通，當下抓住繩子略一用力，不想這繩子竟承受得住，只怕要用這條繩子勒死或吊死一個人綽綽有餘，卻為何用來吊一件衣裳？要吊一件輕容，三兩根頭髮足矣，何必辛辛苦苦地搓繩子？

古怪、古怪……

方多病將簪子和繩子丟進櫃子裡，又把那張字條摸出來端詳。

這字條他昨日已經看過，上面也確實寫著幾個字，卻不是什麼上一下一、上二下二，而是寫著「九重」兩個字，然後就沒了。方多病拿著字條按著上面的摺痕疊了幾下，果然可以輕鬆拼成一個方塊，方塊上也畫著幾根線條，位置和李蓮花那個差不多，不知所謂。

風吹燭火，影子一陣搖晃。方多病收起字條，窗外迴廊懸著幾個燈籠，風中飄動，紅光很是暗淡，他揉了揉鼻子，長夜漫漫，獨坐無聊，還是翻本書出來看看。他方大少雖然不拘小節，卻是文武雙全、滿腹經綸，絕不是單會舞刀弄槍而已。

這屋裡有個書櫃，他慢吞吞地走過去，抬起頭看了幾眼，只見書架上放著數十本書，大多是《詩經》、《論語》之類。在一排書籍後面，隱隱約約橫擺著什麼東西。他探手到書籍後面，把藏在那裡的東西拽出來，抖了抖。

燈下略微飄了陣灰塵，這東西顯然放了一段時間，方多病嫌棄地將之拎遠一點，揮了揮，等灰塵散盡後才仔細一看，這也是本書。

不過，卻是本裝訂好的冊子，並非真的書籍。方多病將油燈拿過來，這冊子上既無什麼春宮淫畫，也不是什麼武功祕笈，真是令人失望。許多頁都是空白的，一個字也沒有，任憑煙熏火烤皆沒有浮現什麼字，只在開頭那頁寫了「極樂塔」三個大字，第二頁則畫了些依稀是蓮花、珠子、貝殼之類的東西，筆法差勁至極，比之他的神來之筆自是遠遠不如，比之李蓮花的鬼畫符也尚差三分。除了蓮花貝殼之外，第三頁還畫了六隻奇形怪狀的鳥。此外空空如也，一個字也沒有。

方多病把那冊子翻看了三五遍，實在沒啥可看，便隨手往旁邊一丟，人往床上一躺，眼睛還沒閉上，忽見梁上影子一晃，有人自屋頂飄然而去。方多病霍地翻身而起，驚訝不已。他在屋裡翻看東西，居然有人能在這個時候、這種地方伏在屋頂上窺視，而且他竟沒聽到半點動靜——這世上當真有此能人？

那人是誰，他看到了什麼？這人就是偷魯方老婆衣服又故意掛在木橋上的人嗎？如果這人有如此武功，為何要做這等無聊事？方多病愣了一下，忍不住全身起了寒意，這人知道衣服在他這裡，若是明天傳揚出去，他要如何跟魯方解釋？

過了一會兒，他縱身而起，上了屋梁，屋梁上滿是灰塵，沒有人落腳的痕跡，再抬頭望去，上頭有個天窗。他悄悄從天窗鑽出去，伏在自己的屋頂上，凝目向下望去。

屋裡燈火明亮，自己沒有防備，來人若是不怕被巡邏的侍衛發現，躲在此處偷窺也未嘗不可，但是——方多病發現天窗之下有數根屋梁擋住視線，屋裡雖然明亮，卻不容易看清底下的狀況。轉頭再看屋頂，屋頂上久經風吹日晒，塵土部分已積成泥土，能看得出隱約擦過的痕跡，卻看不出腳印。方多病輕輕一個翻身，落入天窗中，十指攀住窗沿，一目掃去，心裡微微一沉——他剛才在屋頂上伏過，留下的痕跡比屋頂上原先的深多了。

莫非方才屋頂上那人真能身輕如燕？方多病鬆開手指，自天窗躍下，越想越是糊塗，轉過身來，呆呆地在桌邊坐下。燭影繼續搖晃，隨即輕輕爆了一個燭花，方多病為自己倒了杯茶，突然一怔——方才自己的影子是在左手邊，現在影子卻跑到右手邊了。

油燈——從右邊換到了左邊。誰動了油燈？

他往左邊看去，身上的冷汗還沒乾，突然覺得更冷了——那本冊子不見了。

那本鬼畫符一樣的冊子，原先被他扔在另一張太師椅上，此時卻不見了。

他驀地起身，僵硬地站在屋內，遊目四顧，將屋裡每樣東西都看了一遍——床榻上整整齊齊，書櫃上的書和方才一樣亂七八糟，他帶來的幾件衣裳依舊橫七豎八地丟在打開的箱中，一切似乎都和原先一模一樣。

只是一本冊子不見了。

方多病一身武功，在江湖上闖蕩過不知多少稀奇古怪的場子，死裡逃生過三五回，從來沒有一次讓他冒出這麼多冷汗。

沒有屍體。

只是不合理。

這裡是景德殿。

被盜的女裙，吊頸的繩索，偷窺的人影，消失的小冊子……

彷彿在景德殿中，皇城內外，飄蕩著一個難以阻擋的影子，那影子正一步一步做著陰森可怖、充滿惡意的事，如果讓「他」完成了，必定會造成可怕的後果……

但誰也不知道「他」是誰。

誰也不知道「他」正在圖謀什麼。

方多病轉過身來打開櫃子，櫃子裡的髮簪和繩索還在，不知是因為「他」伏在天窗上看不清楚東西在哪裡，還是「他」故意將東西留下，反正那本冊子不見了，玉簪和繩子還在。

床上維持原狀，顯然女裙還在裡面。

那本小冊子不知是什麼東西，但在「他」心中，一定比方多病昨天晚上撿到的東西重要得多。

方多病重重坐下，咬牙切齒，老子在這裡撞鬼，死蓮花不知在哪裡風流快活，等老子從這裡脫身，定要放火將蓮花樓燒了，看死蓮花如何將它修好！

夜風颯颯，魯方坐在屋裡對著空蕩蕩的桌子發呆。

那件衣服其實是他要給小妾的，不過這對魯大人來說沒有太大區別，他做官膽小，不敢貪贓枉法，一件輕容等價黃金，他根本買不起。但為何會有人知道他有那件衣服，又無聲無息地從他這裡偷去，他真是死活想不透。

何況是到景德殿這種地方來偷，這難道只是巧合？

那件衣服的來歷……魯方心中兀自發毛，惴惴不安，突然聽到窗外有窸窣之聲。他向外一看，驀地瞪大眼睛，口角瑟瑟發抖，全身僵直，差點昏厥過去——

窗外的花園中，有一團東西在爬。

那東西穿著衣服，是個人形，有些許毛髮，姿態古怪地在地上扭動，彷彿全身扁平地在地上磨蹭，肩頭四肢卻又時不時向四面八方蠕動，與其前行的方向不一致。「咯咯……」魯方喉頭發出古怪的聲音，驚恐過度，腦袋混亂，全然不知自己該幹什麼，想哭又想笑，「哈哈……」

那團人形的東西驀地轉過頭，魯方只見陰暗的花叢中一雙眼睛發出光亮，那萬萬不是人的眼睛，而那個「頭」的頸側還有個碩大的肉團不住扭動，模樣既可怖又噁心。

「哈哈哈哈……」魯方指著那東西頓時狂笑起來，「哈哈哈哈哈……」

那團古怪東西穿著的是件女裙，嶄新的女裙上沾滿了泥巴和枯枝碎葉。

他見過那裙子！他見過那裙子！

他知道是誰偷走他的輕容了！是鬼是鬼！是那個死在極樂塔中的女鬼！

「哈哈哈哈……」魯方笑得往地上一坐，既然女鬼來索命，那李菲還逃得了嗎？

「哈哈哈哈哈哈……」魯方在屋裡狂笑不止，聲傳四野，很快侍衛婢女便匆匆趕來，只見魯大人坐在地上，笑得涕淚齊流，口吐涎水，不由大驚，齊聲驚叫：「魯大人！」與魯方交好的李菲李大人也匆匆趕到，方多病道路不熟，繞了幾條冤枉路才找到魯方的屋子，頓時與旁人一起目瞪口呆地看著魯方發瘋。

魯方真的瘋了。

這讀書人發瘋也發得別具一格，這位魯大人咯咯直笑，笑到全身脫力，便不說話了。方多病張口結舌，莫名其妙，斜眼瞟見李菲那張本就白皙的猴臉變得越發慘白。大夫趕到後，眾人將魯方扶到床上，經過一番診治，將魯方自咯咯直笑醫到笑面無聲，卻始終不解這人好端端的怎會突然發瘋。

方多病轉頭向窗外張望，他直覺認為：魯方多半是看到了什麼。

他沒看到是什麼東西上了他的屋頂，盜走那本冊子，魯方或許看到了，然後他就瘋了。莫非老子沒瞧到也是件好事？方多病悻悻然，那究竟是什麼東西？

魯方發瘋的事隔日便傳得沸沸揚揚，景德殿中氣氛本就微妙，此時更是人人自危，不知魯方是否中邪，萬一那「邪」仍在殿裡轉來轉去，等天一黑撞上自己，豈非晦氣至極？一時間殿內燒香拜佛的風氣大盛，有些人拜救苦救難觀世音菩薩，有些人拜阿彌陀佛如來佛祖，還有些人拜舍利弗、摩訶目犍連、摩訶迦葉如是等諸大弟子，端的是博學廣識、精通佛法。

方多病端端正正地在屋裡掛了張少林寺法空方丈的畫像，一本正經地為他燒了三炷清香，心中卻想那死蓮花不知何處去了，早知老子會在這裡撞鬼，當初就該留在那烏龜殼裡喝酒喝到死蓮花傾家蕩產才是，怎可輕易就走了？失策，大大失策。

「內務府已請了最好的法師，不久就會到景德殿做法事，還請諸位不必緊張。」景德殿也歸宮中內務府管理，不過這裡的食宿十分簡單，看不到皇宮大內奢華之風，每日都是清粥小菜，也花不了幾個錢。

「法師？」方多病心中一樂，找不到人的痕跡，弄個法師來做做法事也是不錯，萬一……萬一真是那玩意兒呢？

「不錯，是最近在太子跟前大紅大紫的法師，尊號『六一法師』，據說能知過去未來，呼風喚雨，在太子那裡抓到好幾隻小鬼呢！」主管景德殿的是內務府一位姓王的二等太監，叫做王阿寶，平時很少來，十天半個月不露臉，聽說他在宮內也忙得很。今日王公公親自前來，就是為了宣布六一法師的事，安撫人心。

哦——能呼風喚雨、抓小鬼的法師。方多病興致盎然：「那法師什麼時候來？」

「午後就到。」

李菲坐在一旁沉默不語，另三位大人和方多病從未說過話，自也是坐在一旁一言不發。方多病心情一好，對著李菲身邊一人微笑道：「這位大人看起來很眼熟，不知……」

那位大人知情識趣，即刻自報家門：「下官趙尺，忝為淮州知州。」

方多病雖然不是官，卻人人皆知他即將成為皇上的女婿，自是非自稱「下官」不可。

方多病「哦」了一聲，是個大官，接著瞟向另一人：「這位大人看起來也很眼熟……」

另一人與趙尺一般識趣，忙道：「下官尚興行，忝為大理寺中行走。」

方多病一怔，那就是個小小官。

第三人不等他說眼熟，自己道：「下官劉可和，工部監造。」

方多病奇道：「幾位是一起被皇上召見？」

四人面面相覷，李菲輕咳一聲：「不錯。」

方多病越發奇了，皇上召見這幾位風馬牛不相及、官位大小不等的官員進京幹什麼？見他一臉驚奇，那位知情識趣的趙大人便道：「皇上英明睿智，千里傳旨，必有深意，只是我等才疏學淺，一時體會不出而已，待見得天顏，自然便明白了。」

方多病聽得張口結舌，心中破口大罵這趙尺老奸巨猾，這四人分明知道皇上召見是為了什麼，卻偏偏不說。當今皇上倒也不是昏君，要見這四個做官做到四面八方、五官相貌無一不醜的大人，還將人一起安排在景德殿，必是有要緊的事，說不定皇上想知道的，與那神出鬼沒、嚇瘋魯方的東西有關？他突然打了個冷顫，要是真的有關，他老子和皇上等等一干人，豈非相當危險？

時間在各位大人不著邊際的寒暄中過去，吃了一頓不知其味的清粥小菜，忽聽門外一聲傳話：「六一法師到——」

屋內五人紛紛抬起頭，方多病筷子一拍，目光炯炯地盯著門口，暗忖這六一法師究竟是與茅山道士同宗，還是與法空和尚合流……

接著那六一法師出現在門口。

三　六一法師

方多病看到六一法師先是一怔，隨後張口結舌，露出了極可笑的表情。

那六一法師溫文爾雅地對著他微笑，此人皮膚白皙卻略略有些發黃，眉目文雅清秀，不胖不瘦、不高不矮，身著一件灰衣，打了幾個補丁，不是李蓮花是誰？

「久仰久仰，法師請坐。」趙尺彷彿對六一法師非常信服，立刻端端正正站了起來，大家也隨之起身。

李蓮花對他點了點頭，一副法力高深的模樣：「聽說魯大人中了邪？」

趙尺忙道：「正是。魯大人昨夜在房中靜坐，不知何故突然中邪瘋癲，至今未醒。」

李蓮花揮了揮衣袖，對看著他的幾人頷首致意：「魯大人身在何處？還請帶路。」

李菲頓時站了起來，他的目光不住地在李蓮花身上打轉：「法師這邊請。」

方多病愣在一旁，眼睜睜看著李蓮花跟在李菲身後，往魯方的房間走去，半眼也沒多瞧自己，悻悻然想：他連太子也敢騙？

過不多時，李蓮花和李菲又從魯方房中回來。方多病涼涼地看著，看李菲那表情，就知道法師雖然神力無邊，偏偏就是沒把魯方治好。

李蓮花走回廳堂，一本正經道：「此地被千年狐精看中，即將在此築巢，若不做法事將那千年狐精驅走，只怕各位近期之內都會受狐精侵擾，輕者如魯大人一般神志不清，重者將有血光之災。」

李菲一張白臉，慘然地聽著，一言不發。趙尺卻道：「既然如此，還請法師快快做法事，將那千年狐精趕出去，以保眾人平安。」

李蓮花表示，他將於今夜子時在此做法事擒拿狐精，除留一人相助外，其餘眾人皆需離開景德殿，法壇尚需上好佳釀一罈、四葷四素貢品、水果若干、桃木劍一枝、符紙若干張，以便做法事。

他這些要求在來之前便已提過，王公公早已將東西準備齊全。

李蓮花微笑問道：「今夜有誰願留下與我一同做法事？」

方多病甕聲甕氣地道：「我。」

李蓮花恭恭敬敬地對他行了一禮：「原來是駙馬爺，今夜或許危險……」

方多病兩眼翻天：「本駙馬從來不懼怕危險，一貫為人馬前之卒，出生入死、赴湯蹈火、螳臂當車、一夫當關，在所不惜。」

李蓮花欣然道：「駙馬原來經過許多歷練，我看你龍氣盤身、天庭飽滿、紫氣高耀、瑞氣千條，狐精自是不能近身。」

方多病陰陽怪氣地道：「正是正是，本駙馬瑞氣千條，狐精野鬼之流、千變萬化之輩，近了身都是要魂飛魄散的。」

李蓮花連連點頭：「原來駙馬對精怪之道也頗精通。」

眾人久經官場，眼看方多病滿臉冷笑，便知新科駙馬對六一法師頗有微詞，一個是皇上眼裡的駙馬，一個是太子跟前的紅人，自是人人盡快託詞離去，不到片刻，走得乾乾淨淨。

閒雜人一走，方多病便哼了一聲，李蓮花目光在屋裡轉了幾圈，選了張椅子坐下，偏偏選的就是方多病方才坐的那張。

方多病又哼了一聲：「你怎麼來了？」

「我發現封小七的那張紙是貢紙，所以來了京城。」李蓮花居然沒有說謊，「然後我翻進一戶人家的牆，不想居然是太子府。那天太子在花園賞月，我不巧翻了進去……」他溫文爾雅地微笑，摸了摸自己的臉，「我翻進去以後，只見四面八方都是人，太子端了一杯酒在賞月。」

方多病本要生氣，聽著忍不住笑出來：「他沒將你這小賊抓起來，重打五十大板？」

李蓮花又摸了摸臉，若有所思地道：「不、不……太子問我是何方法師，可是知道他府中鬧鬼，這才特地顯聖，騰雲駕霧於他的花園……」

方多病猛地嗆了一下：「咳咳……咳咳咳……」

李蓮花繼續微笑道：「我看與其做個賊，不如當個法師，於是取了個法號『六一』。」

方多病瞪眼道：「他就信你？難道太子在宮中這麼多年沒見過輕功身法？」

李蓮花悠悠道：「我想太子身旁的大內高手，只怕都不敢在太子面前翻牆。」

方多病「呸」了一聲：「他真的信你？」

李蓮花嘆氣道：「他原本多半只是欣賞六一法師騰雲駕霧的本事，後來我在他花園裡抓到幾隻小山貓，牠們在太子的花園裡撲鳥籠裡的鳥吃，又偷吃廚房裡的雞鴨，鬧得太子府雞犬不寧。之後太子就信我信得要命，連他貼身侍衛的話都不聽了。」

方多病咳嗽一聲，嘆了口氣：「難怪史上有巫蠱之禍，如你這般歪門邪道也能深得信任，我朝亡矣，我朝亡矣……」

李蓮花道：「非也、非也，我朝天子明察秋毫、英明神武，遠可勝千里，近可觀佳婿，豈是區區巫蠱能亡之……」

方多病大怒：「死蓮花！如今你當了法師，這景德殿的事你要是收拾不了，回去看太子不剝了你的皮！」

「噓——」李蓮花壓低聲音，「魯方怎會瘋了？」

方多病怒道：「我怎知道？前日他還好端端的，昨日就瘋了，我又不是神仙，鬼知道他怎麼瘋了！你不是法師嗎？」

李蓮花悄聲道：「你不知道他為什麼會瘋，又怎會留在這裡當駙馬？」

方多病一怔，李蓮花挑著眼角看他：「你發現了什麼？」

方多病氣結，深深咒罵這死蓮花眼神太利：「我發現了件衣服。」

李蓮花嘖嘖稱奇：「衣服？」

方多病終於忍不住將他前幾日的見聞說了：「我在後院的木橋上發現有人將一件輕容吊在繩圈裡，就如吊死鬼那般。」

李蓮花越發嘖嘖稱奇：「那衣服呢？」

方多病悻悻然道：「我藏起來了。」

李蓮花微笑看他，上下看了好幾眼：「你膽子很大嘛。」

方多病哼了一聲：「你當人人如你那般膽小如鼠……那件衣服是件輕容罩衫女裙，衣服是魯方的，卻不知被誰偷了，吊在木橋上，隔天魯方就瘋了。」

李蓮花若有所思，喃喃道：「難道魯方對那衣服竟如此鍾情……真是奇了。」

方多病想了想：「那衣服說是為他老婆帶的，就算魯方對老婆一往情深，衣服丟了，老婆卻沒丟，何必發瘋呢？」

李蓮花欣然道：「原來那衣服不是他自己的。」

方多病斜眼看他在椅子上坐得舒服，終究還是在他旁邊的椅子坐下，接著說道：「昨天晚上，有夜行人躲在我屋頂上窺探。」

李蓮花微微一怔，訝然道：「夜行人？你沒發覺？」

方多病苦笑，李蓮花喃喃道：「怪不得、怪不得……」

方多病問：「怪不得什麼？」

李蓮花一本正經道：「怪不得打從今天我看見你，你就一臉踩到大便似的……」

方多病大怒，從椅子上跳起，又道：「那人武功確實相當高。」

「何以見得？」李蓮花虛心求教。

「他在我屋頂窺探，我半點沒發覺屋頂上有人。」方多病洩氣，「等我看到人影衝上屋頂，他又進入我的屋裡偷了一本書。」

「一本書？」李蓮花目光謙遜、語氣溫和、求知若渴地看著方多病。

方多病比畫了一下：「我在房裡書架上發現了一本小冊子，裡面有些古裡古怪的畫，封面寫了『極樂塔』三個字。我看那冊子裡沒寫什麼就扔在一邊，但等我從屋頂上下來，那小冊子不見了。」他重複一遍，「那小冊子不見了，油燈從右邊移到左邊。」

「沒看到人？」李蓮花微微皺起眉頭。

「沒有！」方多病冷冷道，「我只看到個鬼影。那人上了我的房，進了我的屋，動了我的油燈，拿了我的東西，我卻什麼也沒看見。」

「然後——魯方就瘋了？」李蓮花白皙如玉的手指輕輕在太師椅的扶手上敲了幾下，抬起眼簾，「你沒看見——而魯方看見了？」

方多病沉默，過了好一會兒，他嘆口氣：「我也是這麼想的。」

「什麼東西居然能把人活生生嚇瘋？」李蓮花站起身，在屋裡慢慢踱了兩圈，「自然不是鬼……鬼最多要你的命，不會要你的書。」

方多病低聲道：「但有什麼東西能把人嚇瘋呢？」

李蓮花皺起眉頭：「這事當真古怪。」

方多病涼涼道：「古怪是古怪，但只怕並非什麼千年狐精作怪，不知六一法師今晚要如何抓到那千年狐精呢？」

「我要先去你的房間看看。」李蓮花如是說。

方多病的房間一如昨夜，只是那裝衣裳的木箱被多翻了幾遍，那些柔軟如雪的綢衣、精細絕倫的繡紋被揉成一團丟在地上。李蓮花以欣賞的目光多看了兩眼，隨即方多病翻開被子，把捲在被子裡的輕容翻了出來。

果然只是一件普通的罩衫，沒有什麼異樣。李蓮花的手指輕輕點在罩衫的衣角：「這裡……」輕容罩衫的袖角有一個圓形的小破口，衣裳很新，這破口卻略有扯動的痕跡，也有些泛白。

方多病驀地想起，連忙把那孔雀尾羽的玉簪和繩索拿了出來：「這個這個，這東西原來掛在衣服上。」

李蓮花慢慢拾起那枝玉簪，食指自簪頭緩緩滑至簪尾，筆直尖銳、平滑如鏡、光潤細膩。「這個東西……」他慢慢說，「沒有稜角，是怎麼掛上去的？」

方多病一怔，他把衣服捲走的時候揉成一團揣在懷裡，再打開來玉簪就掉了下來，他怎知道這東西是怎麼掛上去的？的確，這孔雀尾羽的玉簪頭端圓潤扁平，沒有稜角，所雕刻的線條又流暢細膩，是怎麼掛在輕容上的？

「唯一的解釋——」李蓮花將玉簪簪尾對準輕容上的破口，插了進去，「這樣，有人插進去的，不是掛著。」接著他長長吐出一口氣，「有人曾經拿玉簪刺衣服，如果這人不是與這衣服有不共戴天之仇，便是要刺衣服裡的人——不管他刺的時候衣服裡究竟有沒有人，總之，他應該是要刺衣服的主人。」頓了頓，他又慢吞吞說，「或者……是這樣……」他將玉簪拔起來，自袖子內側往外插，簪尾穿過破口露在外面，「這樣。」

方多病看得毛骨悚然，遲疑道：「這個……這個……」

「也就是說——這衣服的主人自己拿著玉簪往外刺人，不知道是故意的還是不小心，刺破了自己的衣袖。」李蓮花聳了聳肩，「不管是哪一種，總而言之，這衣服是有主人的。」

這件衣服是有主人的。

而這個主人顯然並非魯方。

魯方既然要將這衣服送給他老婆，自然不會將之刺破，而且那破口看起來不太新，不像是昨夜刺破的。

「依我之見……」李蓮花沉靜了好一會兒，慢慢道，「如果是這樣插……」他將玉簪往裡插在衣袖上，「因為簪頭比較重，衣服一掛起來，便會掉下去。」他緩緩拔出玉簪，將之自袖內往外插，「而這樣——衣袖兜住簪頭，就不會掉下來。」

「所以這件輕容掛在木橋上的時候，這枝簪子就插在衣袖裡！」方多病失聲道，「所以這不是件新衣服！所以它其實不是魯方的！」

李蓮花頷首：「這枝玉簪多半不是魯方插上去的。」

「魯方不知從什麼地方得到這件衣服。」方多病恍然，「那麼有人偷走衣服就說得通了——這件輕容不是他的，有人偷走衣服，將玉簪插回衣袖裡，都是在提醒魯方，這件衣服不是他的，提醒他不要忘了是從什麼地方得到的。」

「不錯。」李蓮花嘆了口氣，「這衣服上什麼都沒有，輕容雖然很貴，卻萬萬沒有這枝玉簪貴，絕不會有人為了一件衣服裝神弄鬼。魯方必定見過什麼不可告人的事，在某個不可告人的地方得到這件衣服，他自己心虛，所以被人一嚇就瘋了。」

方多病沉吟：「魯方曾說他丟了一個小盒子，說不定這玉簪和輕容是放在一起的，可能是『那人』特地帶來嚇魯方的。」

李蓮花微笑道：「不要緊，魯方雖然瘋了，但李菲不還清醒嗎？魯方那不可告人的事，李菲多半也知道。」

方多病「噗哧」一聲笑了，大力拍了拍他的肩：「有時候你也有老子一半聰明。」

這時，王公公指揮一群小侍衛，將李蓮花開壇做法事的各種東西抬了進來，吆喝一聲，放在魯方窗外的花園裡，一群人邁著整齊的步伐，很快進來，又訓練有素地很快退了出去。王公公顯然對景德殿沒有太大興趣，他全副的注意力無疑都用在皇上有意指婚的方大人長子身上，而這位長子顯然沒有給他留下太深刻的印象。深居宮廷讓這個三十多歲的太監臉上死板僵硬，目光高深莫測，對方多病和李蓮花各看了幾眼，便倒退而出。

此刻天方黃昏，而景德殿中只剩下方多病和李蓮花兩人。四下寂靜，這地方房屋不多，庭院倒是不小，隔幾道牆便是皇宮，花木眾多，十分僻靜。

李蓮花一本正經地將香爐擺上，點了三炷清香，那四葷四素的菜肴擺開來，雖然冷了，卻還是讓許多天一直吃清粥小菜的人胃口大開。方多病撈起一塊蹄膀就開始啃：「你打算如何對付李菲？」

「李菲？」李蓮花斯斯文文地用筷子去夾碟子裡的香菇，慢吞吞道，「李大人我不大熟，又沒有駙馬的面子，怎好輕易對付？」他將那香菇嚼了半天，又慢吞吞地從盤裡挑了一隻蝦米，「你居然沒生氣？」

方多病方才突然想起另一件事，倒是沒注意到他那句「駙馬」：「死蓮花。」

李蓮花揚起眉頭：「嗯？」

方多病從懷裡摸出那張紙條：「這個……你從烏龜殼裡出來，難道不是為了這個？」

李蓮花眼神微動，從袖裡抽出封小七那張，兩張紙條擺在一起，只見紙上的摺痕一模一樣，不過方多病那張小一些；紙上的字跡也一模一樣。

這兩張紙顯然出自同一個地方。

「九重？」李蓮花思索了好一會兒，「清涼雨甘冒奇險，是為了救一個人，此人他不知救成沒有，他和封小七一起死了，封小七身上有一張紙條。魯方丟失了一個盒子，盒子裡有件來歷不明的衣服，魯方瘋了，那件衣服掛在庭院裡，衣服下面也有一張紙條……也許……」他慢慢道，「也許我們一開始就想錯了——這件事原本應該是另外一個樣子。」

方多病忍不住插嘴：「清涼雨和封小七死了，是因為封磬殺了他們，關這張紙條屁事……」

「不錯，清涼雨和封小七死了是因為封磬殺人。」李蓮花道，「但若不是封磬殺了他們，他們是不是也會被某個人或者某些人所殺？清涼雨要救誰？這張紙條究竟是他們生前就有的，還是死後某人神不知鬼不覺放入封小七的衣兜裡？」

方多病連連搖頭：「不對、不對，你要知道，清涼雨雖然死了，但封小七當下並沒有死，那殺豬的不是看到了嗎？封小七還被殺豬的救活了，然後才自己上吊死的。如果這是死後放入的，那殺豬的怎會不知道？」

「不……」李蓮花微微一笑，「這或許正是紙條出現在封小七衣兜，而不是出現在清涼雨衣兜的原因——有人也在追蹤清涼雨和封小七，但他晚了一步，等他追上封小七的時候，清涼雨已經死了且埋了，封小七奄奄一息。於是這人便將原本要放在清涼雨身上的紙條放入封小七衣兜裡。殺豬的三乖不會武功，一日又有大半時間不在家，要在奄奄一息或者已經上吊自盡的封小七身上放一張紙有什麼難的？」

方多病語塞，的確有可能，但還是有疑問：「將一張破紙放在封小七衣兜裡能有什麼用？」

「就如同把魯方那件衣服掛在花園裡能有什麼用，但有人就是掛了。」李蓮花溫和道，「魯方那件事按理說應該是——魯方死了，魯方老婆的衣服被掛在花園裡吊頸，衣服裡刺著玉簪，衣服下丟著紙條。但魯方該死的那天，你卻來到景德殿，依我所見，初到景德殿，你定是時時刻刻想著如何逃跑，東張西望、半夜翻牆之事自是非做不可，於是魯方本來該死，卻被你莫名攪了局，糊裡糊塗地那夜沒死成。」

方多病張口結舌：「你是說——老子在花園裡摸黑的時候，其實有人要殺魯方，但他看到老子摸近，所以沒殺？可老子那日全身武功受制，要殺老子實在不費吹灰之力。」

李蓮花皺起眉頭：「若是旁人，自然就殺了，但你是駙馬，你若突然死了，你老子、你老子的老子、你未來老婆，還有你未來老婆的新爹，豈能善罷甘休？」

方多病嗆了一下：「咳咳……那老子若不是駙馬，豈非早就死了？」

李蓮花極是同情地看著他，十分欣喜道：「恭喜恭喜，可見公主是非娶不可的。」

方多病「呸」了幾聲：「既然魯方沒死成，衣服怎麼還掛在橋上？」

「人家掛了衣服，擺好陣勢，剛要殺人，你就摸了出來，人沒殺成也就算了，還眼睜睜看你把東西拿走。」李蓮花嘆息，「我若是凶手，心裡必定氣得要死。」

方多病張口結舌，哭笑不得：「難道老子半夜撞鬼，看見衣服吊在橋上全是烏龍？」

李蓮花正色道：「多半是，所以人家隔天夜裡就到你屋頂上窺探，合情合理。」

方多病愣了好一陣子：「老子收走衣服，他當夜沒殺魯方，又沒辦法把衣服還回去，魯方發現衣服不見，打草驚蛇，於是隔天晚上老子沒去花園閒逛，他就找上魯方，然後魯方瘋了。」

李蓮花連連點頭：「如此說法，較為合乎情理。」

「如此說法，」方多病順著他的話說下去，「這就是個連環圈套，清涼雨和封小七死了，有人在封小七身上放了張紙條；魯方瘋了，也有人放了張紙條。這幾張紙條必定意有所指。」

「就目前看來，像一種隱晦的威懾。」李蓮花手中的筷子略微動了一下，突然伸到方多病面前那盤滷豬蹄膀裡夾走一顆板栗。

「威懾？」方多病下筷如飛，將滷豬蹄膀裡的板栗全部挑走，「威懾得魯大人魂飛魄散，景德殿中人心惶惶？」

李蓮花眼見板栗沒了，臉上微笑八風不動，持筷轉戰一盤紅燒魚，下筷的速度比方多病只快不慢。他邊吃邊說，居然語氣和不吃東西時無甚差別，讓方多病很是不滿：「清涼雨要去救一個人，魯方得了件來歷不明的衣服，我猜那個人和那件衣服多半是同一件事。他扔紙條的用意多半是——」

李蓮花舉起筷子在唇前吹了口氣，悄聲道：「『知情者死』。」

「所以凡是可能知道這件事的人要麼閉嘴永不追究，要麼死——即便是如魯方這等糊裡糊塗、不知深淺，要將東西拿回去送老婆的小角色，也是殺無赦。」方多病也悄聲道，「留下的紙條就是一種標誌。」

李蓮花滿意地點頭，不知是對那盤紅燒魚很是滿意，還是對方多病的說詞很是滿意：「只有知情者才明白紙條的含義，如你我等局外人自然看不懂。」

方多病不愛吃魚，看著李蓮花吃魚有些悻悻然：「不知道清涼雨要救的人和魯方要送老婆的衣服又是什麼關係，那人要隱藏的究竟是什麼稀奇古怪的祕密？」

李蓮花吃完了那條魚，很是遺憾地咂咂嘴，他不太喜歡豬肉，方多病卻喜歡。「這兩張示威的紙條，都是金絲彩箋。」他指著紙條上隱約可見的金絲和紙條邊緣極細的彩色絲絮，「這是貢紙，而且自兗州金蠶絕種之後就再也沒有生產了。」

微微一頓，他慢吞吞道：「兗州金蠶絕種，已是一百多年前的事了。」

「這兩張紙條竟是一百多年前寫的？」方多病大奇，「那時的紙到現在還留著？」

李蓮花更正：「是一百多年前的貢紙，這兩張紙，是在皇宮內書寫的。」

方多病「啪」的一聲扔下筷子：「莫非派人來裝神弄鬼、嚇瘋魯方的，居然是皇宮大內？」

李蓮花連連搖頭：「不是、不是。你要知道，皇上突然召見魯方、李菲、趙尺、尚興行、劉可和等人，絕非一時興起，必有要事。皇上若是要殺人滅口，那個……方法許許多多、千千萬萬，比如恩賜幾條白綾……或者派遣大內侍衛將這五人一起殺了，再放一把大火燒了景德殿，對外說失火，誰敢說不是？但這人卻只嚇瘋了魯方，留下一張紙條，所以他不是皇上派來的。」

方多病「嗯」了一聲，從袖中摸出他那枝玉笛，在手上敲了兩下：「那只剩一種可能，他留下紙條的目的，是要恐嚇所有知情人閉嘴，一旦讓他發覺有誰不聽話，格殺勿論，任誰都不能知道那個祕密，甚至包括皇上。」

李蓮花連連點頭：「這是個天大的祕密，或許是一百多年前的隱密。」

「天大的祕密要查，那『千年狐精』可還要不？」牆頭突然有人悠悠道，「若是不要，讓我早早提回去剝皮吃了。」

方多病嚇了一跳，轉過頭，只見庭院牆頭上坐著一個粉嫩的胖子，生得就如一個小饅頭疊在一個大饅頭上那麼渾圓工整，這胖子背上背著把胡琴，手裡捏著一隻渾身長毛的東西，看起來軟軟的，一動不動，不知是否捏死了。李蓮花卻對來人文質彬彬地微笑，好像他一直這麼知書達禮：「邵少俠。」

方多病一聽「邵少俠」，「哦」了一聲，恍然大悟，這人就是萬聖道封磬的弟子邵小五，那個早就知道師父不是東西，師妹和人私奔，卻故意裝作不知的奸人。

「你原來是個胖子。」方多病道。

「『多愁公子』方多病好大名氣，原來是個瘦子。」白裡透紅的胖子悠悠坐在牆頭。

方多病哼了兩聲，翻了個白眼——本公子玉樹臨風、風度翩翩，豈可與一兩個饅頭一般見識？他強忍怒氣，多看了邵小五幾眼：「邵少俠好大本事，不知前來景德殿有何貴幹？」

邵小五大剌剌地看著方多病，也橫豎看了他幾眼，搖搖頭：「你這人俗，很俗……」

他突然橫袖掩面一笑，尖聲怪氣地道：「人家本名叫做秀玉，你若不愛叫我少俠，不如叫我秀玉。」

方多病「咳咳咳」連嗆了好幾下，差點噎死自己。

李蓮花在一旁掩面嘆道：「你若想叫他胖子，何必叫他少俠？」

方多病好不容易一口氣緩過來，邵小五哈哈大笑，從牆頭一躍而下，道：「看他這般瘦，我要是不多氣他幾下，豈不是要氣死？」

方多病在一旁陰陽怪氣地細聲道：「秀玉啊，不知姑娘突然翻牆進來，所為何事？」

邵小五的胖手指著李蓮花的鼻子：「是他說要在這裡做法事，叫我幫他逮一隻千年狐精進來充數。我好不容易辛辛苦苦逮到一隻，他見了你後卻把我忘了。」

方多病涼涼道：「我說六一法師如何法術通神，原來是早有準備。」

李蓮花面不改色，溫文爾雅地微笑：「先喝酒、喝酒。」

他把那供奉給「千年狐精」的酒罈拍開，倒了三杯酒。邵小五毫不客氣地喝了，舌頭一捲，嫌惡地「呸」了幾聲：「太辣。」

方多病斜眼瞧著他抓住的東西：「這狐精是個什麼玩意兒？」

「李蓮花叫我去幫他抓狐狸，我在山裡找不到什麼狐狸，就抓了這玩意兒。」邵小五把那東西丟在地上。

李蓮花托腮看著那毛茸茸的東西，方多病嫌棄地看著那隻狐精說道：「這……這分明是隻狗。」

的確，被邵小五丟在地上、四肢綿軟、快要嚥氣的東西長了一身黃毛，分明就是隻狗。還是隻狗相齊全，生得一副土狗中的土狗的土狗。

李蓮花若有所思地摸了摸臉頰，方多病喃喃道：「這……這『千年狐精』莫非與狗私通了……」

邵小五神氣活現，毫無愧疚之色：「想那千年狐精愛上什麼趕考書生都會幻化成美人，那這隻『千年狐精』愛上一隻母狗，豈非會幻化成一隻土狗？這有什麼稀奇的？」

方多病喃喃道：「糟糕、糟糕……這『千年狐精』非但是一隻狗，還是一隻公狗。」

「咳……」李蓮花對著那快嚥氣的「千年狐精」思索良久，終於咳了一聲，「聽說那野生的土狗，鼻子都很靈。」

方多病正對著那隻死狗喃喃說話，突然抬起頭：「你說什麼？」

邵小五的眼睛也突然亮了亮。李蓮花慢吞吞道：「我想——如果這隻狗能帶我們到魯方獲得衣服的地方，說不定……」

「極是極是！狗鼻子很靈，而那件衣服在我那裡，如果這隻狗能找到那衣服的來處，說不定就能知道隱密是什麼！」方多病眼神大亮，跳了起來。

李蓮花斜眼看他：「不過……」

方多病仍欣喜若狂：「我這就去拿衣服！」

李蓮花仍道：「但是……」

方多病不耐煩地道：「如何？」

李蓮花道：「至少這隻狗得要是隻活狗，才能試試牠能不能找到地方。」

方多病一呆，低頭看那隻狗，只見那狗舌頭軟癱在一旁，狗目緊閉，渾然一副已經得道升天的模樣。

邵小五捧著那盤蹄膀坐在一旁，一副事不關己的態度，吃得嘖嘖有聲。方多病大怒，一把抓住邵小五：「你這胖子，你怎麼把牠掐死了？」

邵小五滿口豬肉，含含糊糊道：「李蓮花只要我抓千年狐精，又沒說要死的活的，老子已經手下留情，否則頭擰斷了也是千年狐精，還看不出是隻狗呢！」

方多病抓著邵小五不放，卻聽身後傳來聲音。「噓、噓噓……」

他一回頭，看見李蓮花拿了根骨頭，蹲在地上，用那骨頭在死狗的鼻子上擦來擦去，不住地吹口哨。邵小五睜大眼睛，方多病皺著眉頭，不想那隻分明已經升天的「千年狐精」突然一個翻身躍起，叼住李蓮花手裡的骨頭就想往草叢裡鑽，豈知對手厲害，那骨頭在手裡就如同生了根，紋絲不動。

敵不動，我不動——那隻「千年狐精」使盡全身力氣，狠狠咬住那根骨頭，肉不到嘴絕不放棄！

邵小五與方多病瞠目結舌地看著這一齣妖狐屍變，李蓮花紋絲不動的微笑與狐精千變萬化的姿態一般驚悚。方多病看著「千年狐精」眼裡的狠辣，嘖嘖稱奇：「真……真不愧是『千年狐精』……」邵小五覺得沒面子，畢竟他伸手一捉，這東西就直挺挺倒下了，讓他有那麼一小會兒也以為自己出手太狠。

李蓮花拉動骨頭，那隻「千年狐精」四肢抵著地，壓低身子，一步一步向後拖。李蓮花欣慰地伸手去摸牠的狗毛，那「千年狐精」全身狗毛豎起，陡然放開骨頭，一口向李蓮花的手咬去。那一咬快如閃電，快過少林的如意手，強似武當的三才劍，猛如峨眉的尼姑掌，狠像丐幫的打狗棒，然而這一咬，「喏吧」一聲——依舊咬在方才那塊骨頭上。

李蓮花將那骨頭換了個位置，又塞進「千年狐精」的牙縫裡。

「千年狐精」一怔，自咽喉發出「嗚嗚」的嚎叫，李蓮花又伸手去摸牠的頭。這次牠讓他摸了兩下，又突然放開骨頭去咬他的手——「喏吧」一聲，又是咬到骨頭。

「千年狐精」勃然大怒，忽地跳起來對著李蓮花狂咬猛追，只聽「汪汪汪汪」一陣狂吼，李蓮花任牠撲到懷裡，左手摟住「千年狐精」的背肆意摸牠的毛，右手揮來舞去，「千年狐精」每一口猛咬都咬在骨頭上，半點沒沾到李蓮花的衣角。

方多病看得哭笑不得，邵小五看得津津有味，又過了一會兒，「千年狐精」終於服輸，心不甘情不願地伏在李蓮花懷裡，任他在頭上摸來摸去，敢怒不敢言。

李蓮花愉快地賞賜牠那根骨頭，不料「千年狐精」頗有骨氣，「呸」一聲，將那禍害不淺的骨頭吐掉，嗤之以鼻。李蓮花也不生氣，從邵小五盤裡揀出塊肥肉，疊在「千年狐精」牙上，那狗臉抽搐良久，終於忍不住將肉吞下，沒骨氣地「嗚嗚」叫了幾聲。

「胖子，」方多病揮了揮衣袖，「你逮的這隻說不定真是狐精變的。」

邵小五看那滴溜亂轉的狗眼，也掩面嘆口氣：「老眼昏花，竟然逮了這麼個東西。」

李蓮花卻很愉快，摸了摸那狗頭：「駙馬，去把衣服取來。」

四 千年狐精

方多病很快將捲在被子裡的那件輕容取來，李蓮花毫不可惜地把一塊蹄膀包在衣服裡頭，然後把衣服藏起來。那「千年狐精」不負眾望，飛快地挖出衣服，將蹄膀吃了。李蓮花又將那帶有蹄膀味道的衣服藏起來，「千年狐精」再次飛快地挖出衣服，這次衣服裡沒有蹄膀，李蓮花賞賜牠一塊肥肉。

看那「千年狐精」兩眼發亮的模樣，方多病毫不懷疑牠能將桌上所有的肉都吃下去，雖然牠看起來沒有那麼大的肚子。試驗了幾次，「千年狐精」果然聰明至極，已經知道找到衣服就能得到肥肉。李蓮花終於把那件輕容澈底藏起來，讓牠去找相同味道的地方。

「千年狐精」迷茫了一下，很快抽動鼻子，一溜煙往外竄去。李蓮花、方多病、邵小五連忙追上，一狗三人快如閃電，頃刻間進了魯方的房間。三人心中大定——看來訓練不差，「千年狐精」果然明白要找的是什麼地方。

那隻狗在屋裡嗅了一陣，轉頭又奔出去。三人跟著牠東竄西鑽，牠鑽洞，他們就翻牆。那「千年狐精」的速度快若閃電，三人唯恐追之莫及，也無暇關注究竟跑到了什麼地方，一陣眼花撩亂之後，忽見牠鑽進一個偌大的房間。

方多病和邵小五追昏了頭，不假思索地跟著往內衝，李蓮花突然攔住兩人：「且慢。」

「怎麼？」方多病喘了兩口氣，這該死的土狗跑得還真快，「那裡面說不定就是……」

李蓮花露出個認真誠懇、充滿耐心的微笑：「呃……我發現……我們犯了個嚴重的……錯誤。」

方多病和邵小五一臉茫然：「什麼錯誤？」這一路不是追得好好的？「千年狐精」的目標一直很明確，牠顯然沒有一點猶豫，知道東西在哪裡，怎麼會錯？

李蓮花歉然地指了指那房屋的牌匾：「那個……」

方多病和邵小五一起凝目望去，那金碧輝煌的房屋外，雕花精細的牌匾上刻著三個大字——御膳房。

方多病張口結舌，邵小五青了張臉，李蓮花若有所思地道：「我們顯然犯了個錯誤……」

他們犯了個天大的錯誤，那隻狗記住的不是衣服的味道，而是蹄膀的味道。於是他們追到了御膳房，那鍋蹄膀顯而易見，是早晨從御膳房出來的。三人各自摸了摸鼻子，都覺得沒什麼面子，暗忖此事萬萬不可說、不可說。

既然追蹤無果，三人只得悄悄回去，這回去的路上可比來時謹慎許多。來時不知闖入皇宮，離開時提心吊膽自是不必提了。

好不容易回到景德殿，擺著法壇的庭院和原來一般模樣，杯盤狼藉，滿地魚肉骨頭。李蓮花順手摸出塊汗巾，很自然地將吃過的杯盤收起，將桌上擦拭乾淨，地上的骨頭掃去，捧著那吃過的杯盤便要去洗碗。

方多病翹著二郎腿在一旁剔牙，邵小五垂著眼皮已然睡著。

又過片刻，草叢中傳來窸窣聲，邵小五微微睜開左眼，只見一撮黃毛在眼下晃動，他嚇了一跳，一躍而起：「千年狐精！」

那隻渾身黃毛的土狗嘴裡叼著樣東西，奮力搖著尾巴，咧著嘴努力想露出一個狗笑。

方多病撲過來，驚訝地看著牠嘴裡叼著的東西——另一塊輕容！

李蓮花聞聲返回，就見那隻黃毛土狗傲然站立在法壇下，昂首挺胸，犬牙錚亮，那交錯的牙齒間叼著一塊淡紫色的碎布。

是另一塊輕容！

而且這塊輕容上染著暗紅的血跡，正沿著撕裂的邊緣一點一點往外浸染。

「我的天！」方多病叫道，「這是哪裡來的？」

李蓮花摸了摸狗頭，邵小五立刻將方才收拾的一整堆豬骨魚骨都遞給這隻狗。

只見「千年狐精」微眯起眼睛，將頭在李蓮花手上蹭了蹭，把碎片放在李蓮花手中，轉身就跑。這次三人打起十二分精神，追得謹慎小心。

這次他們沒有闖入皇宮，而是追到景德殿外一條小道上，這條小道與御膳房的後門相通，另一頭通往集市，是平時讓大內供應蔬果的商販走的小道，一路上有數處盤查的關卡。

「千年狐精」鑽入小道旁的一處樹林。

這地方不算偏僻，白天來往的路人也不少，但夜裡林中卻一片漆黑。

「汪！」小土狗對著一棵大樹叫了一聲。

火光亮起，方多病引燃火摺子，走到那棵樹下，三人一起抬頭望去。目光所及是一雙驚恐絕倫、布滿血絲的眼睛。

一張青白扭曲的面孔，一縷縷黑髮溼透一般倒垂而下。接著，有血「嗒」的一聲滴落在方多病手背上。

「我的天……」邵小五吹了聲口哨，李蓮花眉頭皺起，方多病目不轉睛地看著那雙驚恐的眼睛。

心都要跳出來了，全身的血液似要凝固。掛在樹上的人，是李菲。

李菲被人頭下腳上地倒吊在樹上，喉頭被人橫割一刀，失血而死，所以才有那麼多血到現在還在滴血。

將他吊在樹上的是一條三股碎布搓成的繩子，李菲身上古怪地穿了一件暗紫色的輕容。

李菲居然也有一件輕容！

而這件衣服緊緊裹在他身上，顯然不是他的。

鮮血將整件衣裳染紅了大半，血液滴落，像大雨過後，屋簷滴水的聲音。

一點一滴。

是冷的。

方多病手中的火摺子不知何時已經熄滅，過了一會兒，「嚓」的一聲微響，李蓮花踏近一步，在黑暗中，彎腰自染滿鮮血的草地上拾起一樣東西。

一張被鮮血浸透的紙條。

方多病轉過頭，那是一張十字形的紙條，比自己撿到的那張又小了一些，雖然被血液所染，仍看得出上面有字。他僵硬地點亮第二枚火摺子，邵小五湊過去，只見李蓮花手裡那張紙條上寫著三個字：百色木。

「千年狐精」悄無聲息地伏在李蓮花腳下，李蓮花看了一會兒那張浸透鮮血的紙條，彎下腰輕輕摸了摸牠的頭，微嘆一聲。

方多病冷冷道：「我錯了。」

邵小五拍了拍兩人的肩：「誰也想不到凶手在景德殿放過李菲，卻在這裡殺了他。」

李蓮花搖搖頭，幽暗的光線中，邵小五看不到他的表情，只聽方多病冷冷道，「老子早知道魯方和李菲關係匪淺，早該想到魯方瘋了，他就要殺李菲，是我的錯。」他重重捶了下那棵大樹，「是我的錯！」

火摺子再度熄滅，邵小五無話可說，方多病渾身殺意，李菲的屍體仍在緩緩滴血，一點一滴，都似呻吟。

「那個……人的一生，總是會犯錯的。」李蓮花道，「若不是這裡錯了，便是那裡錯了，待你七老八十的時候，總要有些茶餘飯後的閒話……」

方多病大怒：「死蓮花！這是一條人命！是活生生一條人命！你竟還敢在本公子面前胡說八道，你有沒有半點良心？」

李蓮花仍絮叨著，「那個……人的一生，偶爾多做了少做了都會做錯些事，那些有心的無心的，真的假的半真半假的，總要有些擔子，有些你非背不可，有些倒也不必認真……比如說這個……」他嘆了口氣，非常認真老實，「沒人要求你方大公子能料事如神，我想就算是李菲快死之際也萬萬沒有想過要你來救他——所以，別多想了，不是你的錯。」

邵小五大力點頭，猛拍方多病的肩，差點把他那玉樹臨風的肩拍飛出去。

方多病沉默半晌，長長嘆了口氣：「平日老子對你好的時候，怎沒聽過你說這麼好聽的話？」

李蓮花正色道：「我說話一直都很好聽……」

方多病「呸」了一聲：「這裡怎麼辦？你的千年狐精還沒抓到，李菲卻又死了，王公公和太子還會相信你這假神棍嗎？要殺頭株連九族的時候千萬別說老子認識你。」

李蓮花欣然道：「當然、當然，到時候你只認識公主，自然不會認識我。」

「這具屍體……」邵小五撫了撫他那粉嫩的肚皮，「倒吊在這裡，究竟是李菲夜裡到此被殺，還是死後特地將他掛在這裡？」

李蓮花四下看了看，四面幽深，這樹林雖然不大，夜裡看來卻是深不可測，他引燃火摺子照了照，只見樹林中有一條小道，顯然是白日常有人行走所致。

在那小道上，凌亂地沾著幾隻血腳印。

「看來咱們並不是第一個發現李菲的人。」邵小五搓著下巴的肥肉，「是不是李菲約了人在這裡相見，結果約定的時間到了，那人如約前來，卻看見李菲變成這樣掛在樹上，便嚇跑了？」

「這很難說，難保不是過路的人被嚇到。」李蓮花蹲下來細看那些腳印。方多病沿著那些血腳印走出去幾步，有些疑惑：「奇怪，這腳印變小了。」

邵小五也亮起火摺子，與李蓮花一起照著地上的腳印。

小道上的腳印從草地延伸而來，剛開始的幾個很清晰，顯然這人走過草叢的時候，李菲的血還很新鮮，說不準死了沒有。腳印有五六個，越往樹林外緣的腳印，間隔距離越大，可以想見這人看到一具倒吊的屍體之後奪命狂奔的模樣。

但就在五六個腳印之後，腳印消失了。

彷彿這個奪命狂奔的人在這條小道上跑著跑著突然消失不見。

腳印消失的地方距離樹林外緣尚有十丈之遙，縱然是絕頂高手也絕不可能一躍而過，這人去了哪裡？而且在腳印消失的地方沒多遠，又有幾點新的血印。

那幾點血印狀若梅花，約莫有小碗口大小，顯然不是人的腳印。血印落下的力道很輕，除了沾到血的地方，其餘幾乎沒有留下什麼痕跡。就那幾點血痕來看，顯然是有什麼東西經過草叢，往樹林外而去了。

「死……死蓮花……」方多病乾笑一聲，「這會不會是一隻真的……千年狐精……」

邵小五用力抓著頭髮，這些腳印若要說是一個人突然幻化成不知什麼東西跑掉，好像也有那麼點樣子。

李蓮花瞟著那些血痕，正色道：「不管是什麼，千年狐精的腳萬萬沒有這麼大。」

天色漸明，李菲遇害一事立刻上報到刑部和大理寺，卜承海與花如雪這兩位「捕花二青天」接到詔令即刻趕回，澈查此案。然花如雪遠在山西，一時半刻回不來；卜承海卻正巧就在京城，接到消息，天還沒亮就抵達李菲遇害的樹林。

「你說——是你在景德殿開壇做法事，引出那千年狐精，那千年狐精承受不住你的法術，往外竄逃，剛好在此遇到夜裡出來吟詩的李大人，於是那狐精便害死了李大人？」卜承海冷冷地看著李蓮花，李蓮花神情溫和地看著他，剛剛才十分認真地說完了狐精大鬧景德殿的經過。

「你——還有你——」卜承海瞪了方多病一眼，又盯了邵小五一眼，「你們都親眼看見那千年狐精？」

方多病連連點頭，邵小五抱頭縮在一邊。這人一旦肥胖，便難得顯出什麼聰明樣，所謂痴肥痴肥，人一肥，少不得便有些痴，而「痴」這一字又與「蠢」有那麼兩三分相似，故而老辣如卜承海，犀利的目光也盯著方多病多於邵小五。

「見過見過。」方多病忙道，「法師開壇做法事，那咒符一燒，桃木劍刺出去的時候，天空中烏雲密布，電閃雷鳴，千千萬萬條黑氣匯聚出一個奇形怪狀的妖怪，哎呀！那真是千載難逢的奇觀……」

卜承海本來臉色不佳，聽聞此言，臉色越發鐵青，淡淡地看著邵小五：「你呢？」

「我……我？」邵小五抱著頭，「昨天晚上……不不不，昨天太陽還沒下山我就在樹林裡睡覺，一睡就睡過頭了。半夜突然聽到聲音，嚇得醒了過來，就看見這兩位爺……還有那千年狐精……大人啊——」他突然撲到卜承海腳下，扯著他的褲子尖叫，「小的是無辜的，小的什麼也不知道，小的只是打了個盹，這……這李大人的事萬萬與我無關……我上有八十老母，下有三歲小兒，老婆還跟著個和尚跑了，我冤枉啊——」

方多病十分佩服地看著邵小五，卜承海卻完全不受他這一陣呼天搶地的影響，仍是淡淡問：「那千年狐精，你是親眼所見？」

邵小五渾身肥肉顫抖，連連點頭：「看見了，看見了。」

「那千年狐精長什麼模樣？」卜承海冷冷問。

邵小五毫不遲疑：「那千年狐精渾身赤黃赤黃的長毛，那長毛根根如鐵，尖嘴長耳，一雙眼睛瞪得猶如銅鈴，騰雲駕霧，在林子裡竄得比兔子還快……」

卜承海臉色越發青黑：「你可是親眼看見狐精將李大人吊上大樹？」

邵小五一怔，「這……」他立刻將燙手山芋扔給李蓮花，「我醒來的時候只看見那兩位爺在那裡，李大人已經在樹上了。」他指著李蓮花，「還有那千年狐精騰雲駕霧……」

卜承海對那句「還有那千年狐精騰雲駕霧」充耳不聞，淡淡道：「也就是說，李大人死的時候，你在林子裡，除了方公子和這位六一法師，沒看到其他人，可是這樣？」

邵小五小聲道：「還有那千年狐精……」

卜承海冷冷看著他：「李大人乃朝廷命官，他在京城遇害，大理寺定會為他查明真相，捉拿凶手。既然李大人被害之時你承認就在林中，自然是殺人嫌犯，立刻跟我走吧。」

邵小五大吃一驚，結結巴巴道：「殺……殺人嫌犯……我……」

「至於方公子和李樓主——」卜承海兩眼翻天，他對李蓮花那「六一法師」的身分只作不見，「方公子和李大人在景德殿曾會過面，昨日深夜追至樹林中想必絕非偶然；而李樓主一介江湖逸客，你在太子府裡胡鬧，如無惡意，我可以不管。但你在景德殿內裝神弄鬼，妖言惑眾，你是武林中人，要以術法為名殺害朝廷命官，再趁夜將他倒吊在大樹上也算不上什麼難事……」

方多病聽得張口結舌，邵小五眼睛一亮，又聽卜承海道：「來人，將這兩人押入大牢，聽候再審；將方公子送回方大人府上，責令嚴加管教。」

方多病指著卜承海的鼻子：「喂喂喂……你不能這樣……」

卜承海視而不見，拂袖便走。

邵小五倒是佩服地看著他，喃喃道：「想不到官府也有好官。」

李蓮花與卜承海其實頗有交情，不過這人鐵面無私，既然有可疑之處，即使是他老子也照樣押入大牢，所以並不怎麼驚訝。

很快，衙役上前，在邵小五和李蓮花身上扣上枷鎖。

方多病站在一旁，手足無措。李蓮花衣袖微動，微微一笑：「卜大人明察秋毫，自不會冤枉好人，你快回家去，你爹等著你呢。」

方多病道：「喂喂喂……你……你們當真要去大牢？」

李蓮花道：「我在景德殿內裝神弄鬼，妖言惑眾，又是武林中人，要以術法為名殺害朝廷命官，再趁夜將他倒吊在大樹上也非什麼難事……故而大牢自然是要坐的……」

方多病怒道：「放屁！能將李菲倒吊在大樹上的武林中人比比皆是，難道每個都要去坐大牢？」

李蓮花微微一笑，笑意甚是和煦：「你快回家去，讓你爹為你請十七八個貼身護衛，留在家裡莫要出門，諸事小心。」

言罷，揮了揮手，與邵小五一道隨衙役前往大理寺大牢。

方多病皺著眉頭，李蓮花什麼意思他自然清楚。魯方瘋了，李菲死了，其中牽連著什麼隱密不得而知，但方多病畢竟在景德殿住過幾日，見過一本不知所謂的小冊子，捲走了魯方的那件衣服和玉簪。凶手既已下手殺李菲，或許不會再忌憚方多病駙馬的身分而對他下手。

知情者死。

死者的紙條，他們已得到三張，那絕非隨便拿拿便算了。

他悻悻然看著李蓮花，為什麼他覺得李蓮花的微笑看起來像是在炫耀他在大牢裡會比自己更安全？

五 大牢再審

李菲被殺一事在京城引起軒然大波，魯方發瘋只是讓人閒話景德殿有股邪氣，而李菲遇害，尤其還死得如此淒慘可怖，讓人不禁對景德殿望而卻步。皇上震怒，他有要事召見魯方等五人，尚未召見，已一死一瘋，隱約可知有人意圖阻止他召見這五人，於是諭旨頒下，即刻召見趙尺、尚興行、劉可和三人。與此同時，卜承海已將那片樹林逐寸澈查了一遍，隨即趕赴大牢。

他居然不用吃飯，也不用睡覺，在李蓮花覺得該吃飯的時候，直挺挺地站在大牢中。

「你們退下。」卜承海對左右侍衛和衙役淡淡道。

衙役對卜大人敬若神明，當即退下，還在大牢外細心守門，以免旁人騷擾卜大人辦案。

李蓮花手腳都扣著枷鎖，卜承海冷眼看著李蓮花。這人進了大牢不過兩個時辰，據說向衙役索要了掃帚，將自己的牢房清掃得乾乾淨淨。大牢內有些草席，李蓮花將外衣脫下，鋪在草席上，卻還沒坐下。卜承海開門而入的時候，他正站著發呆，眼見卜承海進來，他微微一笑：「卜大人。」

「李樓主。」卜承海語氣不冷不熱，「近來萬聖道封磬一事，又是深得樓主相助，江湖讚譽頗多。」

李蓮花「啊」了一聲，莫名其妙地看著卜承海，不知他什麼用意，卜大人這開場白未免扯得太遠。又聽卜承海道：「不知假扮六一法師，在景德殿做法事，實是為了何事？」

原來卜承海雖然秉公辦事，但對李蓮花倒是頗為信任，這才屏退左右，想從李蓮花口中得知真相。

李蓮花又「啊」了一聲：「這個……」假扮六一法師和在景德殿做法事實在沒有什麼深意，不過是湊巧，倒是方多病發現的那張紙條不是小事。他沿著大牢慢慢轉了一圈，卜承海一眨不眨地看著他，直到他轉過身來。

「卜大人。」

卜承海點了點頭，李蓮花看著他微笑道：「大人久居京城，可曾聽聞極樂塔？」

卜承海皺起眉頭：「極樂塔？你從何處聽來？」

李蓮花若有所思，慢慢道：「我想這東西與李大人遇害一事有關……」

卜承海面露詫異之色，沉吟良久：「你從何處聽來『極樂塔』三個字？」

「一本冊子。」李蓮花的語氣很平靜，「景德殿方大公子的房間內藏有一本無名的小冊子，小冊子封面上便寫著『極樂塔』三字。」

卜承海問道：「那冊子裡寫有何物？」

李蓮花搖搖頭：「畫了一些不知所云的蓮花、異鳥之類，大半乃是空白。」

卜承海冷冷問：「你怎知此物與李大人遇害有關？」

李蓮花在大牢中慢慢地再轉了半圈，抬起頭，「這本冊子在方大公子房中無端被人盜走，當日夜裡，魯大人無端發瘋，第二日夜裡，李大人為人所害。」他凝視著卜承海，「於是我不得不問，極樂塔究竟是何物？」

卜承海目光淡定，彷彿在衡量李蓮花所言是真是假，又過了好一陣子，他緩緩道：「極樂塔……傳說是我朝先帝為供奉開國功臣的遺骨所建造的一座佛塔。」

李蓮花奇道：「這倒是好事一件，但怎麼從未聽說我朝曾立有此塔？」若皇帝當真做過這種有功德之事，怎會從來無人知曉？

卜承海搖搖頭：「此事我不知詳情，但此塔當年因故並未建成，故而天下不知。」

李蓮花微微一笑：「天下不知，你又怎麼知道？」

卜承海並不生氣，「我知曉，是因為皇上召見魯方五人進京面聖，便是為了極樂塔之事。」他毫不隱瞞，「近來朝中大多知曉皇上為了擴建朝陽宮之事煩惱，皇上想為昭翎公主擴建朝陽宮，但先帝傳有祖訓，宮中極樂塔以南不得興修土木，皇上想知道當年未建成的極樂塔究竟選址何處。」

「先帝有祖訓說極樂塔以南不得興修土木？」李蓮花詫異，「這是什麼道理？」

卜承海又搖搖頭：「皇宮之中，規矩甚多，也不須什麼道理。」

李蓮花又在牢裡慢慢踱了一圈：「極樂塔是一尊佛塔，因故並未建成？」

「不錯。」卜承海很有耐心。

李蓮花回過頭，突然話鋒一轉，「關於李大人之死，我等並未騙你。」他嘆了口氣，「昨夜我們追到樹林時，李大人已經身亡，究竟是誰將他殺害，又是誰將他掛在樹上，我們的確不知。」

卜承海眉頭皺起：「你們若是真不知情，又為何會追到樹林之中？」

李蓮花咳嗽一聲，極認真地道：「我等真的並未騙你，昨夜之所以追到樹林，確實是千年狐精的緣故。」

卜承海眉頭皺得更緊：「千年狐精？」

李蓮花正色道：「是這樣的……方大公子養了條狗，叫做『千年狐精』，昨夜我們在景德殿喝酒，那隻狗不知從何處叼來一塊染血的衣角，於是我們追了下去。」

卜承海恍然：「於是你們跟著狗追到樹林裡，發現了被害的李大人？」

李蓮花連連點頭：「卜大人明察。」

卜承海面色變換，不知在想什麼：「既然如此，那隻狗卻在何處？」

李蓮花又咳了一聲：「那狗既是方大公子所養，只怕得問方大公子才知曉。」

卜承海點了點頭：「你所言之事並無佐證，我會另查，但不能擺脫你的嫌疑。」

李蓮花微笑道：「我現在只想知道什麼時候有飯可吃，暫時不想出去。」

卜承海微微一怔，不再說話，就這麼調頭而去。

卜承海是聰明人，李蓮花舒舒服服地在他鋪好的草席上坐下，極樂塔之事恐怕牽連甚大，事情既然與皇家有關，自是官府中人去理方才順手。

其實這大牢挖得很深，冬暖夏涼，除卻少了一張床，睡著倒也十分舒坦。

方多病被卜承海責令回家，以方大少之聰明才智，自然不會乖乖聽話，何況一旦回到方則仕家中，方則仕與王義釧交好，只怕那公主就在不遠處。於是他走到半路，身形一晃，兩個侍衛眼前一花，方大公子已行蹤杳然，不知去向。兩人大吃一驚，連忙飛報方則仕與卜承海，心中卻暗暗佩服方大公子的輕功身法竟如此了得。

李蓮花在臨去大牢之前衣袖微動，將那三張紙條塞入方多病手裡。他既然要去大牢，自然少不了被搜身，而這三張古怪的紙條他並不想讓卜承海知道。方多病揣著三張紙條，眼珠子轉了轉，他雖暫時沒想到要去哪裡，但景德殿裡那件包了蹄膀的衣服，還有他櫃子裡的吊頸繩索和玉簪還在，自然要去取回。

在京城大街上轉了幾圈，方多病大剌剌地直接走到景德殿後門，接著越牆落到庭院大樹上，避過侍衛耳目，幾個起落，上了自己房屋的屋頂。景德殿內此時只剩巡邏的侍衛，但殿裡出了大事，巡邏的也是心驚膽顫，即使是青天白日也不大敢出來。方多病落在屋頂上，掃了眼屋頂上的泥土灰塵，突然發現除了那日夜裡所見的痕跡外，還有一些很淺的擦痕。是足印。

他伏在屋頂，那幾個極淡的足印在屋瓦邊緣，彷彿有什麼東西從這裡上來，痕跡並不完整，甚至只是掃去一點浮灰。方多病在李菲遇害的樹林裡，曾見過那染血的梅花足印，這屋頂上的足印赫然與樹林裡的血印相差無幾。

一樣的東西。方多病咒罵了一聲，竄上他屋頂的「人」或者「東西」，和在那樹林裡走過的是一樣的。他揭開天窗，筆直落入屋裡，「嗒」的一聲微響，幾乎沒有發出什麼聲音。

落入屋裡前，他預想過種種情景，若非一如昨日，便是東西已然被盜，桌翻椅倒，但落下之後，屋中的景象讓他駭然大叫，「砰」的一聲徑直撞開大門，衝到庭院當中。

景德殿的侍衛驟然聽到巨響：「什麼人！」刀劍齊出，五六個侍衛匆匆趕到。方多病臉色慘白，僵硬地站在庭院中，房間大門洞開，一股奇異的味道飄散而出。幾名侍衛都認得方多病，看見他出現在此大為詫異，突然一聲慘叫，有個侍衛往屋裡看了一眼，連滾帶爬地退了出來：「死人！死人！又有死人！」

方多病牙齒咯咯作響，他的屋裡的確是桌翻椅倒，好似經歷大肆劫掠，但令他奪門而出的是——在屋中地板上倒著一具血淋淋的骷髏。

一具七零八落的骷髏，胸腹從正中撕開，手臂、大腿都只剩骨骼，腹中內臟不翼而飛，就如同被什麼猛獸活生生啃食，地上卻不見什麼血泊。死者身上大半都成了骷髏，頭臉卻還齊全，一眼便能認出，這人正是王公公。

「來人啊，快上報卜承海！」方多病怒道。

幾名侍衛驚駭萬分，不知王公公怎會到了方多病房中，又變成這副模樣，聽方駙馬一聲令下，頓時連滾帶爬地去報。

方多病定了定神，回到屋內，屋裡飄散著一股血肉腐敗的氣味，他打開櫃子，櫃子裡的玉簪和繩索赫然還在，他拿出玉簪，又從繩索上扯了一截下來，一併收入懷裡。

在屋裡轉了一圈，凶手沒有留下什麼字條，方多病勃然大怒，究竟是誰裝神弄鬼？是誰殘害無辜？王公公的屍身如此模樣，必然是遭遇什麼猛獸，難道當真有人縱容猛獸行凶，或者當真有什麼成精成怪的猛獸殺人奪命不成？

這裡是京城重地，有誰能圈養會吃人的猛獸？是老虎？豹子？野狼野狗？他的腦中一片混亂，魯方與李菲之事與那衣服有關，王公公卻為什麼也死了？

卜承海很快趕到，方多病只簡單說明他從回家的路上逃脫，回到此處，卻發現王公公身亡。卜承海差人將這房屋團團圍住，一寸一寸地細細查看，方多病卻問：「李蓮花呢？」

卜承海皺了皺眉，方多病怒道：「你什麼時候把他放出來？」

卜承海仍是不答，方多病暴跳如雷，咆哮道：「你也看到了，李菲真不是他殺的，他已被你關起來，他又不是野狗，怎能把人啃成這樣？」

卜承海又皺了皺眉，自袖中遞過一物：「你可去探視。」

他遞過來的東西是個令牌，方多病搶了就走，甚至沒多看他一眼。卜承海臉上微現苦笑，這未來的駙馬真沒把他放在眼裡，是半點也不信他能偵破此案啊。

但王公公為何遇害？依照李蓮花所言，凶手意圖阻撓皇上追查極樂塔之事，這事與王公公全然無關，莫非王公公也發現什麼蹊蹺，卻不及通報，即刻被殺了？

卜承海皺眉沉思，王公公不過內務府區區二等太監，掌管御膳房部分差事，兼管幾座如景德殿這般的空屋，能發現什麼？是純屬誤殺，還是凶手毫無目的地殺人？

看李菲遇害的樹林中留下的血印，以及王公公屍身的慘狀，這究竟是有一頭神龍見首不見尾的猛獸，還是有人假扮猛獸混淆視聽？如果真有一頭猛獸出入京城重地，那為何從沒有人看見過？

卜承海猛地一頓——不！不是沒有人看見！或許魯方——便是魯方看見了！那是什麼樣

的猛獸，能讓人嚇得發瘋呢？

李蓮花正在大牢裡睡覺。

其實牢中的飯菜不差，清粥小菜，居然還有雞蛋若干，他的胃口一向不錯，吃得頗為滿意。不知邵小五被關在何處，但除了這牢飯恐怕不夠邵小五吃，其他他倒也不怎麼擔心。睡到一半，只聽「噹啷」一聲巨響，有人吆喝道：「三十五牢，起來了，起來了，有人探監！」

李蓮花猛地坐起，一時有些茫然，自幼父母雙亡、叔伯離散、老婆改嫁，究竟是誰來探監？真是奇之大矣……對面牢房的幾個死囚紛紛爬起來，十分羨慕地看著他，他也十分好奇地看著外面。

來人白衣如雪、錦靴烏髮，令李蓮花十分失望。對面牢房的死囚嘖嘖稱奇，議論紛紛，皆道有個富貴親戚真好，他們的妻兒老小統統進不來，這人卻能進來。

李蓮花嘆了口氣，自地上起身，十分友好地微笑道：「莫非你爹將你趕出來了？」

來人自是方多病，還鐵青著臉，聽聞這句話，臉色更青了：「死蓮花，王公公死了。」

李蓮花一怔：「王公公？」

方多病的牙齒咬得咯咯作響：「死了，不知道被什麼東西吃了，血肉啃得乾乾淨淨。」

李蓮花皺了皺眉：「是在何處死的？」

「景德殿，我房裡。我查過了，這次沒有字條，也不是闖空門，東西都在。」方多病袖中玉簪一晃而過，便又收起，「但人就是死在我屋裡。」

「這……這完全沒有道理。」李蓮花喃喃道，「難道王公公知道什麼？王公公能知道什麼？」

方多病臉色青白，搖了搖頭：「總而言之，你快從裡面出來，這事越鬧越大，人越死越多，殺人凶手是誰，必須查個水落石出。」

李蓮花乾咳一聲：「那個……」

他剛想說這裡是京城，掌管擒凶破案的是卜承海和花如雪，並不是他李蓮花，但看方多病那怒極的臉色，只得小心翼翼地將話又收回來。

方大公子怒了。諸事不宜。

「快走！出來！」方多病一腳踹在牢門上。

李蓮花抱頭道：「莫踢莫踢，這是官府之物，小心謹慎！」

方多病越發暴怒，再一腳下去，「哢嚓」一聲，牢門的木柵欄已見裂紋。

「住手！」門外的衙役衝了進來。

方多病冷笑著揚起一物：「你們卜大人令牌在此，我要釋放此人，誰敢阻攔？」

正混亂之際，卜承海的聲音傳來：「統統退下。」

眾衙役大驚，指著方多病和李蓮花說道：「大人，此二人意圖越獄，罪大惡極，不可輕饒……」

卜承海淡淡道：「我知道。」眾衙役不敢再說，慢慢退出。

卜承海看了方多病一眼，方多病哼了一聲，手上握著他的令牌就是不還他。

李蓮花摸了摸臉頰，只得道：「這個……我在景德殿裝神弄鬼，妖言惑眾，又以術法為名殺害朝廷命官，再趁夜將他倒吊在大樹上……只怕不宜出去……」

方多病大怒：「是是是，你又將王公公啃了，嚇瘋了魯方，你還變了頭千年狐精出來殺人奪命，老子這就去見皇上，叫他把你砍了了事，省得禍害人間！」

卜承海提高聲音道：「方公子！」

方多病餘怒未消，繼續道：「老子多管閒事才要救你出來，沒你，老子一樣能抓到——」

卜承海怒喝一聲：「方公子！」

方多病這才消停，卜承海震怒：「國有國法，家有家規，方公子請自重！」

方多病猛地跳起來，指著他鼻子：「老子怎麼不自重了？那裡面的是老子的人，他根本沒有殺人，老子讓你把人帶走就是對你一百斤一千斤的重！老子要不是虛懷若谷，早拔劍砍了你！」

卜承海見識過的江湖草莽不知多少，如方多病這般魯莽暴躁的倒是少見，眼見不能善了，沉掌就向方多病肩頭拍去。

方多病滿腔怒火，正愁無處發洩，卜承海一掌拍下，他反掌相迎，隨即掌下連環三式，反扣卜承海胸口、肋下大穴。卜承海怒他在此胡鬧，一意要將他擒下交回方府，兩人一言不合，掌下劈里啪啦地動起手來。

「且慢，且慢！」牢裡的人連聲道，「不可，不可……」

動手雙方充耳不聞，只盼在三招兩式內將對手打趴。正貼身纏鬥之際，突然方多病手肘一麻，卜承海膝蓋一痠，兩人一起後躍，瞪著牢裡的李蓮花。

牢裡的人連連搖手：「且慢，且慢。話說李大人遇害，王公公橫死，兩位都心急查案，想擒拿凶手，這個……這個殊途同歸，志同道合，實在無分出勝負的必要。」

方多病哼了一聲，卜承海臉色淡漠，李蓮花繼續道：「方才我在牢裡思來想去，此事諸多蹊蹺，如要著手，應有兩個方向可查。」

果然此言一出，方多病和卜承海都凝神靜氣，不再針鋒相對，李蓮花趕緊道：「第一個方向，便是皇上召集這五位大人進京商談極樂塔之事，但這五位大人究竟是從何處得知極樂塔的消息？皇上又如何得知這五人知道極樂塔的所在？那五位大人又各自知曉極樂塔的什麼祕密？」

卜承海點了點頭：「此事我已有眉目。」

李蓮花歉然看了他一眼：「第二個方向，便是景德殿。為何在方大公子的房內會有一本寫有『極樂塔』字樣的冊子？又是誰盜走了那本冊子？」

卜承海沉吟良久，又點了點頭，卻道：「即使知曉是誰盜走冊子，也無法證實與殺人之事有關。」

「當年修築極樂塔，必然隱藏了什麼天大的祕密。」李蓮花嘆了口氣，「而修築極樂塔已是百年前的事，這五人因何會知曉關於極樂塔的隱密？他們必是出於某些際遇才會得知，而他們的這些際遇，宮中有典可查，否則皇上不可能召集這五人進京面聖。」

方多病恍然：「正是因為皇上召集他們進宮面聖，讓凶手知道這五人或許得知極樂塔的祕密，所以殺人滅口！」

卜承海緩緩吐出一口氣，倒退兩步：「但極樂塔當年並未建成……」

李蓮花笑了笑：「卜大人避重就輕了，『並未建成』本身就很蹊蹺。」

卜承海皺眉抬頭凝視著屋頂，不知在想些什麼，方多病卻道：「死蓮花，如果魯方和李菲是因此遭到滅口，那王公公為什麼也死了？」

李蓮花皺起眉頭：「王公公究竟是如何死的？」

方多病的眉頭皺到打結：「被猛獸吃得精光，只剩副骨架子。」

李蓮花吐出口氣，喃喃道：「說不定這世上真有千年狐精、白虎大王什麼的……」

方多病本要說他胡說八道，驀地想起那些虎爪不似虎爪、狗爪不像狗爪的足印，不禁又閉上嘴。

卜承海凝思許久，突然道：「皇上召見趙大人三人，結果如何，或許方大人知曉。」

他在大理寺任職，不能隨意入宮，但方則仕身為戶部尚書，深得皇上信賴，皇上既然是為公主之事意圖興修土木，而那公主又將許配給方則仕的公子，或許方則仕知曉其中隱情。

方多病一愣，跳起身：「老子回家問我老子去。」

李蓮花連連點頭：「極是極是，你快去、快去。」

方多病轉身便走，那令牌始終沒有還給卜承海。

方大公子一去，卜承海微微鬆了口氣，李蓮花在牢中微笑，過了一會兒，卜承海竟也淡淡一笑：「多年未曾與人動手，真有如此可笑？」

李蓮花嘆道：「方大公子年輕氣盛，你可以讓他氣得跳腳，但不能讓他氣得發瘋。」

卜承海板著臉不答，又過了好一會兒，他緩緩吐口氣：「皇上召集魯方五人入京，乃是因為十八年前，這五人都是京城人氏，魯方、李菲、趙尺與尚興行四人當初年紀尚輕，也學得一些粗淺的武藝，曾在宮中擔任輪值的散員。後來皇上肅清冗兵冗將，這幾人因為年紀不足被除去軍籍，而後棄武習文，考取功名，直至今日。」

「宮中的散員……」李蓮花在牢裡慢慢踱了半圈，「除此之外，有何事能讓他們在十八年前留下姓名？」

十八年前皇上肅清冗兵，被削去軍籍的何止千百，為何宮中卻記下這幾人的姓名？

「這四人當初在宮中曾犯過事，」卜承海道，「做過些小偷小盜……」他語氣微微一頓，「當年的內務府總管太監是王桂蘭，王公公的為人天下皆知。」

李蓮花點頭，王桂蘭是侍奉先皇的大太監，二十二年前先皇駕崩，王桂蘭轉而侍奉當今聖上，直至聖上登基八年後王公公才去世，地位顯赫。王桂蘭雖然深得兩朝皇帝歡心，卻是個不折不扣的酷吏，他雖不貪財，自然更不好色，也不專擅獨權，但宮中一旦有人犯了些小錯落在他手上，不脫層皮是無法了事的。既然魯方幾人當年少不更事，落在王桂蘭手裡，自然不會好受。不過王公公當年教訓的人多了，為何這幾人讓皇上如此重視？

卜承海頓了頓，又道：「雖不算什麼大事，但這幾人的記載與他人不同。」

李蓮花極認真地聽著，並不作聲。

又過了許久，卜承海才道：「據內務府雜錄所載，這幾人被王公公責令綁起來重打四十大板，而後沉於水井。」

李蓮花嚇了一跳：「沉入水井！那豈不是淹死了？」

卜承海的臉色很不好看，僵硬片刻，緩緩點頭：「按道理說，應當是淹死了。」

李蓮花看他臉色，情不自禁乾笑一聲：「莫非這幾人非但沒死，還變成水鬼從井裡爬出來不成？」

卜承海的臉色僵硬：「內務府雜錄記載，這四人『翌日如生，照入列班，言談舉止，無一異狀』。」

李蓮花忙道：「或許這四人精通水性，沉入井中而不死，就不算什麼難事。」

卜承海的臉終於扭曲了一下，一字一字道：「他們是被縛住手腳，擲入井中的……此事過後，宮內對這幾人大為忌憚，故而才藉口將他們除去軍籍，退為平民。」

李蓮花嘆了口氣：「這四人死而復生，和極樂塔又有什麼干係？」

卜承海道：「有人曾問過他們是如何從井裡出來的，幾人都說到了一處人間仙境，有金磚鋪地，四處滿是珍珠，不知不覺身上的傷就痊癒了，醒來後，人就回到了自己房中。」

李蓮花奇道：「僅僅如此，皇上便覺得他們和極樂塔有關？」

卜承海微露苦笑，點了點頭，「根據宮中記載，極樂塔當年並未建成，但……」他沉聲道，「也有宮廷傳說，此塔早已建成，其中滿聚世間奇珍異寶，卻突然從宮中消失。」

「消失？」李蓮花嘖嘖稱奇，「皇宮裡的故事都古怪得很，偌大一座佛塔也能憑空消失？」

卜承海淡淡道：「宮中筆墨多有誇張，百年前的事誰能說得清楚？就連死而復生的故事都寫得出來。」

李蓮花皺眉：「你不相信？」

卜承海冷冷道：「他們若真能死而復生，又怎會再死一次？」

李蓮花抬頭嘆了口氣：「那劉可和呢？」

卜承海淡淡道：「皇上召見他是因為他是宮中監造，並無他意。」兩人同時安靜下來。

這事越是深究越是詭祕，彷彿在十八年前就是團迷霧，與這團迷霧相關的枝枝節節、絲絲縷縷，都是謎中之謎。

六 第四張紙

自方多病十五歲起，就和他老子不對盤，這還是他第一次去見他老子跑得這麼快。

方則仕剛剛早朝回來，轎子尚未停妥，便見方府門外有個白影不住徘徊，他雖然少見兒子，自己生的卻還是認得的，撩開簾子下了轎，皺起眉頭便問：「你不在家中候旨，又到何處去胡鬧？」

方多病縮了縮脖子，他與他老子不大熟，乍見有些害怕：「呃，我……在這裡等你。」

方則仕目光在兒子身上轉了轉：「有事？」

方多病乾笑一聲，他老子不怒自威，威風八面，讓他有話都說不出口：「那個……」

方則仕目中威嚇一閃，方多病摸了摸鼻子，本能地就想逃，方則仕卻拍了拍他的肩：「有事書房裡說。」

方多病馬馬虎虎應了兩聲，跟著他到書房。一腳踩進書房，只見檀木書櫃裡滿是暗墨鎦金的書皮，四面八方都是書，不知有幾千幾萬冊。他又摸了摸鼻子，暗忖，這陣仗若是小時候見了，非嚇得屁滾尿流不可。

「景德殿中的事我已聽說，」方則仕的神色很是沉穩，「李大人的事、王公公的事，皇上很是關心，你來找我，想必也和這兩件事有關？」

方多病心中暗罵：你明知你兒子和那兩個死人關係匪淺、糾纏不清，幾句話就撇得一乾二淨，還真是老奸巨猾的老官！然而嘴上卻畢恭畢敬、溫文爾雅道：「兒子聽說皇上召見趙大人三人，他們與李大人、魯大人素有交情，不知趙大人對李大人被害一事，可有說詞？」

方則仕看了他一眼，目中似有讚許之色：「皇上只問了些陳年往事，趙大人對李大人遇害之事，自是十分惋惜。」

方多病又道：「皇上體恤臣下，得知趙大人等人受驚，即刻召見。又不知趙大人對皇上厚愛，何以為報？」

方則仕道：「皇上對諸臣皆恩重如山，雖肝腦塗地而不能報之，趙大人有心，只要皇上需要用他的時候盡心盡力、鞠躬盡瘁，自然便是報了皇恩。」

方多病乾咳一聲，誠心誠意地道：「方大人為官多年，真是八面玲瓏，滴水不漏……」

方則仕臉上神情不動分毫：「謬讚了。」

方多病繼續道：「……厚顏無恥，泯滅良知。」

「啐嗒」一聲，方則仕隨手關上窗戶，轉過身來，臉色已沉：「有你這樣和爹說話的嗎？你年紀也不小了，明日皇上就要召見，以你這般德行，如何能讓皇上滿意？」

方多病怒道：「老子說過要娶公主嗎？公主想嫁老子，老子還不想娶呢！老子十六歲縱橫江湖，和你這方大人一點狗屁關係都沒有……」

方則仕大怒，舉起桌上鎮紙，一板便向方多病手上打下，方多病運勁在手，只聽「啪」的一聲脆響，碧玉鎮紙應聲而裂。

方則仕少年及第，讀書萬卷，卻未習練武功，被兒子氣得七竅生煙，卻是無可奈何，怒道：「冥頑不靈，頑劣不堪，都是被你娘寵壞了！」

方多病瞪眼回道：「今天皇上究竟和趙尺、尚興行、劉可和說了什麼？你知道對不對？快說！」

方則仕沉聲道：「那是宮中祕事，與你何干？」

方多病冷冷道：「李菲死了，王公公也死了，你怎知趙尺那幾人不會突然間死於非命？他們究竟藏了什麼祕密？你不說，天下誰能知道？沒人知道李菲是為什麼死的，要如何抓住殺人凶手？李菲死得多慘，王公公又死得多慘，你貴為當朝二品，那些死的人都與你同朝為官，竟激不起你一點熱血，難道不是厚顏無恥、泯滅良知？」

方則仕為之語塞，他和這兒子一年見不上幾次面，竟不知他兒子如此伶牙俐齒、咄咄逼人。過了良久，他慢慢將鎮紙放回原處，道：「李菲李大人之死，自有卜承海與花如雪捉拿凶手，你為何非要牽扯其中？」

「因為我看到了。」方多病冷冷道，「我看到了人死得有多慘。」

方則仕不知不覺點了點頭，長嘆一聲：「皇上召見趙尺、尚興行、劉可和、魯方、李菲五人，是為了一百一十二年前，宮中修建極樂塔之事。」

方多病哼了一聲：「我知道。」

方則仕一怔：「你知道？」

方多病涼涼道：「極樂塔是一百多年前的東西，這五人又怎麼知道其中詳情？今天皇上召見，究竟說了什麼？」

方則仕緩緩道：「趙尺、尚興行幾人十八年前曾在宮中擔任侍衛散員，因故受到責罰，被王桂蘭王公公沉入水井。但他們非但沒有受傷，還見到了人間仙境，而後被送回房間。皇上懷疑，當年他們沉入的那口水井，或許與極樂塔有關。」

方多病奇道：「極樂塔不是沒修成嗎？既然沒修成，還有什麼有關不有關？」

方則仕皺起眉頭，簡單俐落地道：「極樂塔其實已經修成，卻在一個狂風驟雨之夜突然消失了。」

方多病張大嘴巴：「突然消失？」

方則仕頷首：「此事太過離奇，故而史書只記載極樂塔因故未能建成。」

方多病駭然看著他爹，他爹和李蓮花大大不同，他爹從不扯謊，他爹說極樂塔突然消失，那就是真的突然消失了。

這世上會有突然消失的佛塔嗎？

「本朝祖訓，極樂塔以南不得興修土木。皇上為了替昭翎公主修建朝陽宮，想知道當年極樂塔具體位置所在，也有意查明當年極樂塔究竟是如何『消失』的。」方則仕嘆了口氣，「皇上在內務府雜記中看到魯方幾人的奇遇，突發奇想，認為或許與極樂塔有關。」

方多病接口道：「結果魯方瘋了，李菲被殺，甚至王公公也莫名其妙地被什麼猛獸生吞活剝了。」

方則仕皺起眉頭，只覺方多病言詞粗魯，十分不妥：「魯方幾人當年沉入井中，據趙尺所言，那口井很深，但越往下越窄小，井壁上有落腳之處，於是他們沉入其中後很快浮起，踩在井壁的凹槽中，互相解開繩子。」

方多病心想，這也不怎麼出奇，卻聽方則仕道：「之後魯方腳滑了一下，摔入井水裡未再浮起，他們三人只當魯方出了意外，趙尺自己不會游水，另外兩人扶著趙尺慌忙從井中爬出，結果第二日卻見魯方安然無恙地回到房中。」

方多病「咦」了一聲：「他們不知道魯方摔到何處去了？」

方則仕沉吟片刻：「在皇上面前，趙尺說的應當是實話，尚興行與趙尺十幾年未見，官職相差甚遠，說詞卻也相同，想必縱有出入，差異也不大。」

「可是魯方已經瘋了，誰能知道當年他摔到哪裡去了？」方多病瞪眼，「且不管他摔到哪個洞裡去了，和極樂塔關係都不大，至多說明皇宮大內地下有個窟窿。」

方則仕搖了搖頭：「此事蹊蹺，不管魯方當時去了哪裡，他自己諱莫如深，如今既已瘋了，更是無從知曉。」

方多病卻道：「胡說八道，不就是摔進井裡嗎？叫趙尺把那個井找出來，派人下去查探，我就不信找不出那個洞。」

方則仕苦笑：「皇上詢問趙尺二人當初那個發生怪事的井在何處，然而時隔多年，這兩人怎麼也想不起來究竟是哪一口井。」

方多病本想反駁：這還不簡單？不知道哪一口井，就每一口井都跳下去看看，這有什麼難的？但看方則仕滿面煩惱，他精明地閉嘴：「爹，我走了。」

方則仕回過神來，怒道：「你要去哪裡？」

方多病道：「我還有事。爹，這些天你多找些護衛守在你身邊。」

方則仕咆哮道：「明日皇上要召見你，你還想去哪裡？給我回來！」

方多病頭也不回，衣袖一揮，逃之夭夭：「爹，我保證明日皇上要見我的時候我就見他……」

方則仕氣得七竅生煙，狂怒道：「你這逆子！我定當修書一封，讓你爺爺收拾你！」

方多病遠遠道：「我是你兒子，你就算『休書』一封也休不了我！」說著已不見身影。

方則仕追到書房外，此生未曾如此後悔自己為了讀書而不學武藝。

與此同時，李蓮花和卜承海還在大牢之中。

到了午飯時間，卜承海居然留下來，和李蓮花一起吃那清粥小菜的牢飯。有人要陪著坐牢，李蓮花自是不介意，倒是奇怪卜承海吃這清粥小菜似乎吃得很習慣，等他仔細嚼下第三塊蘿蔔乾，終於忍不住問道：「卜大人常在此處吃飯？」

卜承海淡淡道：「蘿蔔好吃嗎？」

李蓮花道：「這個……這個蘿蔔嘛……皮厚筋多，外焦裡韌，滋味那個……還不錯。」

卜承海嚼了兩下：「這蘿蔔是我種的。」

李蓮花欽佩道：「卜大人精明強幹，那個……蘿蔔種得自是……那個與眾不同。」

卜承海本不想笑，卻還是動了動嘴角：「你不問我為何不走？」

李蓮花理所當然地道：「你自是為了等方多病的消息。」

卜承海的嘴角又動了動：「的確，他得了消息，絕不會告訴我。」

李蓮花嘆道：「他也不想告訴我，只是忍不住而已。」

卜承海笑了笑，沉默寡言地坐在一旁等，他非要等到方多病的消息不可。

過不多時，外面一陣喧譁，一名衙役驚慌失措地衝進來：「大人！大人！尚大人……尚大人在武天門外遇襲，當街……當街就……死了……」

卜承海一躍而起，臉色陰沉，「噹啷」一聲摔下碗筷，大步向外走去。

李蓮花頗為驚訝，在牢中叫了一聲：「且慢……」

卜承海頓了頓，並不理他，揚長而去。

尚興行死了？李蓮花真是驚訝，此人既然已經見過皇上，該說的、不該說的應當都已經說了，為何還是死了？為什麼？為了什麼？

是尚興行還有話沒有說，或者他們其實知道一些連他們自己都不知道的祕密？

尚興行死了，那趙尺呢？劉可和呢？

李蓮花在牢裡轉了兩圈，忽然舉手敲了敲牢門：「牢頭大哥。」

外面守衛大牢的衙役冷冷地看著他，自從這人進來以後，大牢中雞飛狗跳，不得安寧，他看著此人實在厭惡，只走過去兩步，並不靠近：「什麼事？」

李蓮花歉然道：「呃……我尚有些雜事待辦，去去就回，得罪之處還請大哥見諒。」

那牢頭一怔，不敢相信自己的耳朵：「你說什麼？」

李蓮花一本正經地道：「在下突然想到還有雜事待辦，最多兩日，去去就回，大哥不必擔憂，在下萬萬不會做那越獄私逃之事，不過請假一二……」

那牢頭「唰」的一聲拔出刀，喝道：「來人啊！有嫌犯意圖越獄，把他圍起來！」

李蓮花嚇了一跳，「咯」的一聲推開牢門，趁外面一群衙役尚未合圍之際竄了出去，逃之夭夭，不見蹤影。

那牢頭驚詫萬分，一邊吆喝眾人去追，一邊仔細看了一眼牢門。

只見牢門上的銅鎖已然開啟，與用鑰匙打開的一模一樣，並無撬開的痕跡，不知剛才李蓮花是怎麼一推就開的。牢頭莫名其妙，暗忖：莫非將此人關入時牢門就未曾鎖牢？但如果牢門未鎖，這人為何不逃？或者此人本是盜賊，可他用了什麼器具輕易開鎖？大理寺的牢門銅鎖乃是妙手巧匠精心打造，能輕易打開者非江洋大盜莫屬。

「快飛報卜大人，說牢裡殺害李大人的江洋大盜越獄而逃！」

「鍾頭兒，剛……剛……剛才那人已經不見，我們要往哪邊追？」

「報神龍軍統領，即刻抓人歸案！」

李蓮花出了大牢，牢外是大片庭院和花園，他前腳剛出，就驚動了外面守衛的禁軍，眾兵蜂擁而來，但聞弓弦聲響，頓時箭如飛蝗，其中不乏箭穩力沉的好手。李蓮花東躲西閃，眾侍衛只見人影一晃再晃，灰色的影子越來越淡，最後竟是一片朦朧，亂箭射去，那人不接不擋，長箭卻紛紛落空，定睛再看，灰影就如消散在空中一般，一去了無痕。

這是什麼武功？

幾位修為不凡的侍衛心中驚異不已，那人施展的應是一種迷蹤步法，但能將迷蹤步施展得如此神乎其技，只怕世上罕有幾人。

就在此時，武天門外也是一片混亂。

尚興行、趙尺幾人的轎子剛從宮裡出來，三轎並行，正欲折返住所，指日離京歸任，豈料才走到半路，擔著尚興行的幾位轎夫忽覺轎內搖晃甚烈，似乎有些古怪，還未停下，就聽「啪啦」一聲，轎子一輕，一樣東西自轎中跌出，害得轎子差點翻了。

轎夫手忙腳亂穩住官轎的同時，街上驚呼聲四起，只見大街上鮮血橫流，一人身著官服摔倒在地，喉頭開了個血口，鮮血不住噴出，流了滿身——正是尚興行！

一時間大街上人人躲避，轎夫渾然呆住，趙尺和劉可和的轎子連忙停下，大呼救人，不過片刻，尚興行已血盡身亡，那傷口穿喉而過，他竟是半句遺言也留不得。

混亂之際，一道白影閃過，在轎旁停了下來：「怎麼回事？」

趙尺驚駭萬分地看著尚興行的屍體，手指顫抖，半句話也說不出來。

劉可和臉色青白：「尚大人當街遇害了。」

在大街上疾走的人自然是方多病，他從方府出來，正要再去闖大理寺的大牢，卻不想走到半路，猛地見到尚興行死於非命。此時尚興行橫屍在地，官服上的彩線仍灼灼生輝，鮮血卻已開始凝結，黑紅濃郁，喉上傷口皮開肉綻，煞是可怖。

方多病皺著眉頭，撩開尚興行轎子的門簾，轎中滿是鮮血，卻不見凶器，倒是座上的血泊中躺著一張小小的紙條。

赫然又是一張十字形紙條，他極快地摸出汗巾，將那染血的紙條包了起來，藏入懷裡，而後探出頭來：「尚大人是被什麼東西所傷？」

趙尺全身發抖，早已說不出話來，眼神驚恐至極。

劉可和連連搖頭：「我等……我等坐在轎中，出來……出來時已是如此。」

「沒有凶器？」方多病的臉色也很難看，「怎會沒有凶器？難道尚大人的脖子自己開了個口子不成？」

趙尺一步一步後退，緊緊靠著自己的轎子，抖得連轎子也跟著顫抖，終於尖叫一聲：「有鬼！有鬼有鬼！轎子裡有鬼……」

「沒有鬼。」有人在他背後正色道，「尚大人頸上的傷口是銳器所傷，不是鬼咬的。」

趙尺不防背後有人，「啊」的一聲慘叫起來，往前狂奔，竄到劉可和背後：「鬼！鬼……」抬起頭來，卻見將他嚇得魂飛魄散的不是鬼，而是那「六一法師」。

方多病張口結舌地看著李蓮花，方才他要死要活要拉他出來，這人卻非要坐牢，把他氣跑了，而今卻又好端端一本正經地出來了。若不是趙尺不斷尖叫有鬼，他也想大叫一句白日見鬼！

就見那將人嚇得半死的灰衣書生兀自溫柔微笑：「不是鬼，是人。」

「什……什麼……麼……人……」趙尺渾身發抖，「我我我……我我我……」

方多病凝神細看尚興行頸上的傷口，的確不是鬼咬的，可偌大傷口，也非暗器能及，看起來極似刀傷，但若是刀傷，那柄刀何處去了？莫非能憑空消失不成？或者凶手是飛刀高手，趁尚興行轎簾開啟的瞬間，飛刀而入，割斷尚興行的咽喉，那柄飛刀再穿簾而出，所以不見蹤影？不過這裡是鬧市大街，若是有人飛刀而入、飛刀而出，又怎能全無蹤跡？

方多病驀地想到：莫非那把刀是無形的？

無形無跡的刀？世上真有這種刀？他斜眼瞟了一下李蓮花，李蓮花規規矩矩地站在趙尺和劉可和的轎子旁邊一動不動，十分友好地看著趙尺和劉可和。

方多病咳嗽一聲：「你這大理寺重犯，怎麼逃出大牢？」

趙尺和劉可和也十分驚異地看著李蓮花，六一法師被卜承海關入大牢之事知道的人不少，他怎會出現在此地？

「我乃修為多年、法術精湛的高人，區區一個分身之術……」李蓮花對著趙尺和劉可和一本正經地道，「何足道哉？」他指了指地上的尚興行，「尚大人當街為利器所害，不知他究竟做了何事，與誰結怨，讓人不得不在此地殺他？」

趙尺和劉可和連連搖頭，一個說與尚興行十幾年未見，早已不熟，更不知他的私事；另一個說在同住景德殿之前根本不認得尚興行，自然更不知他與誰結怨。

李蓮花對著尚興行的屍身仔細查看了一番：「卜大人必會盡快趕來，兩位切勿離開。卜大人明察秋毫，定能抓獲殺害尚大人的凶手。」

趙尺顫抖地指著他：「你你你……你……」

李蓮花對趙尺行了一禮：「趙大人。」

趙尺顫聲道：「你你……你不就是那……害死李大人的凶嫌……你怎麼又出現在此？難道……難道尚大人也是你……你所害？」

李蓮花一怔，只見劉可和退開兩步道：「你……你法術高強，如真有分身之術，那不著痕跡害死尚大人也……也並非不可能。」

李蓮花張口結舌：「啊？」

趙尺大吃一驚，嚇得軟倒在地：「你你你……你一定是用妖法害死了李大人和尚大人，說不定你就是虎精所變，王公公定是發現了你本來的面目，你就在景德殿內吃了他！」

「那個……」李蓮花正思索著該如何解釋自己既法力高強，又非虎精所變；既沒有謀害李大人，也沒有殺死尚大人。忽聽不遠處傳來凌亂的步履聲響，有不少人快步而來，正是追蹤逃獄重犯的大內高手。

方多病眼見形勢不妙，劉可和、趙尺二人顯然已認定李蓮花是凶手，且大批人馬轉眼即至，此時不逃，更待何時？他當下一把抓住李蓮花的手，沿著來路狂奔而去。

「啊……」李蓮花尚未思索完畢，已被方多病抓起往東疾奔。方多病骨瘦如柴，不過百斤上下，那輕功身法自是疾若飛燕、輕於鴻毛，江湖上能快過他的寥寥無幾。他抓著李蓮花狂奔，兩側屋宇飛逝而過，身後的吆喝之聲漸漸遠去。

過了片刻，方多病忽然醒悟，瞪眼看向李蓮花：「你居然跟得上老子？」

李蓮花溫文爾雅地微笑：「我的武功一向十分高強……」

方多病嗤之以鼻：「你小子武功若是十分高強，老子豈非就是天下第一？」兩人飆風逐月般出了京城，竄進一處矮山，一時半刻禁衛軍摸不到這裡，方才停了下來。

方多病探手入懷，將方才撿到的染血紙條攤在手心，道：「死蓮花，尚興行之死絕對有玄機，他已經見過皇上，什麼都說了，為什麼還是死了？」

李蓮花仔細看了看那張紙條：「那代表他雖然說了，但皇上並不明白，或者說他知道其中關鍵，自己卻不明白，唯有殺了他才能讓凶手放心。」

方多病躍上一棵大樹，坐在樹枝上，背靠樹幹，道：「我爹說，皇上和趙尺幾人的確談了極樂塔，不過趙尺說當年他們被王公公丟進一口水井，卻只有魯方一個人在井底失蹤，魯方去了何處，他們並不知情。」

李蓮花詫異道：「魯方在井底失蹤？那……那井底都是水，如何能失蹤？」

方多病聳了聳肩：「在井底失蹤也就罷了，我爹說，當年極樂塔其實已經建成，卻在一個狂風暴雨之夜突然消失……一座佛塔都能憑空消失，一個大活人在井底失蹤又有什麼？說不定井底有個洞，不會游水的沉下去自然就消失了。」

李蓮花欣然道：「極是，想那佛塔底下若是也有個洞，這般沉下去自然就消失了。」

方多病一怔，怒道：「老子和你說正經的，哪裡又惹得你胡說八道？現在尚興行也死了，說不定下一個死的就是劉可和或趙尺，那可是兩條人命！你想出來凶手是誰沒有？」

李蓮花道：「這個……此時尚是青天白日，想那千年狐精、白虎大王不會出來，禁衛軍既然在附近活動，卜大人也相隔不遠，劉大人或趙大人一時半刻還不會有危險。」

方多病瞪眼問：「是誰殺了他們？」

李蓮花張口結舌，過了半晌道：「我腦子近來不大好使……」

方多病越發不滿，悻悻然道：「你就裝吧，裝到劉可和與趙尺一起死盡死絕，反正這江湖天天都在死人，也不差這三五個。」

李蓮花啞口無言，過了半晌，嘆口氣，自地上拾起根樹枝，又過半晌，在地上畫了起來。

方多病坐在樹上，遠眺山林，這裡位於京城東南方向，遠眺是連綿的山巒，夕陽若血，漸漸西下，金光映照得滿山微暖，似重金鎏彩，他突然道：「死蓮花。」

李蓮花不答，兀自拿著樹枝在地上畫著什麼。

方多病自言自語，「以前老子怎麼不覺得這景色這麼蕭索……」他忽然發覺李蓮花沒有回答，瞪眼向下看去，「死蓮花。」

李蓮花仍然不答，方多病見他在地上畫了一串格子，也不知是什麼東西，問道：「你做什麼？」

李蓮花在那一串格子裡慢慢畫了幾條線，方多病隱約聽到他喃喃自語，不知道在念些什麼，當下從樹上一躍而下。他輕功極佳，如一葉墜地，悄然無聲。李蓮花居然宛若未覺，仍對著地上那格子不知道念些什麼。方多病站在他身邊聽了半晌，半句也聽不懂，終於忍無可忍，猛地推他一下：「你做什麼？念經嗎？」

「啊……」李蓮花被他一推，顯然嚇了一跳，茫然抬起頭來，對著方多病看了許久，方才微微一笑，「我在想……」

他頓了頓，方多病差點以為連他自己都搞不清楚他剛才在念什麼，卻聽李蓮花道：「兩件輕容，一枝玉簪，掛在木橋上的繩索，倒吊的李菲，離奇死亡的王公公，四張紙條，被割喉的李菲，被割喉的尚興行，十八年前失蹤的魯方，十八年後發瘋的魯方……消失的極樂塔，這一切必然有所關聯。」

方多病不知不覺點頭：「當然有關聯，沒有皇上召見他們問十八年前的事，他們自然也不會死。」

李蓮花道：「皇上只是想知道極樂塔的遺址，而他們十八年前只是被沉入一口井，無論那口井是否關係到一百多年前極樂塔的舊址，那口井下都必然有隱密。」

方多病的思緒頓時明朗，大喜道：「正是正是！所以要搞清楚這幾個人為什麼會死，還是要從那口井的井底查起。」

李蓮花卻搖頭：「那口井在哪裡，本就是個死結。皇上要這個答案，趙尺和尚興行卻給不出來。」

方多病頓時又糊塗起來：「井不知道在哪裡，魯方又發瘋，凶手沒留下半點痕跡，那要從哪裡查起？」

「凶手不是沒有留下痕跡。」李蓮花嘆了口氣，「凶手是留下太多痕跡，讓人無從著手追查……」

方多病瞪著李蓮花：「太多痕跡？在哪裡？我怎麼沒看見？」

李蓮花極溫和地看了他一眼，一本正經道：「兩件輕容，一枝玉簪，掛在木橋上的繩索，倒吊的李菲，離奇死亡的王公公，四張紙條，被割喉的李菲，被割喉的尚興行……」

方多病一個頭兩個大，頭痛至極：「夠了夠了，就算凶手留下許多痕跡，那又如何？」

李蓮花抬起食指微微按在右眼眼角：「我在想……兩件輕容，一枝玉簪，說明在這謎團之中，有一個干係重大的人存在……」

方多病同意道：「不錯，這衣服和玉簪的主人一定與凶手有莫大的關係，說不定他就是凶手。」

李蓮花執起方才的樹枝，在地上畫了那枝玉簪的模樣：「輕容和玉簪都是難得之物，此人非富即貴，但在外衣之外穿著數件輕容，並非當朝穿著，應是百年前的風氣。」

方多病嚇了一跳：「你說這衣服的主人其實是死了很多年的死鬼？」

李蓮花沉吟好一會兒，「難以確定，雖然如今很少有人這麼穿衣服，但也不能說這樣穿衣服的就一定不是活人。」他想了想，「只是這種可能性更大一些。」

「就算有這麼個死鬼存在，那又如何？」方多病哼了一聲，「那百年前喜歡輕容的死鬼可多了，說不定你老子的老子的老子就很喜歡……」

李蓮花睜大眼睛，極認真地道：「既然有個死人存在，且魯方有一件他的衣服和一枝髮簪，而李菲有一件他的衣服，那魯方和李菲多半見過那個死人，或許見過屍體，或許見過陪葬之物，但這具屍體是誰？」

方多病慢慢沉下心來：「既然魯方當年摔入一口井中，甚至從井底失蹤，那這具屍體多半就在那井底的什麼暗道或者坑洞之中。十八年前的皇宮是皇宮，一百多年前的皇宮也是皇宮，是什麼人死在裡面卻無人收殮，難道是宮女太監？」

「不，不是宮女太監。」李蓮花以樹枝在地上畫的玉簪上打了個叉，「此人非富即貴，絕非尋常宮女太監，這枝玉簪玉料奇佳，紋飾精絕，應非無名之物，或許可以從百年前在宮內失蹤、喜好輕容、佩有孔雀玉簪的人著手……」他說得溫淡，但眉頭卻是緊蹙。

方多病極少看李蓮花如此拿捏不定，這皇宮裡的事果然處處古怪：「這死人應該是個男人，那枝簪子是男簪。」

李蓮花道：「你小姨縱使不女扮男裝，有時也戴男簪……」

方多病一怔，說得也是：「不過，就算魯方沉到坑裡見到一百多年前的死人，那又如何？難道那死鬼還能百年後修煉成精，化為僵屍將魯方嚇瘋，吃了王公公，再割了李菲和尚興行的喉嚨？這死人要真能屍變，也該找當年的殺人凶手，隔了一百多年再來害人，害的還是十八年前見過的熟客，又是什麼道理？」

「這只能說明——那死人的事干係重大，重大到有人不惜殺人滅口，也不讓人查到關於那死人的一絲半點消息。」李蓮花嘆氣，喃喃道，「而且這僅是假設……要查百年前宮中祕事，少不得要翻閱當時的宮中雜記。」

方多病脫口而出：「我們可以夜闖……」

李蓮花歉然看了他一眼：「還有一件事，我想既然尚興行遇害，即使他未必當真知曉什麼隱密，他身上或許也有什麼關係重大之物。他剛剛身死，攜帶的雜物多半還在行館，你現在趕去，說不定還來得及……」

方多病大喜：「我知道他被安排住在哪裡，我這就去！」言畢一個縱身，向來路奔去。

「嗯……不過……不過那個……」李蓮花一句話還沒說完，方多病已急匆匆離去，他看著方多病的背影，這回方多病真是難得地用心，可偏偏這次的事……

這次的事事出有因，牽連甚廣，事中有事。

方大公子這江湖熱血若是過了頭，即便掛著三五個駙馬的頭銜，恐怕也保不住小命。

他微微笑了笑，站起身來拍了拍塵土，往皇宮的方向望了一眼。

七 御賜天龍

是夜，大內侍衛和禁衛軍分明暗兩路搜查逃出大牢的殺人凶嫌，京城內風聲鶴唳，甚至二更三更時分忽然有人闖進門，喝問可有見過形跡可疑之人。有人正在追查一個精通開鎖之術的江洋大盜，有人仔細盤問尋找一個邪術通天、能驅陰陽的法師，還有人意在緝拿一個殘忍好殺、專門割喉放血的凶徒。京師百姓議論紛紛，皆言近來大牢不穩，逃脫出許多凶犯，夜裡切莫出門，只怕撞上這幫惡徒，性命堪憂。

三更時分，那精通開鎖、邪術通天、專門割喉放血的凶徒不知自己在京師引起何等軒然大波，嚇得多少嬰孩夜晚不敢入睡，竟悠悠躍上一棵大樹，觀察樹下大內侍衛走動的規律。

皇宮大內，守衛果然森嚴，尤其是在內務府這等機要重地，守衛的模樣也和御膳房全然不同。李蓮花等到兩班守衛交錯而過的瞬間，翻身斜掠，輕巧地翻入內務府圍牆內，衣袂飄然微響，他指上一物飛出，射中方才的大樹，只聽枝葉搖晃，飄下不少殘枝落葉。

「嗒」的一聲輕響，有人自不遠處躍上樹梢，仔細查看聲響來源。李蓮花連忙往內務府花園的芍藥後一蹲，皇宮大內，果然高手如雲，很是可怕。過了半晌，那暗處的人在樹上尋不到什麼，又回到原處。李蓮花這下知道這人伏在右邊三丈外的牆角陰影處，方才他翻牆的時候真是走運，這人不知何故竟未察覺，莫不是自己翻牆翻得多了，精熟無比，連一等一的高手也發現不了？再過片刻，四下無聲，他自芍藥後探出頭來，庭院光線暗淡，一切尚未看清，忽聽有人冷冷道：「花好看嗎？」

「啊？」李蓮花猛地又縮回芍藥後，過了片刻方才小心翼翼地伸出半個頭，瞇起眼睛，只見昏暗的月光下，一人紅衣佩劍，站在芍藥前方。他張口結舌地看著那人，原來那人先回到原地，又悄悄摸了過來，顯然是早已看到他翻牆而入，卻故意不說，只等關門打狗。

「你是什麼人？」紅衣佩劍的侍衛不聲張，只是淡淡看著他，「夜入內務府，你可知身犯何罪？」

李蓮花乾笑一聲：「這個……不知大人如何稱呼？」

那人劍眉星目，甚是年輕俊俏，聞言笑笑：「你在這裡躲了兩炷香時間，耐心尚佳，武功卻太差，我料你也不是刺客，說吧，進來做什麼？」

李蓮花嘆了口氣：「皇宮大內，如大人這般的高手，不知有幾人？」

那侍衛又笑了笑，卻不回答，神色甚是自傲。

李蓮花頗為安慰地又嘆了口氣：「如你這般的高手要是多上幾個，宮內固若金湯矣，實乃我朝之幸、大內之福……」

那人饒有興致地看著他：「小賊，你潛入內務府，究竟想做什麼？」

李蓮花慢吞吞地站起身，將衣上的灰塵泥土一一抖乾淨，才正色道：「我來看書……」

那人揚起眉毛，指著他的鼻子：「小賊，你可知擅闖皇宮，我可當場格殺，我劍當前，你說話要小心。」

李蓮花對答如流：「我聽說王公公生前文采風流，喜歡寫詩，我等儒生，對王公公之文采仰慕非常，特來拜會……」

紅衣侍衛哈哈一笑：「你這人很是有趣，我只聽說王公公在景德殿被妖物吃了，倒是從未聽說他文采風流。」

李蓮花漫不經心地道：「我說的是王桂蘭王公公，不是王阿寶王公公，王阿寶公公的文采我沒見識過，但王桂蘭王公公的文采卻是風流，我聽說他奉旨寫過〈玉液幽蘭賦〉、〈長春女華歌〉等傳世名篇……」

「王桂蘭王公公？」紅衣侍衛奇道，「王桂蘭王公公是十幾年前的人了，你夜闖皇宮，就為了看他的詩歌？」

李蓮花連連點頭：「王公公做過內務府總管，我想他的遺作應當存放在內務府中。」

紅衣侍衛詫異地看著他，沉吟半晌：「胡說八道！」

「啊？」李蓮花被他嗆了一句，「千真萬確，我確確實實是為了看王公公的遺作而來，你看我不往寢宮、不去太和殿，既沒有在御膳房下毒，也沒有去仁和堂縱火，我……我千真萬確是個好人……」

「不得了啊不得了，你的腦子裡居然還有這麼多鬼主意，看來不將你交給成大人是不行了。」紅衣侍衛「唰」的一聲拔出佩劍，「自縛雙手，跪下！」

「且慢且慢——」李蓮花連連搖手，「你看你也和我說了這麼多話，算得上私通逆賊、縱容刺客，此時即使你將我交給成大人，我也必要如實招供，一一道來……不然你說要如何才能放我一馬，讓我去看王公公的遺作？」

紅衣侍衛微微一笑：「你倒是刁滑奸詐，要說如何才能放過你，很簡單，你勝過我手中長劍，我自然放過你。」

李蓮花道：「喂喂喂……你這是以大欺小、恃強凌弱，大大不合江湖規矩，傳揚出去定會被江湖中人恥笑，令師門蒙羞，師兄師弟師姐師妹出門都抬不起頭……」

「哈！看來你很懂江湖規矩嘛，」紅衣侍衛微笑道，「偏偏我師父早就死了，師兄師弟師姐師妹我沒有，江湖我也沒走過，怎麼辦？」

李蓮花退了一步，又退一步：「你一身武功，沒走過江湖？你難道是什麼朝廷官員的家人弟子？」

紅衣侍衛手中劍刃一轉：「贏了我手中長劍，一切好說。」

「唰」的一聲，一劍當面刺來，李蓮花側身急閃。這紅衣侍衛年紀甚輕，功力卻是不凡，如同坐擁五六十年內勁一般，那柄劍尤其光華燦爛，絕非凡品。劍風襲來，凌厲異常，一劍直刺，內力直貫劍刃，劍到中途，剛猛內勁乍然逼偏劍尖，「嗡」的一聲，劍尖彈開一片劍芒，橫掃李蓮花胸口。紅衣侍衛臉上微現笑容，驀地卻見劍下人抓起一物往胸前一擋，「嚓」的一聲輕響，劍尖斬斷一物，那彈開的劍芒頓時收斂，接著「啪」的一聲輕響，劍尖刺中一物，堪堪在那人胸前停了下來。

劍芒斬斷的東西，是一株芍藥。劍尖刺中的，是半截芍藥。

方才李蓮花從地上拔了株芍藥起來，先擋住他彈開的劍芒，劍芒切斷芍藥，又用手裡半截芍藥擋住他最後劍尖一刺。

紅衣侍衛瞇眼看著劍尖上的半截芍藥，李蓮花急退兩步，又躲在一棵大樹後面：「且慢且慢，只需我贏了你手中長劍，你就讓我去看王公公的遺作？」

紅衣侍衛笑了笑：「贏我？痴人說夢……若是方才我使上八成真力，你的人頭現在可還在頸上？」

李蓮花連連點頭：「說得也是，不過我的人頭還在。」

紅衣侍衛一怔：「我是說方才我若使上八成真力……」

李蓮花正色道：「你問我人頭現在可還在我頸上，那自然是在，若是不在，卻又有人和你說話，豈非可怕得很……」

他說到一半，聲音漸漸變小，語氣也有些奇怪。紅衣侍衛順著他的目光轉過頭去，只見一張古怪的人臉在牆頭晃了一下，外面樹上「沙沙」一響，有個東西極快地向東而去。

「那是什麼東西？」

「什麼人？站住！」紅衣侍衛長劍一提，往東直追。

李蓮花小聲叫道：「喂喂喂……」

紅衣侍衛追得正緊，充耳不聞，一晃而去。他在宮中日久，刺客見得多了，卻是第一次見到人不像人鬼不像鬼的東西，自是繃緊了神經。

李蓮花倒是看清楚了那東西的臉，與其說是臉，倒不如說是面具，一副白漆塗底、黑墨描眉的面具，五官畫得簡略，卻在面具上潑了一片紅點，猶如鮮血一般。而且那東西還披著層衣服一樣的東西，依稀是個人形，筆直地往樹上竄去。

他往紅衣侍衛追去的方向看了兩眼，想了一會兒他是否要追上去看兩眼那面具底下究竟是什麼？不過片刻之後，他欣然覺得還是王公公的遺作比較重要，於是撣了撣衣服上小小的幾點塵土，往內務府走去。

內務府附近侍衛仍有不少，但比之方才的紅衣人自是差之甚遠，李蓮花順利翻進一處窗戶，在裡頭轉了幾圈，摸入藏書之處。

要查百年前的宮中祕事，自然是要看宮中的記載。不過在看百年前的記載之前，李蓮花覺得如果十八年前確曾發生異事，那將魯方幾人沉入井中的王桂蘭王公公難道不曾著手調查且有所記載嗎？官家史記往往為政者書，未必是事實，十八年前的真相究竟為何？

王桂蘭可曾查出當年井下藏有何物？是不是真有一位百年前的死人？死者究竟是誰？

王桂蘭是否曾為此事留下記載？

內務府的藏書房遠沒有皇宮太清樓戒備森嚴，自然也沒有多加整理，其中許多是瑣碎的清單、各類帳目、物品的品相花色等手記。

李蓮花沒有點燈，就著月光看了屋裡林林總總的書冊，或新或舊，字跡或美或醜，有的飛瀑湍流、俊不可當，有的忽大忽小、奇形怪狀，且大多都積滿灰塵。他毫不猶豫地動手，一本一本地翻看。

黑暗之中，月光朦朧得近似於無，李蓮花的指尖卻很靈敏，短短時間已翻過二百餘本，在眾多書冊中，他拿起一本紙頁略帶彩線的書冊。

那是本裝訂整齊的書冊，封面上寫著三個大字「極樂塔」，裡頭以濃墨畫了些珍珠、貝殼之類的圖畫，此外還畫了些鳥。

這顯然就是方多病在景德殿那個房間發現的書冊，從房間消失後，竟出現在這裡。李蓮花將書冊翻到底，想了想，扯開裝訂的蠟線，自書冊中取出一張紙，揣進懷裡，再快手快腳地將書冊綁好，放回櫃裡。

接著他很快找出仁輔三十三年的清單手記，果然在其中看到王桂蘭的手筆。

那是一本青緞包皮的書冊，因為王公公當年地位顯赫，這手記的裝訂很是精美。翻開書冊，除了〈玉液幽蘭賦〉和〈長春女華歌〉外，還有一些如〈奉旨太后壽宴〉或〈和張侍郎梅花詩〉之類的曠世佳作。

王桂蘭的字跡清俊飄逸，不輸士子名家，李蓮花將他所寫的詩詞全都看了一遍，抓了抓頭，本想背下來，然而這位公公文采風流，成詩甚多，其中不少又相差無幾，單是詠梅花的詩句就有十七八首之多，要背下來未免有些勉強。他想了想，施施然將王桂蘭的整本手記塞進懷裡，整了整衣裳，從門口溜之大吉。

深夜的宮廷一片漆黑，走廊的紅燈在夜色中昏暗失色，風吹樹葉，一個灰濛濛的影子在樓宇間飄忽，樹影婆娑，有時竟難以分辨。只見那影子飄進了太清樓。太清樓是宮內藏書之處，地處僻靜，戒備並不森嚴。過不多時，那影子又悠悠晃了出來，背上背了個小小包袱，包袱雖小，卻很沉重的樣子，敢情這人從太清樓裡盜了幾本書出來。

這盜書的雅賊自然便是李蓮花。

大內的史典到手了，王桂蘭的手記也到手了，他本要立即翻牆而出，快快逃走，不想翻牆出去沒兩步，又見牆外樹林中一人紅衣佩劍，似笑非笑地看著他。

「呃……」李蓮花連忙笑了笑，「真是人生何處不相逢……」

紅衣人以劍拄地，饒有興致地看著他，也仔細看著他背上的包袱：「小賊，你約莫不是來看王公公的大作，而是要盜取太清樓的典籍書畫，拿出去換錢吧？好大的膽子！」

李蓮花連連搖手，極認真地道：「不是不是，我的的確確是來看書的，不過此時天色已晚，又沒有油燈，這麼多書一時之間也看不完，我只是暫借，等我看完之後，必定歸還，必定歸還。」

紅衣人臉色冷了下來，「說得很動聽，膽敢入宮盜書的竊賊，我還是第一次見到。」說完，他右手一提，長劍脫鞘而出，「束手就擒吧！」

李蓮花抱著他的包袱調頭就跑：「萬萬不可，我尚有要事，我說了我會歸還……」

紅衣人提劍急追，喝道：「站住！」

隨即一聲清澈的哨響，四面八方驟然哨響連連，人聲沸騰，顯然各路守衛都聞訊而來。

李蓮花「哎呀」一聲，逃得更快了，紅衣人提氣直追，也不見李蓮花腳下有什麼變化，卻始終距離自己三尺之遙。又追了片刻，紅衣人漸漸覺得奇怪，自己的輕功身法即將到達極限，這人卻依然在自己身前三尺，甚至不怎麼吃力的樣子。

「你——」紅衣人目光閃動，長劍一起，劍嘯如雷，筆直往李蓮花身後刺去。

李蓮花聽聞劍嘯，縱身而起，往前直掠。剎那間，劍氣破空而至，直襲他背後重穴。就在紅衣人以為得手之際，眼前人影一幻，那身灰衣如同在劍前隱隱約約化為迷霧一般，悄然散去，卻又在三寸之外重新現形。

身形模糊的瞬間極短，灰衣人仍然抱著包袱四處亂竄，紅衣人卻是大吃一驚，猛提真氣，御劍成形，大喝一聲，人劍合一，直追李蓮花。李蓮花乍見劍光繚繞，如月映白雪，又聽那劍鳴淒厲響亮，無奈停下腳步：「且慢，且慢。」

紅衣人人劍合一，爆旋的劍光將李蓮花團團圍住，嘹亮的劍嘯刺得李蓮花耳朵差點聾了，但見利刃繞體而旋，削下不少被劍風激起的頭髮，亂髮飛飄，風沙漫天，這御劍一擊果然是曠古絕今的劍中絕學。李蓮花抱頭站在劍光之中，不忘讚道：「好劍，好劍。」

過了良久，劍芒劍嘯劍風漸漸止息，紅衣人再度現形，那柄長劍已撩在李蓮花頸上：

「你是何人？」

李蓮花回道：「我是盜字畫的賊……」

紅衣人喝道：「胡說八道！方才你避我一劍，用的是什麼武功？」

李蓮花道：「那是我妙絕天下、獨步江湖、前無古人後無來者的逃命妙法，不可與外人道也。」

紅衣人凝視著他：「你有這等輕功，方才翻牆時，是故意讓我看見的？」

李蓮花連連叫屈：「冤枉，冤枉，你既然不會次次御劍殺人，我自然也不會次次都用壓箱底的本事爬牆……何況大人你武功高強，鑽在那旮旯裡，我千真萬確沒有看見。」

紅衣人笑了笑，諷刺意味十足：「你這是稱讚我，還是罵我？說，你究竟是什麼人？」

李蓮花道：「那個……我姓李……你可以叫我李大哥。」

紅衣人怒極反笑，「李大哥！」他劍上略略加了一分力，李蓮花頸上皮肉迸裂，鮮血頓時流了下來，「你再不老實說你是什麼人，我就一劍砍了你的腦袋！」

李蓮花抱著包袱，也不敢動，突然問：「剛才你去追那個面具人，情況如何？」

紅衣人武功雖高，畢竟年輕氣盛，聽聞他這一句，怔了怔：「剛才……」

剛才他追了過去，那古怪人形在樹木之間穿行，身法輕盈至極，追不多時，那東西就消失不見，只留下一件衣裙和一個面具。

李蓮花又問：「那人是不是穿著一件輕容……」

紅衣人目中凶光大盛，厲聲道：「你怎麼知道她穿著什麼東西？你和她是一夥的嗎？難怪她及時將我引走，就是怕我殺你，是嗎？」

李蓮花又想搖頭，又怕那長劍在自己頸上多割出幾道口子，只得小心翼翼地道：「那件……那件衣服呢？」

紅衣人被他氣得再次發笑：「你不擔心自己的小命，卻關心那件衣服？」

李蓮花「嗯」了一聲，又道：「那件……那件衣服呢？」

紅衣人目光閃動：「你要那衣服何用？」

李蓮花又「嗯」了一聲：「衣服呢？」

紅衣人頓了頓，驀地道：「我姓楊。」

李蓮花吃了一驚，是真的吃了一驚——皇宮大內姓楊的帶刀侍衛，莫非是官階從三品，不在各部侍郎之下，曾在我朝與西域諸國的武道會上連敗十三國好手，名列第一，號稱「御賜天龍」的楊昀春？據說此人師承三十年前大內第一高手「九步張飛」軒轅簫，又是王義釧的親生兒子，也就是昭翎公主的哥哥，連皇上都御賜他一個「龍」字，前途自是大大無量。

李蓮花不想和他糾纏半夜的竟是方多病未來的二舅子，瞠目結舌半晌：「原來是你。」

楊昀春自小拜軒轅簫為師。軒轅簫這人武功極高，到老卻瘋瘋癲癲，非說自己本姓楊，強逼王昀春改姓楊。王義釧無奈，索性將二兒子過繼給軒轅簫，反正他還有個長子王昀揚，不愁沒人繼承家業。不想楊昀春學武的天分極高，軒轅簫一高興，便在臨死前將全身功力送給他這個兒子，活生生造就了皇宮大內「御賜天龍」的一代傳奇。聽說皇上之所以收王義釧的女兒為義女，即是大大沾了這位二哥的光，因為楊昀春大敗十三國高手，龍顏甚悅，卻一時想不出什麼方法賞賜王家，便收了這個公主，還分外恩寵。

楊昀春聽李蓮花道「原來是你」，不知他指的是「原來你就是方多病未來的二舅子」，因而眉心微蹙：「你認得我？」

李蓮花道：「『御賜天龍』，武功絕倫，橫掃天下，莫不嘆服，自武道會後有誰不知、有誰不曉？」

楊昀春頗有些自得，笑了笑：「可我聽說，江湖中有李相夷、笛飛聲，武功不在我之下。」

李蓮花正色道：「那個……聽說他們都沉入東海好多年了，楊大人大可放心，您定是天下第一，毋庸置疑，毋庸置疑。」

楊昀春手腕一挫，收回長劍：「你究竟是什麼人？潛入宮中所為何事？你若肯實話實說，或許追兵抵達之前，我可饒你一命。」

李蓮花聽聞身後呼喝包抄之聲，嘆了口氣，「既然閣下是楊大人……」他頓了頓，「我要一個清淨的地方說話。」

楊昀春點頭，當先領路，兩人身影如電，轉了個方向，直往宮中某處而去。

月色明慧，清澄如玉。

大好月色之下，京城一處尋常別院之中，一人正鬼鬼祟祟地伏在一棵大樹上。遠遠望去，此人身著黑色夜行衣，趴在樹上猶如枝椏，瘦得如此稀奇古怪之人，自然是方多病。

李蓮花說，尚興行之所以會死，既然不是因為他知道了什麼隱密，那可能是他得到了某樣東西。如果魯方有件輕容，李菲也有件輕容，那尚興行所得之物，難道也是輕容？聽說百年前那些皇親國戚、奸商儒客，有時能在自己身上套一二十層輕容，且不說這傳說是真是假，萬一某個死人在自己身上套了七八件輕容，讓七八個人拿去，一人一件，而有這衣服的人統統得死，那還得了？豈不是要死七八個？方多病一邊胡思亂想，一邊揣測尚興行若是也有個寶貝，他會藏在何處？而殺了尚興行的人如果是為了他的某樣東西，會趁夜來取嗎？方多病伏在樹上，一本正經地思考著。要闖進尚興行的房間翻東西很容易，卜承海的衙役現正忙著驗屍，多半要到明天一早才會來取東西。

但是方多病多留了個心眼。

他想知道今夜除了他這隻螳螂，可還有黃雀在後？

微風搖曳，枝椏晃動，他極輕淺地呼吸著，身軀似與大樹融為一體。時間過去很久，一直沒有人闖入行館，他只看見趙尺叫了轎子去眠西樓，卻沒有看見人進來。又過了一個時辰，他都快要睡著了，尚興行房中驀地發出一點微光。方多病嚇了一跳，他以為有什麼夜行人闖入房中，卻不想根本沒有人接近那房間，房中卻突然出現人影。

一瞬間，他冷汗直冒。那個冷血殺手既然能進他房間取物如入無人之境，能在鬧市無形無跡地將尚興行割喉致死，武功絕對在他之上，而且居然早已潛伏在尚興行屋裡！

方才他若是貿然闖入，只怕也已成為被割喉的血屍。

出了一身冷汗，夜風吹來，遍體皆涼，他的血卻熊熊燃燒起來──這是個意外！尚興行房裡潛伏著人是個意外，但也是個機會──能讓他第一次親眼看到，那來無影去無蹤、殺人於無形的凶手究竟是什麼人。

房裡的微光微微閃了兩下隨即熄滅，方多病手心冒出冷汗，卻知機會只在瞬息之間，他一咬牙，對著不遠處的另一棵樹彈出一截樹枝。只聽「嗖」的一聲微響，那棵樹上一根樹枝折斷，樹葉紛紛揚揚地落了下來。

屋裡隱約的聲響立即沒了，方多病扯起一塊汗巾蒙面，筆直地朝尚興行的屋子闖了進去，手中火摺子早已備好，入屋一晃一亮，乍然照亮八方——果不其然，屋裡沒人！

屋裡空無一人！方才在屋裡點燈的人早已不見，但並非毫無動靜。

方多病赫然看見地上丟著一捲絹絲樣的東西，極淺的褐黃色，正是一件衣服，那衣服上下相連，衣後一塊衣角綁在腰間，卻是一件深衣。那深衣是剛從尚興行床下翻出來的，藏衣裳的木盒還翻倒在一邊，方多病看了一眼，正想撿起那衣服，忽聽門外「篤篤」兩聲，有人問道：「誰在裡面？」

不妙！方多病慌忙間撞倒桌上油燈，驀地發現油燈裡沒有燈油，呆了一呆。這時窗外隱約有人影閃過，一枚火摺子破空而入，落在地面那衣服上，「轟」的一聲，火光四起，熊熊燃燒。

方多病大吃一驚——原來方才那人在屋裡閃了幾下微光，竟是翻出衣服後，滅了油燈，在衣上、屋裡潑了燈油，只待放火燒衣！而他在屋外弄出聲響，那人順勢避出去，卻把自己騙進來一起燒了！

好個奸賊！這房門是從外面鎖上的，方多病勃然大怒，你當老子是省油的燈？四周火焰燃燒甚快，那人在屋裡扯落了不少垂幔，丟下了幾本書卷，再加上燈油，瞬息間熱浪洶湧，空氣令人窒息。

方大少運一口氣，一聲冷笑，也不破門而出，倒是驚天動地地吼了起來：「起火了！救人啊！起火了！救命啊！」

門外本來正在敲門的人嚇了一大跳，一迭聲問：「誰在裡面？誰……誰誰在裡面？」

方多病揮了兩下衣袖，驅去煙氣，沒好氣地道：「方尚書的大公子，昭翎公主的意中人。」

外面的人魂飛魄散：「方……方公子？來人啊！方公子在裡面，這裡面怎麼起火了？天啊天啊，方公子怎麼會在裡面？誰把他鎖在裡面了？來人啊！」

方多病捏著鼻子只管站在屋裡，屋裡濃煙滾滾，他靈機一動，忍著煙氣在烈火中翻找起來——方才那人走得匆忙，或許還有什麼東西來不及收拾帶走。

火焰很快吞噬屋裡能燒的東西，方多病東張西望，他身上那件衣服裡夾雜著少許金絲，隱隱約約也熱了起來，卻沒有看到什麼異樣的東西。突然屋裡「啪」的一聲，方多病聞聲望去，只見一物從尚興行的床頭跳了起來，一個閃閃發亮的東西掉落在地，是什麼被烈火烤得炸裂開來？他拾起一看，竟是一枚戒指。

戒指上殘留著碎裂的寶石，仍然瑩綠光潤。便在此時，大門轟地被重物撞開，外面人聲鼎沸，不少人急著救駙馬，便抬了根木樁將門頂開。正好屋裡已不堪再留，方多病筆直竄了出去，衣髮皆已著火，嚇得門外眾人端茶倒水，喚更衣的喚更衣，傳大夫的傳大夫。

方多病哼哼哈哈地任他們折騰，一口咬定是卜承海請他夜探尚興行的房間，不想卻被凶手鎖在屋內放火！眾人皆是嘆服，紛紛讚美方公子英雄俠義、果敢無雙、勇氣驚人，為卜大人兩肋插刀、赴湯蹈火、在所不惜，這等人才品德，世上幾人能有？

方多病心裡卻充滿疑惑。

那件已經燒掉的衣服，是一件男人的深衣。

除了質地精良外，並無什麼特異之處，甚至沒有繡花，委實看不出這東西有哪裡值得人甘冒奇險殺了尚興行，然後點火燒掉。

一件衣服上能有什麼隱密？魯方也有一件衣服，李菲也有一件，但那殺人凶手非但沒有燒掉他們的衣服，甚至還將一件輕容硬生生套在李菲身上，然而他卻燒了尚興行的這一件。

這是為什麼？

這一件和其他兩件的差別，只在於這件是深衣，而那兩件是輕容。

方多病越發迷茫。

那藏匿在尚興行房裡的人是誰？

他在起火的時候趁亂走了，還是就混在外面救人的人群之中？

方大少很迷茫，很迷茫。

皇宮之中，御膳房內。

楊昀春和李蓮花坐在大梁上，楊昀春手裡端著一盤菜，李蓮花手裡拿著一雙筷子，斜眼看著楊昀春，嘆氣道：「京師百姓要是知道『御賜天龍』竟然跑到廚房偷吃東西，心裡想必會很難受。」

楊昀春笑道：「御膳房都知道我晚上會來吃宵夜，這幾盤新菜都是特地留給我的。」

李蓮花從他手裡那盤三鮮滑雞拌小筍裡夾了根小筍出來吃，嚼了兩下，讚道：「果然與那蘿蔔乾滋味大不相同。」

楊昀春皺眉：「蘿蔔乾？」

李蓮花咳嗽一聲，「沒事。」他正襟危坐，右手不忘往楊昀春的盤中夾去，「楊大人可知道發生在景德殿中的幾起凶案？」

楊昀春怔了怔，奇道：「你竟是為了那凶案而來？我自然知道。」他非但知道，還知道得很清楚，畢竟他妹妹王為君正要受封為昭翎公主，而皇上為他妹妹欽點的未來夫婿方多病就住在景德殿中。

「方駙馬是我多年好友。」李蓮花說了這句，微微一頓，「景德殿頻發凶案，魯大人瘋，李大人、王公公、尚大人死，凶手窮凶極惡，若不能擒拿，則民心難安、朝廷失威。」

楊昀春倒是奇了，這人居然能一本正經地說出一番有理有據的話，方才這人還畏首畏尾、鬼鬼祟祟，看似一個小賊，如今他多看了這人兩眼，才發現這人衣著整齊、眉目端正，似是個頗為文雅的書生，年紀也不大，二十四五的模樣，稱得上「俊雅」二字。

「駙馬俠義熱血，對幾位大人之死耿耿於懷，」李蓮花繼續正色道，「不查明真相，只怕方駙馬再也睡不著。」

楊昀春對方多病全然陌生，只知此人是方尚書之子，曾以七歲之齡考中童生，也算少時穎慧，聽聞李蓮花此言，便有了三分好感。又聽李蓮花道：「那個……方駙馬以為，這幾位大人或許知曉什麼隱密，招致殺人滅口，而這個隱密多半就是皇上召見他們的原因。」

楊昀春越發驚訝，暗忖這未來的妹婿果然不差：「說得也是，我聽說皇上召見他們，是為了詢問極樂塔的位址。皇上要為為君妹妹重修宮殿，我朝祖訓，極樂塔以南不得興修土木，皇上不過想知道當年的極樂塔究竟在何處而已。」

「不錯，據說這幾位大人年少時，曾摔入宮中一口井，在井內頗有奇遇。皇上約莫覺得那口井有古怪，也許與極樂塔有關。」李蓮花微微一笑，一邊用右手的筷子仔細地從楊昀春的菜碟裡挑出一塊雞翅膀，一邊慢吞吞道，「方駙馬以為，既然幾位大人的奇遇發生在十八年前，也許王桂蘭王公公會有所記載，又既然事關極樂塔，那百年前關於極樂塔的一切記載也當細看。因此種種，駙馬今夜太忙，便請我入宮來借幾本書。」他的神色和方才一般文雅從容，帶著愉悅的微笑，「看過之後，定當歸還。駙馬相當有錢，不管是名家字畫或是金銀珠玉，他都多得要命，委實不必行那盜寶之事。」

楊昀春往嘴裡拋了塊滑雞，嚼了兩下：「聽你這麼說，似乎也有些道理。」

李蓮花道：「自然是有道理。」

楊昀春又嚼了兩下，吐出骨頭，驀地露出個神祕的微笑說道：「你想知道那口井在哪裡嗎？」

李蓮花嗆了一下，差點被嘴裡的筍子噎死：「咳咳咳……」

楊昀春頗為得意，忍不住左右看了一下：「那口井在……」

「那口井在長生宮後，柳葉池旁。」李蓮花好不容易把那塊筍吞下去，忙拿起酒杯喝了兩口。

楊昀春驀地呆住，見鬼似的看著李蓮花：「你……你怎麼知道？」

李蓮花從懷裡摸出本書，翻到其中一頁，指著上面一首詩。

楊昀春勤於練武，讀書不精，皺眉看著那首詩。

那首詩叫做〈夜懷感初雪〉，王公公俊逸的字跡寫道：

雪落金山寺，三分入池塘。

飛花化作雨，落氈沾為霜。

林上出明月，和雪照淒涼。
星辰長交換，桃李共嗟傷。
一抔珍珠淚，百年日月長。

楊昀春將這首詩看了幾遍，指著那本子：「這……這詩？」

李蓮花乾笑一聲：「這首『詩』自是寫得極好，你看他寫『雪落金山寺』，代表他寫的時候約莫是坐在一個能看到金山寺的位置。而宮中那座金山寺，據我方才逃竄所見，似乎在長生宮附近，而長生宮附近只有一個池塘，叫做柳葉池。」

楊昀春皺眉：「那又如何？」

李蓮花持著筷子在空中比畫：「『飛花化作雨，落氈沾為霜』，說明那天下著小雪，但是雪下到王公公眼中所見的某個地方，化作了雨，而這個雪落在他自家氈帽上卻結成冰霜。代表在長生宮附近的某個地方，下雪的時候比其他地方暖和，能將小雪融化，若非是地熱溫泉，便是有一口深井。」

楊昀春難以苟同，反駁道：「這……萬一當年王公公不過是隨便寫寫，你所說的豈不都要落空？」

李蓮花又夾一塊雞肉，施施然吃下去：「反正本就是全無著落之事，賭輸了也不過依舊是全無著落，這等不會吃虧的事自然是要賭一把的。」

楊昀春張口結舌，他從沒聽過有人對一首不知所云的「詩」胡思亂想，卻又絲毫不以為有錯。

李蓮花又道：「『林上出明月』，說明在那口井的旁邊有樹林，明月尚能『和雪照淒涼』，我想既然要與明月交輝，那『雪』自然也不能太稀疏，至少得有一小片雪地，方能『照』得出來……」

楊昀春這下真的瞠目結舌，此人非但胡思亂想，甚至是胡言亂語、異想天開：「且……且慢……」

李蓮花卻越說越起勁：「既然在金山寺旁有個池塘，池塘邊有樹林，樹林邊尚有一片雪地，那在這範圍之內，或許有一口井。」

「且慢！」楊昀春忍無可忍，一把壓住李蓮花又要伸向他那盤滑雞的筷子，「宮內一百多口井，你怎知就是那一口？」

李蓮花惋惜地看著被他壓住的筷子，微笑道：「不是嗎？」

楊昀春為之語塞，呆了一呆。

李蓮花小心地將他的筷子撥到一邊，夾了條他心愛的小筍，心情越發愉快：「王公公日理萬機，陪著皇上十分忙碌，你看他平日許多傑作要麼奉旨，要麼便是與文人大臣應和，他這一手好字都是向先皇學的，你說這樣一位一人之下萬人之上的大忙人，怎會突然間『有感而發』？他這半夜三更的不睡覺，跑到長生宮來看金山寺做什麼？」

楊昀春倒是沒想到這首詩既然寫到明月，那就是夜晚，的確，王桂蘭夜晚跑到長生宮來做什麼？

長生宮是歷朝貴妃居所，為後宮重地，但先皇與皇后伉儷情深，雖有佳麗若干，卻無一封為貴妃，故而長生宮一直閒置。況且長生宮與王桂蘭的居所相隔甚遠，半夜三更，王桂蘭去長生宮做什麼？

「何況這首詩的的確確不是奉旨，是王公公自己寫的，你看他諸多感慨，究竟在感慨什麼？」李蓮花點著那本手冊，「是什麼事能讓這樣一位鐵腕冷血的老太監『嗟傷』？能讓他感慨『百年日月長』？」

楊昀春心中微微一懍，脫口而出：「難道當年王公公他……」

李蓮花露齒一笑，「十八年前，身為頭等太監，統管內務府的王公公，說不定早就知道那井底下的祕密。」他拍了拍手，「所以我認為那口井在長生宮柳葉池旁，你呢？」

楊昀春皺眉：「我？」

李蓮花瞪眼問：「你又如何知道那口井的事？」

楊昀春突然笑了起來，放下盤子，就著酒壺大大喝了一口，李蓮花越發惋惜地看著那壺酒，大內好酒，既然楊昀春喝過了，那就不能再喝了。卻聽楊昀春道：「我看見了。」

李蓮花奇道：「你看見什麼？」

「十八年前，我看見王公公將魯方幾人沉進那口井裡。」楊昀春眨眨眼睛，「當時我六歲，剛剛在宮裡跟著師父學武，那天我聽到長生宮傳出偌大的動靜，吵得雞飛狗跳，所以就摸過去看看。原來是幾個小侍衛偷了長生宮內的東西，這種事其實經常發生，但王公公不知為何大發雷霆，叫人把那幾個小侍衛綁起來，扔進井裡。」

李蓮花嘖嘖稱奇，「這種事也能讓你看見，這可稀罕了。」他想了想，又問，「他們偷了長生宮裡什麼東西？」

楊昀春聳聳肩：「我怎麼知道？我躲在草叢裡，只看見王公公氣得臉都綠了，想必是偷了什麼重要的東西。」

李蓮花搖了搖筷子：「我本以為這幾人老邁糊塗，日子久了真的忘記井在何處，但既然那口井在長生宮，又不是人人能去，只去過一次的人怎麼會忘記？看來他們是偷了不得了的東西，至今不敢讓皇上知道，所以堅決不透露那口井的位置。」

楊昀春又聳聳肩：「等我明日把趙尺從卜承海那裡要來，將他關起來問問就知道了。」

「既然井在長生宮，且你我都認得路，」李蓮花微笑，「不如……」

楊昀春一怔，哈哈大笑：「長生宮是歷朝貴妃居所，雖然現在沒有人住，但也不是你我可以進去的。」

李蓮花嘆道：「你連御膳都偷了，居然還怕闖空屋……」

楊昀春傲然道：「長生宮雖然不能進，但如果刺客進去了，我自然也是要追進去的。」

李蓮花嚇了一跳：「刺客？」

楊昀春頷首，神態很是理所當然。

李蓮花嘆了口氣，喃喃道，「刺客就刺客吧，反正……反正……那蘿蔔乾也是不錯。」

他忽然興致大發，擲下筷子，「今夜也有明月，說不定長生宮的月色也很美。」

楊昀春悻悻然看著他，這人完全沒有自覺，不想自己做的可是要殺頭的大事，還在妄想長生宮的月色。

八　長生之井

長生宮是本朝歷代貴妃的居所，至今曾住過兩位貴妃，都是開國皇帝太祖爺的嬪妃，一位是淑貴妃，另一位就是先皇的祖母慧貴妃，也就是後來的康賢孝慧皇太后，就連先皇之父，也就是當今皇帝的祖父太宗爺，也是在這裡出生的。太祖與其他嬪妃並無所出，只得慧貴妃所生的太宗爺一子，而後太宗爺登基，母憑子貴，慧貴妃就成了慧太后。

太宗爺之後的兩朝皇帝——先皇與當今聖上，都與皇后感情至深，皇后又都生有太子，故而未立貴妃，長生宮就一直空著，保留著慧太后生前的樣子。

魯方幾人少年時居然敢到這裡偷東西，連李蓮花這等膽大妄為之徒也十分佩服。這裡既然曾是慧太后的寢宮，說不定真有許多寶貝。

兩人很快到了長生宮，長生宮雖無貴妃，卻還有幾個宮女住在其中，負責打掃房間和庭院。不過那幾個宮女既老且聾，縱有一百個楊昀春從她們身邊經過，她們也不會發現，難怪當年魯方幾人輕易就偷到東西。

靠近長生宮後，果然看到四周樹木甚多，蔚然成林，樹林旁一口柳葉形的池塘在月下灼灼生輝，甚是清涼悅目。李蓮花抬頭看了看金山寺的方向，楊昀春卻已筆直向樹林中的某處走去。

月色皎潔，長生宮外那片樹林不算茂密，斑駁的月光隨著樹葉搖晃在地上蕩漾，一晃眼，若翩躚的蝶。

接著，李蓮花看到一口井。

他本以為會看到一口普通的水井，石塊所砌，生滿青苔，但並非如此。

那是一口丈許方圓的圓形水井，水井上蓋著一塊碩大的木質井蓋，李蓮花自少年時便浪跡江湖，卻也很少看到這麼大的井，乍見嚇了一跳：「這……這原是用來做什麼的？」

「這口井在長生宮與金山寺之間，本是個死角，誰知道原來是做什麼用的。」楊昀春聳聳肩，他怎會知道？

李蓮花左右張望了幾眼，這裡地勢極低，附近又有天然生成的柳葉池，無怪此處有水，只是既然已有柳葉池，為何還要在此開挖一口如此巨大的水井？這皇家之事真是玄妙莫測，讓人全然摸不著頭腦。

那口水井上的木質井蓋已然腐朽，楊昀春一手扭斷井蓋上的銅鎖，將偌大的井蓋抬了起來：「當年我看見王公公就是把他們幾人從這裡扔下去的。」

李蓮花探頭往井下望去，只見井水距離井口甚遠，一股暖氣撲面而來，看來地下確實略有地熱。月光映在水面上，粼粼微光，晶瑩閃爍，卻看不清井下究竟有什麼。他撩起衣裳，一隻腳跨入井中，就待跳下去。

楊昀春皺眉：「你做什麼？」

李蓮花指著井下：「不下去怎知底下有什麼祕密？」

楊昀春將井蓋一扔：「我和你一起下去。」

李蓮花漫不經心地「嗯」了一聲，念念有詞地看著那碩大的井。

楊昀春反而有些奇了：「你不問我為何不攔你？」

李蓮花一本正經道：「既然刺客被楊大人追得跳井，那屍身總是要撈出來的……」

楊昀春哈哈大笑：「你這人有意思，下去吧！」

說著兩人脫下外衣，綁起中衣的衣角，「撲通」兩聲，一起跳入水井之中。

水井很大，兩人一起下來也不擁擠，難怪當年王公公能把魯方四人「一起」沉入井底。月光映照著水面，透下少許微光，李蓮花和楊昀春閉氣潛入井中，井水十分清澈，接近水面的地方，還看得清井壁。

井壁十分斑駁，彷彿還有些凹凸不平，楊昀春凝神看著目力所及之處，驀地眼前一黑，依稀有塊黑色方框掠過，不知是什麼，正要游過去細看，李蓮花卻拉了拉他的衣袖。

楊昀春只得隨他繼續下潛，下潛的途中一塊接一塊的黑色方框掠目而過，直至四周一片漆黑，李蓮花扯著他的衣袖，徑直往另一側游去。這水井底下竟出奇地寬敞，楊昀春糊裡糊塗地被他拖著直往深處去，再過片刻，李蓮花轉而往上游，「嘩啦」兩人一起冒出水面。

睜開眼睛，四周依舊是一片漆黑，卻聽李蓮花道：「少林寺有一種武功叫做『薪火相傳』，不知楊大人會否？」

楊昀春學武已久，雖然未曾踏入江湖，卻也知道「薪火相傳」是一種掌法，運掌之人出掌如刀，在柴火之上連砍七七四十九下，終能點燃柴火，但這門功夫他不會，不由得搖了搖頭。然而李蓮花卻道：「原來楊大人不會……不過這門功夫的心法，我在許多年前曾聽少林寺的和尚講過。」

楊昀春心知兩人全身入水，身上火種全溼，而這個地方多半就是井底的隱密所在，李蓮花想引火照明。他雖無心偷學少林寺武功，卻也不得不臨時抱佛腳：「你將心法念來，我看能否在浸水的衣服上引出火來。」

李蓮花果然念了一段不倫不類的心法，楊昀春隱隱約約覺得這與他所知的少林武功相去甚遠，應是另闢蹊徑。李蓮花脫下白色中衣，楊昀春依照李蓮花所說的一試，三掌之下，衣服便乾，十掌之後，李蓮花那件衣服「轟」的一聲亮起火光，兩人一起向四周望去，沒想到這裡竟是個密室。

此間顯然不是井底，而是個頗大的房間，四面是堅實的石壁，在遠端的石壁下有一團黑影，看似一張床。李蓮花和楊昀春從水裡出來，走得急了，差點一腳踩空，楊昀春提著李蓮花那件引火的衣裳快步向那張床走去，只見火光輝映下，那張床上七零八落地散著一些斑駁的東西，竟是一堆屍骨。

楊昀春大吃一驚，他做夢也沒想到會在井下發現屍骨。李蓮花卻是早有預料，他皺眉細看，那屍骨顯然已有年月，那張床本是木質，卻也腐朽得差不多了。床上除了屍骨和一些仿若衣物的殘片，並無其他，但床下最靠牆之處卻藏有一個碩大的箱子。箱子是用黏土捏就、自然風乾而成，顯然是就地取材，並非從外面帶入。

楊昀春早前脫下外衣，但並未解劍，此時拔出劍來，一劍削去那箱子黏合的口，只聽「嚓」的一聲微響，那早已乾透的堅硬泥板應聲落下，就如真的箱蓋一般。

箱蓋一開，一股柔和的光從箱子裡透出來，把兩人嚇了一跳，定睛再看，才知那箱子裡居然堆滿了金銀珠寶。

楊昀春伸手入箱，隨手取了一件出來，在火光與箱中夜明珠的映照下，那東西纖毫畢現，是一串濃綠色的珠子，入手冰涼，頗為沉重，火光下晶瑩剔透，十分美麗。

李蓮花也伸手翻了一樣東西出來，是一塊瑪瑙，這瑪瑙中尚有一塊圓形水膽，瑪瑙清澈透明，顏色紅潤，質地奇佳，裡頭的水膽也清晰可見，堪稱上品。

楊昀春看著手中的珠子好一會兒，茫然問：「這是什麼？」他見過的珠寶玉石也有不少，但這東西水晶不像水晶，琉璃不像琉璃，是他前所未見的。

「這個東西叫做頗梨。」李蓮花又順手從箱子裡翻出一串潔白如玉的珠串，其上有一朵含苞欲放的蓮花，其後以金絲穿著一百零八顆黃豆大小的白色圓珠，線條細膩圓融，全無稜角，單是雕工已堪稱絕品。

楊昀春看著李蓮花手裡的白色珠串，那東西似瓷非瓷，竟也是他前所未見，不禁問道：「那是……」

「這是硨磲。」李蓮花嘆了口氣，「頗梨以紅色、碧色為上品，像你手裡這麼大一串，品色又如此之好，若是拿去賣錢，只怕那三五十畝良田馬馬虎虎也買得起。像我手裡這串一百零八顆硨磲珠子，若是拿去賣給少林寺，只怕法空方丈要傾家蕩產了。」

楊昀春笑了起來，從箱底翻出一塊沉甸甸的東西：「我要買良田用這個就好，拎著那串珠子，若是有人不識貨，豈不糟糕？」那東西一拿出來滿室生輝，差點閃瞎李蓮花的眼睛，竟是一塊碩大的金磚。

說起金磚，他在玉樓春家裡見過不少，但玉樓春家裡那些金磚和皇宮中的金磚相比，果然還是小氣許多。楊昀春手裡這塊金磚堪稱「金板」，竟有一尺餘長，一尺餘寬，約半寸厚，且如這樣的「金板」在那泥巴箱裡還有許多，整整齊齊地疊在箱子底層。

李蓮花張口結舌，瞪眼看了楊昀春半晌，楊昀春嘆了口氣，將手裡的頗梨放回箱子：「這許多稀世罕見的珍寶，怎會藏在這裡？」

李蓮花搖了搖頭，過了片刻，又搖了搖頭，楊昀春奇道：「怎麼了？」

「我想不通，魯方當年要是沉到此處，瞧見這許多金銀珠寶，怎會不拿走？」李蓮花嘆了口氣，指指楊昀春手裡那塊「金板」，「即使黃金太大太沉，瑪瑙卻不大，即使不認得頗梨，也至少認得珍珠吧……」

箱裡不止一串珍珠，而是有許多串珍珠，甚至還有未曾穿孔的原珠，串成珠鍊的顆顆圓潤飽滿，大小一致，光澤明亮，那些散落的原珠也至少有拇指大小，或紫光，或紅光，均非凡品，即使讓傻子來看，也知價值連城。

魯方卻一樣也沒帶走。為什麼？

「說不定他膽子太小，這些都是皇上的東西，他又不是你這等小賊。」楊昀春笑道，「何況這箱子原封未動，說不定他進入此地時緊張慌亂，根本不曾看過。」

李蓮花搖了搖頭：「這泥箱子根本就是魯方捏的，他怎會沒有看過？」

楊昀春吃了一驚，失聲道：「魯方捏的？怎會是魯方捏的？」

李蓮花指著水道旁他方才踩空的地方，那裡有個刨開的泥坑，顯然捏箱子的泥土就是從那裡來的，「這些東西的主人萬萬不會捏個泥箱來藏，你看這地上的印記……」李蓮花指著地上坑坑窪窪的痕跡，「還有那床上的屍骨。」

「那屍骨怎麼了？」楊昀春瞪眼看了泥地和那堆屍骨好一陣子。

李蓮花一本正經地道：「那屍骨如此凌亂，自然不會是死者將自己搞成這般七零八落的模樣……而是他變成一把骨頭之後，有人把他徹底翻了一遍，說不定還扒了他的衣服。」

楊昀春點了點頭，指著地上的印記：「有道理，這又如何？」

「莫忘了，方才我們在水裡的時候，什麼也看不見。」李蓮花越發正色道，「如楊大人這般武功絕世的第一高手都看不見，那魯方自然更看不見。」

楊昀春又點頭：「那是自然。」

李蓮花咳嗽一聲：「既然井下如此黑，魯方顯然也不會什麼『薪火相傳』的絕世武功，那他是如何知道要游到這裡？如何知道這裡有個密室？又如何知道這裡有金銀珠寶呢？」

楊昀春也覺得奇怪，李蓮花只怕是早就猜到底下有密室，但魯方當年沉下來的時候卻不可能事先知道這裡有密室，底下漆黑一片，他是如何進入密室的？

又聽李蓮花慢吞吞道：「這其實很簡單……」

楊昀春皺眉：「很簡單？莫非魯方早就知道這裡有密室？」

李蓮花嘆道：「連皇上都不知道的事，魯方怎會知道？他能摸到這裡，不是因為他有少林寺的絕世武功，而是因為他看到光。」

楊昀春奇道：「光？」

李蓮花指著箱裡發光的那些夜明珠，十分有耐心地看著楊昀春微笑道：「這些東西原本都滾在地上，他沉下井的時候看見有光，就順著光游了過來，於是找到密室。」

楊昀春一怔，這答案如此簡單，他卻不曾想到，委實讓他有些沒面子：「光……」

李蓮花頷首：「這地上還有挖東西的痕跡，因為魯方來的時候，這些金銀珠寶不是藏在箱子裡，而是放在外面的，珠寶之中恰有數顆夜明珠，所以救了他一命，讓他找到這裡。」

楊昀春恍然：「你的意思是魯方將這些東西挖出來，然後捏了個泥箱子藏起來。」

李蓮花連連點頭：「楊大人英明，不過按照地上的痕跡，原本珠寶的數量也許比箱子裡的多很多。」

楊昀春摸了摸臉頰，李蓮花這句「楊大人英明」讓他沒什麼面子：「如此說來，魯方本有預謀，要將這些珍寶盜走？」

李蓮花又連連點頭：「這許多稀世珍寶聚在一起，想要盜走也是人之常情……」

楊昀春「呸」了一聲：「如你這般小賊才會見了珍寶就想盜走。」

李蓮花連連稱是，也不知聽進去沒有，又道：「我想不通的是，既然魯方早已準備好要將寶物盜走，為何最後卻沒有盜走，甚至如今莫名其妙地被什麼東西嚇得發瘋？」

楊昀春淡淡一笑，指著那床上的屍骨：「那自然是他招惹了些不該招惹的東西。」

李蓮花也微笑：「楊大人相信這世上有鬼？」

楊昀春搖頭，「鬼我不曾見過，難說有還是沒有。不過我想這個密室裡最大的祕密只怕不是那些金銀珠寶，而是床上這個人吧。」他從箱裡抓起一顆夜明珠，對著那死人細細地照了好一會兒，奈何一具七零八落的骨骸，委實看不出什麼，「這人是誰？」

「魯方當年若是有楊大人一半聰明，或許就不會惹來殺身之禍。」李蓮花嘆氣，「後宮禁忌之地，井下隱密之所，居然藏了人，若非此人半點見不得光，又何苦如此？我想『這個人是誰』就是魯方發瘋，李菲、王公公、尚興行身死的原由。」

楊昀春靜默一會兒，緩緩放下那顆珠子，李蓮花言下之意他聽懂了，又過了一會兒，他突然道：「但這個人已經死很久了。」

李蓮花靜靜道：「楊大人，你很清楚，此地的金銀珠寶都是佛門聖物。《佛說阿彌陀經》有云：『舍利弗，彼土何故名為極樂？其國眾生，無有眾苦，但受諸樂，故名極樂。又舍利弗，極樂國土，七重欄楯，七重羅網，七重行樹，皆是四寶周匝圍繞，是故彼國名為極樂。又舍利弗，極樂國土有七寶池，八功德水充滿其中。池底純以金沙布地。四邊階道，金、銀、琉璃、玻璃合成。上有樓閣，亦以金、銀、琉璃、頗梨、硨磲、赤珠、瑪瑙而嚴飾之。池中蓮花，大如車輪，青色青光，黃色黃光，赤色赤光，白色白光，微妙香潔。』這裡的珍珠、黃金、瑪瑙、頗梨、硨磲等，都是佛門七寶之一，這些東西，都是當年極樂塔內的珍品。」

楊昀春又靜默良久，長長吐出一口氣：「不錯。」

李蓮花指著那堆骨骸：「極樂塔突然消失，塔中珍寶卻到了此處，這個人是不是毀塔盜寶之人？若是，他是如何做到的？又為何死在此處？若不是，極樂塔又是如何消失的？塔中珍寶又是如何到了此處？盜寶之人是誰？毀塔之人是誰？他又是誰？」

楊昀春苦笑，「我承認你問的都是關鍵。」他嘆了口氣，「此地必然牽涉百年之前的隱密……一段天大的隱密……」話說到此，他心中竟隱約泛起一陣不安，以他如此武功、如此心性都難以鎮定，這隱密終將引起怎樣的後果？可會掀起驚濤駭浪？

李蓮花看他臉色蒼白，又嘆了口氣：「那個……我不愛探聽別人家的私事，何況是死人的私事。不過……不過……事到如今，還有人在為此殺人。」

楊昀春點頭：「不錯，無論如何，不能再讓人為此而死。當年極樂塔之事無論真相如何，終該有個了結。」

李蓮花微微一笑，然後又嘆了口氣，他走向那張床左側，提起燒得差不多的中衣對牆上照了照：「這裡有風。」

楊昀春湊過去，兩人對著那有風的牆壁細看了一陣，李蓮花伸手按在那有風的縫隙上，略略用力一推，只覺泥牆微微一晃，似乎藏有一扇門。楊昀春運勁一推，那門閂「喀嚓」一聲斷開，泥牆上無聲無息地開啟了一扇泥門。

原來牆上有門，卻是一扇泥門，那扇門是從外面閂上的，若非楊昀春這等能隔牆碎物的高手，密室裡的人絕不可能打開。兩人面面相覷，提著燃燒的中衣往前走。前面是一條密道，卻修築得十分寬敞，四壁整齊，還嵌著油燈。密道不長，道路筆直，兩人沒走多遠，就看到另一扇門。

那也是一扇黃泥夯實的泥門，古怪而堅固，兩人用力敲打，那扇門卻紋絲不動，似是完全封死。李蓮花奇道：「這裡既然被封死，怎會有風？」他舉高火焰，但見火焰往後飄動，抬起頭來，在那被封死的泥門上，有一排極小的通風口，不過龍眼大小，且年久失修，已經堵死不少。

兩人一同躍起，攀在泥牆上，湊目向外看去。

外頭月明星稀，花草蔥蔥，紅牆碧瓦，十分眼熟，竟是長生宮的後花園。

李蓮花和楊昀春面面相覷，楊昀春大惑不解：「那井下的密室怎會通向長生宮？」

李蓮花喃喃道：「糟糕，糟糕，不妙至極，不妙至極……」

楊昀春頗覺奇怪，皺眉問：「怎麼了？」

李蓮花嘆道：「既然今夜你我到了此地，少不得出去以後，也要和魯方、李菲等人一般的命運。」

楊昀春哈哈大笑：「若是有人向我動手，我將對方生擒之後，必會讓你多看兩眼。」

李蓮花欣然道：「甚好，甚好。」

既然那泥門被封死，兩人只得再回到密室，又在密室內四處尋找了一陣，李蓮花最後從泥箱裡選了一顆最大的夜明珠，與楊昀春一起透過水道，潛回井底。

夜明珠朦朧的光暈下，兩人一起往井壁看去，只見井壁上依稀刻有花紋，時日太久，早已模糊不清。李蓮花伸手觸摸，那井壁果然不是石砌，而是腐爛的木質，用力一劃，便剝去表面，露出白色的木芯。

兩人在井壁上照了一陣，未曾發現什麼，夜明珠的光暈一轉，兩人驀地看見，在那清澈的井底有一塊好似布匹之類的東西隨水蕩漾。楊昀春再次潛下去，輕輕扯了扯那布匹，一陣泥沙揚起，珠光下，只見另一具骷髏赫然在目。

李蓮花和楊昀春面面相覷，不想這井下竟有兩條人命，卻不知究竟是誰和誰死在這井中，他們是一起死去，或者只是偶然？

圍著那意外出現的第二具骷髏轉了兩圈，這骷髏留有鬚髮，年事已高，死時姿態扭曲，他身上殘留少許衣裳，衣上掛的物品閃閃發光，李蓮花從骷髏胯骨上拾起一隻銅龜，對楊昀春揮了揮手，兩人一起向上浮出。

浮上水面，外面星月交輝，悄無聲息。

李蓮花的中衣已經燒了，爬上岸來，光裸著上身，方才在密室裡光線暗淡，楊昀春也沒留心，此時月光映照下，只見李蓮花身上膚色白皙，卻有不少傷痕。楊昀春本不欲多看，可卻看了一眼，又看了第二眼。李蓮花見他直盯著自己，嚇得抱起外衣，急忙要套在身上。

楊昀春一把抓住他的手：「且慢！」

李蓮花被他看得渾身寒毛都豎了起來：「做什麼？」

楊昀春看著他身上的傷痕，喃喃道：「好招……此招之下，你……你卻為何未死……」

李蓮花手忙腳亂地繫好衣帶，上上下下檢查了幾遍，確定全身再無半點傷痕可讓楊昀春看見，方才鬆了口氣。

楊昀春驀地「唰」一聲拔出長劍，在月下比畫了幾個招式，一劍又一劍，比著李蓮花身上的幾道傷痕，顯然在冥思苦想那絕妙劍招。李蓮花見他想得入神，長劍比畫來比畫去，招招向自己招呼，若是楊大人一個不留神學會了，這一劍下來自己還不立斃當場？屆時他說不定吸取教訓，為防「你卻為何未死」，一劍過後，再補一劍，便是有兩個李蓮花也死了。

越想越是不妙，再待下去，說不定楊大人要扒掉他的衣服，將他當成「劍譜」。李蓮花足下微點，飄若飛塵，趁著楊昀春醉心於劍招之際，沒入樹林，三晃兩閃，半點聲息未露，已消失得無影無蹤。

九 井下之祕

方多病夜闖尚興行的房間被困火海，卜承海很快趕到，對方大少那番說詞不置可否，他既然不否認，那就是默認。皇上也聽聞方多病協助卜承海辦案，卻遭遇埋伏，險些送命，頓時大為讚賞，第二日一早就召見方多病。

方多病一夜未睡，一直坐在起火的行館中。昨日傍晚，方則仕聞訊趕來，對他這等冒險之舉一頓疾言厲色的教訓，又囉唆了一整晚見到皇上要如何遵規守紀、恭謙和順、察言觀色等等。偏生他這兒子偷拐搶騙、殺人放火什麼都會，就是不會遵規守紀，兩人大吵一架，不歡而散。

李蓮花自皇宮歸來，背著好幾本書，揣著一顆碩大的夜明珠，本想跟方大少炫耀炫耀他昨夜居然見識到了大內第一高手楊昀春，無奈方多病和方則仕吵架正酣，他在屋頂上聽方大少昨夜的英雄俠義聽到不小心睡著，醒來天已大亮，日上三竿。

一睜眼正巧看見方多病換了身衣裳，花團錦簇地被擁上一頂轎子，抬往宮中。李蓮花坐起又躺下，陽光映在身上，暖洋洋的，甚是舒服。又過了一會兒，聽見下面又有動靜，有人在搬東西，「哢嗒哢嗒」響個不停。他爬起來一看，卻是趙尺在打包行李，準備回淮州。

趙尺搬了一個頗大的箱子，看似十分沉重，李蓮花心中微微一動，揭起一片屋瓦，「啪」的一聲擊中那箱子。趙尺正吆喝兩個夥計幫他抬行李，瓦片飛來，正中箱角，「砰」的一聲，那箱子仰天翻倒，裡面的東西頓時滾落一地。趙尺大吃一驚，只見身旁屋頂上探出一個頭，那人灰衣卓然，趴在屋頂上對他揮了揮手，正是六一法師。

這……這人不是逃出大牢的重犯嗎？禁衛軍追捕了他一日一夜毫無消息，怎會躲在自家屋頂上？

六一法師指了指他木箱裡掉出來的東西，露齒一笑，陽光下，那口白牙灼灼生輝。趙尺面如土色，手忙腳亂地將那些東西匆匆塞回木箱，那木箱已然摔壞，他卻顧不得這麼多，指揮夥計立刻抬走。

李蓮花瞇著眼睛，方才從箱子裡掉出數個布包，有個布包當場散開，裡頭依稀有幾串珠子，一串是紅色珊瑚珠子，一串是黃金的蓮花蓮蓬。

原來如此。

他懶洋洋地躺在屋頂上，仰天攤開四肢，數日以來，從未如此愜意。

方多病被他老子逼著換了身花團錦簇的衣裳，塞進轎裡抬進了皇宮。也不知在宮中轉了多少圈，方多病終於聽到外面太監尖細的嗓門吆喝道：「下轎。」

他精神一振，立刻從轎子裡竄出來。方則仕在一旁怒目而視，嫌棄他毫無君子風度，方多病卻不在乎，東張西望地四處打量這所謂的皇宮。

幾人接著走進一個院落，又跟著太監轉了不知多少走廊，才進入一間屋子。這是間有些年月的屋子，裡面光線暗淡，雖然木頭的雕刻十分精美，但方多病對木雕全無興趣，自是視而不見。牆上掛著一幅字畫，當然也是名人所留，價值連城，偏偏方多病少年時不愛讀書，即使認得是某幅字，也不知究竟好在何處。正張望得無趣，卻聽身側「噗哧」一聲，有人笑了出來，聲音甚是好聽。

那人道：「妳看他這樣子，就像土包子。」

方多病轉過身，頃刻間擺出一副彬彬有禮、溫文爾雅的模樣，對說話的人行了一禮，微笑道：「不知公主覺得在下如何像土包子？」

此言一出，方則仕氣得七竅生煙，臉色鐵青，面前坐著的人斜舉起衣袖掩住半邊面頰，嫣然一笑：「就你問的這句，分外像。」

方多病卻不生氣，兩人對看兩眼，都笑了起來。

那坐在房中的公主一身藕色長裙，髮髻斜綰，插著一枝珍珠簪，膚色瑩潤，便如髮上的珍珠一般，眉目婉轉，風華無限。她身後站著兩個年紀甚小的丫鬟，也是美人胚子。方多病看了兩眼便讚道：「美人啊美人。」

方則仕氣得全身發抖，怒喝道：「逆子！敢對公主無禮！」

公主卻掩面嬌笑：「方叔叔，你家公子很是有趣，和我以前見過的都不同呢。」

方多病也讚道：「妳這公主很是美貌，和我以前所想的都不同。」

昭翎公主放下衣袖，露出臉來，那袖下的容顏果然嬌柔婉轉，我見猶憐，聞言奇道：

「你以前所想的是什麼模樣？」

方多病一本正經道：「我以為公主在宮中吃了就睡，睡了就吃，多半身高五尺、腰如巨桶、面如磐石……」

方則仕大喝一聲：「方多病！」

方多病翻了個白眼，就是不理。

公主笑得前仰後合，過會兒坐端正了道，「皇上等下就來，在皇上面前，你可不能這麼說話。」她揮了揮衣袖，為自己搧了搧風，「皇上指婚，要我下嫁與你，我本好奇方叔叔的公子究竟是什麼樣的人，若是死死板板的讀書人，我可不願。」

方多病大喜，指著方則仕：「就如這般死死板板的讀書人萬萬不能嫁，妳若是嫁了，就如我娘一樣，幾十年被這負心人丟在家中，一年也見不得幾次面。」

公主微微收斂笑容，小心看了方則仕一眼，只見他已氣到臉色發黑，恐怕難再氣上加氣，稍微放了點心，背過身來對方多病悄悄一笑，以口形道：「那你娘真是命苦。」

方多病連連點頭，如瞬間得了個知己一般。

方則仕氣則氣矣，卻見兩位少年意氣相投，他本擔心方多病頑劣不堪，一旦得罪公主，少不得被打斷兩條腿，誰知兩人越說越起勁，倒似一見如故。

未過多時，門外太監揚起聲音，尖聲道：「皇上駕到——」

昭翎公主站起身，屋裡人一起跪了下去：「皇上萬歲萬歲萬萬歲。」

方多病還沒打定主意要跪，但既然儀態萬千的美人兒都跪了，他也馬馬虎虎地跪上一跪，不過跪歸跪，「萬歲」是萬萬不說的。

進來的是一位穿明黃衣裳的中年人，便是當今衡徵皇帝。方多病本以為皇帝老兒在宮中也是吃了就睡，睡了就吃，閒著沒事抱抱美人，多半既老且胖，還縱欲過度，結果進來這人不過四十出頭，眉目俊朗，居然既不老也不胖，更不醜。

衡徵進了屋子便請大家平身，幾人站了起來，方則仕卻又拉兒子跪下，對衡徵道：「這便是劣子方多病。」

衡徵的神色甚是和氣，微笑問：「愛卿讀書萬卷，何故為自己兒子取了這樣的名字？」

方則仕略有尷尬之色：「劣子出生時下官並不在家，夫人說他自幼身體瘦弱，怕難以養活，故而取了個『多病』的小名，之後……也就未取正名。」

衡徵哈哈大笑：「愛卿忠君愛國，卻把妻子兒女看得太淡了些，這可不好。」

方則仕連連稱是，方多病在心裡一陣亂罵，臉上卻是恭謙溫順。

衡徵和方則仕說了幾句，便讓方多病平身。方多病站了起來，只覺這皇帝老兒不但不老，甚至比他還高了點，年輕時多半是個美男子，心裡不免悻悻。身為皇帝，已享盡榮華富貴，坐擁江山美人，居然還是個美男子，豈非要普天之下當不成皇帝的男人都去上吊？

衡徵自然不知方多病心裡的許多曲折，見他眉清目秀，心裡甚是喜愛：「朕早聽說方愛卿有一兒子，武功高強，英雄仗義，少時有神童之譽，現有俠客之名，十分了得。」

方多病對自吹自擂素來不遺餘力，聽衡徵這麼說，卻難得有些臉紅，慚愧得不知該說什麼好。要說自己少時並非神童，但自己確實早早考了童生；要說自己並不怎麼英雄俠義，卻似乎真做了不少英雄俠義之事，雖然那些事不全是自己一個人做的……

「我這個女兒……」衡徵一手拉起昭翎公主，公主嫣然而笑，容色傾城，只聽衡徵道，「是朕『御賜天龍』楊昀春的親妹妹，楊愛卿武功絕倫，在大內數一數二，不知你與他相比又是如何？」

方多病差點嗆到，瞪大眼睛看著衡徵，楊昀春是得了軒轅簫數十年的功力方才如此「少年英雄」，他方多病又不是自娘胎裡就帶著武功出來，如何能與楊昀春相比？正要認輸，又聽衡徵道：「若你勝過了楊愛卿，我這公主就嫁你為妻，你說如何？」

方多病話到嘴邊又嚥下，只見公主對他微笑，那溫婉的眉目，光潤的肌膚……一時間認輸的話竟說不出口，心裡叫苦連天，這當駙馬也太辛苦，原來不是白當的，皇上還要擺一次比武招親，方才肯將公主嫁他。

方則仕站在一旁，他雖然和兒子不親，卻也知方多病比之楊昀春遠遠不如，正要婉拒，卻聽公主道：「父皇，那英雄俠義豈是以武功高低來分的？我哥哥武功雖高，卻怎比得上方公子昨夜為了緝拿凶徒被困火海來得英雄俠義？」

此言一出，衡徵一怔，方多病一呆。

衡徵哈哈大笑：「朕本想，將妳嫁與一個沒有功名的小子，妳多半不願，如今看來是朕多慮了。」

方多病臉上發燙，心裡卻是苦笑——昨夜被點了把油燈就大叫救命，似乎與那「英雄俠義」也不大沾得上邊……

「既然昭翎如此說，比武之事再也休提。」

接著，衡徵微笑問方多病：「你既然與卜承海一起緝拿殺害李菲、尚興行的凶犯，不知可有進展？那凶徒究竟是何人？」

方多病張口結舌，不知從何說起，若是旁人問了，他自然是半點不知，可如今是皇上在問，且他還是公主口中的「英雄俠義」，總不能一無所知吧！正水深火熱之際，耳邊驀地有極細的聲音悄悄道：「你說——你已知道凶徒是誰。」

方多病整個人差點跳起來，這聲音如此耳熟，不是李蓮花是誰？他以為昨夜這死蓮花夜闖皇宮一夜未歸，一定是讓卜承海抓回牢裡了，卻不想死蓮花居然跟進了皇宮，現在多半是伏在屋頂上對他傳音入密，果然是膽大包天、不知死活。

方則仕心中暗道不妙，早知皇上要考李菲一案，就該叫方多病天天跟在卜承海身邊才是，如今為時已晚，看來公主不娶也罷，只盼方多病莫要惹怒衡徵，招來殺身之禍。

「呃……皇上，那凶徒便是劉可和。」方多病卻道，「工部監造，劉可和劉大人。」

「什麼？」衡徵臉色驟變，沉聲道，「此話可有憑據？」

方則仕大吃一驚，方多病不知道凶徒是誰也就罷了，他居然還信口開河，誣賴到劉大人身上。這……在皇上面前胡言亂語，這欺君之罪可是要株連九族的！剎那間，他臉色慘白，冷汗涔涔。

公主卻很是好奇，一雙明亮的眼睛眨也不眨地看著方多病，問道：「劉大人？」

方多病點點頭，有模有樣地道：「當然是劉大人。魯大人發瘋那晚，他在景德殿；李大人死的那日，他和李大人同住；尚大人死的時候，他就在尚大人身邊。」

衡徵眉頭深鎖：「但魯方發瘋那日，景德殿中尚有許多旁人……」

方多病乾脆地道：「景德殿中了解魯大人之人寥寥無幾，不過李大人、尚大人、趙大人三人而已，而既然李大人、尚大人先後死了，自然不可能是凶手。」

衡徵點了點頭：「依你這麼說，凶徒為何不是趙尺，而是劉可和？」

「趙大人沒有死，是因為他真的什麼也不知道。」方多病道，「或者說，他知道得不多。皇上可知，今日早晨，趙大人帶著一箱稀世罕見的珠寶打算回淮州去，而那殺人凶徒卻不在乎珠寶。」

衡徵奇道：「珠寶？趙尺何來許多珠寶？」

方多病豎起一根手指，學著李蓮花神神祕祕地「噓」了一聲：「皇上，李大人、尚大人以及王公公被害之事，說來複雜。」

衡徵知他心意，微微頷首，向方則仕與昭翎公主各看了一眼，兩人何等精明，紛紛託詞退下，只留下方多病與衡徵獨處。

衡徵在屋裡負手踱了幾步，轉過身來：「你說凶手是劉可和？他與魯方幾人無冤無仇，為何殺人？」

方多病道：「此事說來話長。皇上可知，在不久之前，江湖上有一個名叫清涼雨的年輕人，不惜身冒奇險也要得到一柄寶劍，呃……這年輕人為了那柄叫做『少師』的寶劍，花費了許多心思，甚至最後送了性命。」

衡徵皺起眉頭：「那是江湖中事，朕聽說江湖有江湖的規矩，死了人也不能向朕喊冤吧？」

方多病乾咳一聲，「江湖自然有江湖的規矩，不過……我……」他在李蓮花威逼利誘之下，逼出一個「我」字，滿頭大汗，「我卻以為，少師劍雖是名劍，卻非神兵利器，清涼雨是為了什麼，想要盜取這柄劍？」他加重語氣，一字一字道，「直至我見到了『御賜天龍』楊昀春楊大人的那柄劍，我才明白清涼雨為何要盜取少師劍。」

他說得鄭重，衡徵雖未聽懂，卻脫口問道：「為什麼？」

「為了楊大人的『誓首』。」方多病緩緩道，「『少師』與『誓首』同出一爐，都以剛猛無鋒出名。『揮少年之師而出，誓取敵首而回』，世上只有『少師』能抗『誓首』一擊。」

衡徵雖然也不是很懂，但對這長劍之事卻很感興趣：「如此說來，那年輕人是為了與楊愛卿一戰？」

方多病長長吐出一口氣：「這個……清涼雨已經死了，他說他取『少師』是為了救一個人，他既然死了，誰也不知道他究竟要救誰，但是楊大人既然身在宮中，清涼雨要救的人，顯然也在宮中，否則他不必盜取『少師』，意欲與『誓首』一決高下。」

衡徵詫異道：「救人？」

這皇帝老兒顯然絲毫不覺他這皇宮之中有誰需要被救。

方多病嘆了口氣，「清涼雨死了，有人在他身上放了張紙條。」他從懷裡摸出一疊紙條，打開其中一張，「便是這張。」

衡徵看過紙條，上面寫著「四其中也，或上一下一，或上一下四，或上二下二等，擇其一也」，卻也不知所云，皺眉道：「這是何物？」

方多病將手裡的紙條一一攤開，指著其中浸透血痕的一張，「這是李大人身死之後，在血泊中發現的。」他又指著另一張染了半邊血痕的紙條，「這是尚大人身死之時，在他轎子裡發現的。」

衡徵看著那些血淋淋的紙張，毛骨悚然，忍不住退了一步：「這……這凶徒莫非是同一個人？」

方多病點頭：「當然是同一個人，而且凶手用的是百年前失傳的金絲彩箋，這些紙來自皇宮，是貢紙。」

衡徵顫聲道：「金絲彩箋？宮中？」

方多病又點頭，「所以我說這件事說來話長，十分複雜。這些紙的確是從宮中流出去的。皇上請看……」他打開第二張紙，第二張紙上寫著「九重」兩個大字，第三張紙上寫著「百色木」三字，「第一張紙條上的字，是在指點人如何將白紙折成一個方塊。」

衡徵莫名其妙：「方塊？」

方多病頷首，「不錯，方塊。」他指著第二張紙，「九重，最簡單的說法，就是九重天，也就是九層的意思。」

衡徵在屋裡又踱了兩步：「第三張呢？」

方多病道：「百色木，是一種木材。」

衡徵臉色微變：「木材？」

方多病輕咳一聲，「很輕的一種木材。」他慢慢打開染血的第四張紙條，紙上的血跡雖已乾涸，卻依然怵目驚心，「而第四張紙條上只有一個點，中心點。」

衡徵忍不住又多看了那些紙條幾眼：「然後呢，又如何？」

方多病道：「皇上難道還想不到？這些紙上畫著線條、寫著材料，是一些關於建築物的構想，或者是圖紙。」

衡徵緊緊皺眉：「這個……」

方多病道：「這些圖紙都是從內務府一本題名為《極樂塔》的小冊子上拆下來的，皇上若是不信，可以請大理寺仵作或者是翰林院學子去看看那本小冊子，小冊子裡的金絲彩箋與這幾張紙條一模一樣。」

衡徵臉色陰晴不定：「你是說，這殺害朝廷命官的凶徒，居然能潛入內務府，盜取一本叫做《極樂塔》的小冊子？」

方多病坦然道：「是！」

衡徵臉色陰沉了半晌：「那殺人的凶徒，也是衝著極樂塔而來的？」

方多病點頭：「我想內務府的那本小冊子，是當年建造極樂塔的圖紙和構想，凶手從中取了幾頁出來，一則是不想讓人查出極樂塔究竟在何處，二則是用以作為殺人的留言。」

衡徵在屋裡大步走來走去：「你說凶徒是劉可和，可有什麼證據？他為何要盜取內務府一本手記冊子，當作殺人的留言？」

方多病目光閃動，定定地看著衡徵。

衡徵心煩意亂，見他如此，反而深感詫異：「朕在問你話，為何不回答？」

「皇上，」方多病放低聲音，「接下來我要說的……是事關皇上的一件天大的隱密。」

衡徵奇道：「關於朕的天大隱密？」

「皇上……有人殺了李大人、尚大人，嚇瘋了魯大人，在他們身邊留下極樂塔的圖紙，自然不是兒戲。」方多病嘆了口氣，「看在皇上英明神武的分上，我就直說了。」他輕咳了幾聲，「他們會被殺，是因為他們知道了極樂塔的祕密。」

「極樂塔的祕密？」衡徵張口結舌，不及追究方多病失禮，「他們對朕說，不知道極樂塔之事，也不記得當年摔下的水井究竟在何處，這世上難道真有人知曉極樂塔之謎？」

「有。」方多病肯定地道，「不止一個人知道極樂塔之謎的真相。皇上……」他沉吟了好一會兒，方才真心實意地道，「有人在掩蓋極樂塔的真相。」

「極樂塔已是百年前的事了，」衡徵道，「有什麼真相如此重要？」

方多病微笑：「皇上，是你想知道其中的真相，召見了魯方幾人，導致不可挽回的後果。在皇上心中，難道對極樂塔之事沒有任何懷疑？百年前神祕失蹤的極樂塔，不得興修土木的祖訓，這一切看來都如此神祕，顯然其中含有隱情。」

衡徵啞然，過了半晌：「朕的確想知道為什麼康賢孝慧皇太后會留下祖訓，說極樂塔以南不得興修土木。此塔分明早已不在，康賢孝慧皇太后卻留下這樣一條祖訓。」

方多病嘆氣：「皇上，你可知極樂塔在何處？」

衡徵眼睛一亮，上前兩步：「愛卿不但查明了凶徒是誰，甚至幫朕查清了極樂塔所在？真是少年睿智，冠絕天下啊！」

方多病苦笑：「皇上，魯方幾人當年沉下的那口井，的確與極樂塔有關，那口井所在的位置，就是極樂塔的舊址！」

衡徵在屋裡踱得越來越快，顯然心中甚是激動：「那口井……那口井在何處？」

方多病道：「那口井在長生宮外，一處樹林之中。」

衡徵一怔，抬起頭：「長生宮？」

方多病站在原地一動不動，臉色略微有些蒼白：「不錯，在長生宮外的樹林之中。」

衡徵的臉色有些微妙的變化：「那是康賢孝慧皇太后做貴妃時的住所……」

方多病長長吸了一口氣：「不錯！極樂塔就在長生宮外，佛經有云，極樂世界『極樂國土，七重欄楯，七重羅網，七重行樹，皆是四寶周匝圍繞，是故彼國名為極樂。又舍利弗，極樂國土有七寶池，八功德水充滿其中。池底純以金沙布地』。長生宮外那樹林共有七層，正是『七重行樹』，柳葉池就在附近，那裡地下有暗泉水道，儲有地熱，正是『七寶池』與

『八功德水』。」

「如果那裡確實是極樂塔所在，為何現在卻是一口井？」衡徵厲聲道，「你不要信口雌黃，若是你一句有假，方愛卿也難逃欺君之罪！」

方多病摸了摸鼻子，暗忖：我說的是雌黃還是雄黃，連我自己都不知道。耳邊李蓮花仍在輕聲敘述，他只得硬著頭皮重複一次：「那口井的位置，就是極樂塔的舊址。」

「既然你口口聲聲說那口井就是極樂塔的舊址，那極樂塔當年又是如何不見的？」衡徵怒色未消，「它是如何變成一口井的？」

方多病卻鬆了口氣，臉上露出一絲笑意：「這個……」

他從桌上另外取了幾張紙條，將之裁成與那些染血的紙條差不多大小，然後一一折成方塊，之後再將方塊疊起來，「這便是極樂塔。」他補充道，「不過當年的極樂塔乃是八角塔，不是方形，這些紙條上都有痕跡，意指要將方塊的四角整齊切去或折下，這方塊就會變成八角，但現下只能將就了。」

衡徵眉頭大皺：「這要用來做什麼？」

「這就是極樂塔，當年極樂塔共有九層，層層相疊，一層比一層小。」方多病道，「由於這是個用於放置骨灰的墓塔，所以修建得不是很大。皇上你看這些層疊的方塊……」他用指甲在第一個方塊上淺淺地劃下屬於第二個方塊的痕跡，「可有發現什麼異常？」

「什麼異常？」衡徵脫口問。

「旁人建佛塔，都是一層比一層略小，而這些圖紙上，極樂塔上一層比下一層小了很多，甚至完全可以──」方多病小心地將第二個、第三個、第四個方塊的底部和頂部剪掉，然後把第四個放進第三個裡，再把第三個放進第二個裡，最後把第二個放在第一個裡，「完全可以將上一層樓、上上層樓，一一吃進肚子裡。」

「這……」衡徵張口結舌，「這……這……」

「這就是極樂塔消失的祕密，你看這些紙條上的線條，有一部分是繩索，極樂塔是以懸掛和鑲嵌的方式修築的。」方多病一本正經道，「如果極樂塔內部完全是空的，並無隔層，只是個高達五丈的巨大空間，那麼一旦支撐二樓、三樓、四樓等的懸掛力量崩潰，皇上猜會怎樣？」

衡徵搖了搖頭，方多病將那幾個剪開的方塊小心翼翼地按層放好，用一條細繩將它們串連吊起來：「這是極樂塔，如果這根繩子突然斷了……」他放手，那些方塊一層層套入第一張紙條疊成的方形底座，再不見高聳之態。

衡徵目瞪口呆：「可是……可是極樂塔若是如此消失，至少會有第一層樓留下遺址，怎會變成一口井？」

方多病無奈且遺憾地看了衡徵幾眼：「如果極樂塔摔在平地上，第一層樓會留下遺址，說不定還會四分五裂，但它並沒有摔在平地上。」

「不是平地？」衡徵沉吟，摸著三縷長鬚，「不是平地？」

「恕我直言，當年太祖要修建極樂塔，懷念忠烈是其次，主要是他與兩位貴妃、一位皇后相處多年，膝下始終無子。太祖是想以忠烈之名大興土木，在宮中風水最差之處修建一座風水塔吧？」方多病一字不差地轉述李蓮花的話，裝得一副精通風水的模樣，「風水塔應當修築在地勢低窪的水源處，這也是太祖為何選擇在長生宮外修築極樂塔的原因。太祖想藉由修建極樂塔改風水求子，宮中無人不知、無人不曉，但極樂塔修築了大半年，兩位貴妃和皇后的肚子依舊沒有動靜。不論太祖在塔中供奉了多少真金白銀、奇珍異寶，太祖都沒有子息。然而就在此時，慧貴妃突然懷孕了。」他看了衡徵一眼，「這是天大的喜訊，慧貴妃自此踏上皇后、太后之路，光宗耀祖，意氣風發，而她的那位皇子便是太宗爺。」

衡徵點了點頭：「不錯。這又如何？」

方多病道：「慧貴妃是在極樂塔快要修建好的時候懷孕的，她之前一直沒有孩子，有了孩子之後，極樂塔與其中供奉的絕世奇珍一起消失，然後慧貴妃變成康賢孝慧皇太后，留下極樂塔以南不得興修土木的祖訓。皇上是聰明人，難道當真不懂其中玄機？」

衡徵臉色慘白：「你……你……」

方多病嘆了口氣，「皇上，極樂塔修築於水澤之上，有人在其底下挖了一個大坑，因與柳葉池相近，地下充滿泉水，所以那坑裡也充滿了水。有人在一個狂風暴雨之夜砍斷維繫極樂塔平衡的繩索，極樂塔因自重墜落，一個套一個，沉入塔底的坑道——這就是極樂塔消失的真相。」他拎起手裡紙摺的方塊，將之一個一個往下掉，「你看……二樓比一樓沉得更深一些，而三樓比二樓更小，三樓又沉得比二樓更深……如此一來，整座極樂塔就變成倒掛在水中，從一座塔變成了一口井。」

「依你所言，早在主持修築極樂塔之初，那造塔之人就已處心積慮地謀劃，要如此毀去極樂塔。」衡徵道，「但誰敢？誰有這麼大的膽子，敢與太祖作對！」

「皇上……極樂塔中藏有舉世無雙的珍寶，」方多病無奈地看著衡徵，「而且不止一件兩件，是一堆兩堆，難以計算的珍寶，只要拿出任何一件，都足夠一個人活一輩子。有多少人想要塔中的珍寶而不可得？無論誰拿走其中一件，都會被官府追殺，列為巨盜，所以不能只拿走一件，要拿就得全都拿走，假造極樂塔消失的假象，讓藏滿珍寶的塔連同珍寶一起消失，如此就不會有人再追問那些珍寶哪裡去了。大家只會討論極樂塔為什麼消失，是不是建造得太符合如來佛祖的心意，所以被如來召喚上西天等等。」

「你說的莫非是當年極樂塔的監造，劉秋明？」衡徵沉聲道，「但劉秋明一生勤儉，他與極樂塔一同消失，之後再未出現過，塔中寶物也不曾現世。」

方多病一笑：「單單是劉秋明一個人，也不會有這麼大的膽子盜取所有的珍寶，此事必然有人與他合謀，而且這人許諾他諸多好處，甚至允諾能保障他的安全。」

「誰？」衡徵脫口而出。

「慧貴妃。」方多病一字一字道，「皇上，你可知道，長生宮那口井下，共有兩具屍骨，地下尚有一間密室，密室中有條暗道，與長生宮相通！若不是當初修建極樂塔的監造同意，甚至親自設計，那地下怎會無端生出密室和暗道？密室裡有床，床上有一具屍骨。」

他又補充了一句：「男人的屍骨。」

衡徵毛骨悚然，連退三步：「你說什麼？」

「我說慧貴妃與劉秋明合謀，她默許劉秋明在修建極樂塔之事上作假，在皇上面前為他掩護，配合他盜走珍寶；劉秋明則幫她在地下修建一間密室，然後送來一個男人……」方多病緩緩道，「能讓女人生孩子的男人。」

「你說什麼？」衡徵當場失聲驚叫，「你說什麼？你說康賢孝慧皇太后與……與他人私通……方才……方才……」

「不錯。宮中正史記載太祖一生有過不少女人，從無一人懷孕，除了太宗之外，他再無子女，因此太祖很可能不能生育。那慧貴妃是如何懷孕的？」方多病看了衡徵一眼，「慧貴妃住在深宮，見不到半個男人，除了劉秋明在長生宮外不遠處修建極樂塔外，她再無機會。劉秋明既然要修築極樂塔，自然要引入工匠，如他能將慧貴妃的青梅竹馬或是私訂終身的男人藉機帶入，或者是用別的方法運進來，藏在地底密室裡，慧貴妃懷孕便合情合理。」

衡徵快要暈厥，方多病居然說先皇與他、甚至連太宗都非太祖親生，而是一個根本不知道是誰的野男人的血脈！這讓他如何能忍？「你……你這……」他半晌想不出一個詞語來形容這大逆不道的少年，一句話堵在喉中，咯咯作響。

「慧貴妃懷孕後，聖眷大隆，她便將密室中的男人滅口，沉屍地下，又將長生宮通向密室的密道封死——這就是極樂塔以南不得興修土木的理由。她造了孽，生怕被後人發現，但她卻不知後世史書以春秋筆法略去修築極樂塔之事，甚至無人知曉極樂塔的地點，導致這條祖訓分外啟人疑竇。」方多病嘆氣，「在極樂塔地下的密室中，藏了一個男人的屍骨——這就是極樂塔最大的祕密。關鍵既不在珍寶，也不在屍骨，而在於他是個男人。在皇上面見趙大人和尚大人後，尚大人為何依然遭到殺害？尚大人居住的房屋為何起火？是因為他藏有一件來自極樂塔地下密室的深衣。魯大人和李大人手裡的輕容不分男女，但尚大人手裡的深衣卻是一件男人的衣服。」

「你……你……」衡徵的情緒仍很激動，一句話也說不出來。

方多病安慰地看著他：「皇上，不論先皇和你究竟是誰的血脈，先皇是個明君，皇上你也是個明君。那殺害李大人、尚大人的凶手不正是為了隱瞞真相、保護皇上，故而才出手殺人嗎？」

「隱瞞真相？保護朕？」衡徵腦中一片混亂，「你在說什麼？你……莫不是瘋了？」

「殺害李大人和尚大人的凶手是為了保護皇上。」方多病看著衡徵，「他曾在魯大人屋外用繩索吊起一件輕容，留下極樂塔的部分圖紙，用意是警告知曉此事的人務必保守祕密，否則就是死。而魯方魯大人，本是他志在必得、必殺無疑的人，然而他意外嚇瘋魯方，於是便去試探李菲李大人，我想李大人非但不受威脅，還激怒了凶手，所以他將李菲割喉，倒吊在樹林中，往他身上套了一件輕容。隔日，皇上召見尚興行尚大人，尚大人雖然什麼也沒說，但凶手卻知道他藏有一件男子的深衣，為防尚興行將那件衣服的來歷說出去，也為防有人查到那件衣服，他又放火燒了尚興行的遺物，甚至差點把我燒死……」

方多病換了口氣，「凶手知道那些衣裳與極樂塔底下的屍骨有關，知道尚興行手裡那件深衣一旦洩露出去，說不定就會有人知道慧貴妃的寢宮之側曾經藏著一個男人。但那些衣服是如何落到魯方幾人手中的？」他看著衡徵，「首先，王桂蘭將他們丟進極樂塔垮塌之後形成的那口水井，然後魯方沉了下去，發現了密室。若是按照趙尺的說詞，其餘三人什麼也不知道，甚至以為魯方死了，卻不料他第二日又活生生地出現。這不合情理，以常理而言，至少會詢問魯方去了何處，而魯方當年不過是十幾歲的孩子，我認為他並無城府能隱瞞如此巨大的祕密。」

衡徵愣愣地看著方多病，也不知是否在聽。方多病又道：「我猜魯方將井下的祕密和珍寶告訴其他三人，之後李菲和尚興行與他一起下井，出於某種原因，他們帶回了那死人的衣服，例如三人各自解下屍骨身上的一件衣裳包裹密室裡的部分珍寶，將之帶了出來。而趙尺卻更聰明，他不會游水，故而沒有下井，而是威脅魯方要將此事告訴王公公，從中敲詐了大量珍寶。趙尺現在正要離開京城，皇上若派人去攔，或許還可以從他的木箱裡找到當年極樂塔中的部分珍藏。趙尺不是凶手，他握有魯方幾人的把柄，又屢次敲詐得手，要說加害，也該是魯方幾人更想將他害死，而非他害死魯方三人，更無必要在武天門冒險殺死尚興行，何況趙尺不會武功，如何在眾目睽睽之下殺人？」

「朕……朕只想知道，為何凶手是劉可和？」衡徵的聲音分外乾澀，臉色也變得慘白。

「皇上，魯方幾人下井之後，那具屍骨上就沒了衣服，而凶手卻知道尚興行暗藏的那件衣服就是極樂塔屍骨所穿，非將之焚毀不可——這說明什麼？」方多病嘆了口氣，「說明凶手早在魯方之前就到過密室，他認得衣服，知道那件衣裳是關鍵之物。」

衡徵臉上再無一絲血色：「在魯方之前就有人到過密室……」

「不錯，在魯方之前就有人到過密室，卻不曾拿走任何東西。那井底密室中所藏的極品，被魯方暗藏在泥箱中，他後來卻未能拿走，為何未能拿走？」方多病十分嚴肅道，「因為魯方幾人之後再也沒有機會接近極樂塔，那是為什麼？因為在魯方沉而不死的消息傳開後，王桂蘭就著手追查水井之謎。王桂蘭王公公在宮中日久，侍奉過先皇，甚至見過慧太后本人，他要追查這百年祕史比任何人都容易得多。他想必曾派遣人手探查水井，也發現了密室，見到了屍骨，即刻知曉是怎麼一回事，為保守祕密，他藉口宮中清除冗兵，將這四人除去軍籍，遠遠發配。王桂蘭既然知道真相，魯方又怎麼可能有機會再摸到水井？所以……」

「朕只是問你，為何凶手是劉可和！」衡徵提高了聲音，「你當朕的話是耳邊風……」

「皇上，極樂塔消失之後，劉秋明亦消失不見，那井下有兩具屍骨，其中一具在密室床上，另外一具沉在井底——」方多病也提高聲音，「那屍身上掛有銅龜，銅龜背面寫著『劉秋明』三字！」

衡徵臉上變色：「那銅龜呢，銅龜在何處？」

方多病一愣，那銅龜……那銅龜長什麼模樣他都不知道，何況在哪裡……

正乾瞪眼之際，一物當空墜下，方多病反應敏捷，一把抓住。

衡徵目瞪口呆地看著那東西憑空出現，指著那東西道：「那那……那是……」

方多病將那東西往前一遞，一本正經道：「皇上，這就是銅龜。」

衡徵腦中一片混亂：「不不不，朕……朕是說這銅龜怎會……怎會憑空出現在此……」

方多病正色道：「皇上聖明，自然有神明相佑，以致心想事成，皇上呼喚銅龜，銅龜自現，正所謂天命所歸，祥瑞現世之兆。」

衡徵張口結舌，連退兩步，半身靠在木桌上：「啊……啊？」

方多病翻起銅龜，銅龜肚上果然隱約可見「劉秋明」三字。衡徵認得那銅龜，確實是百官所佩，絕非仿造，當下面如死灰。

「極樂塔如期垮塌，化為水井，身為監造，劉秋明必然會被太祖治罪，所以他必須在當夜取寶逃走。」方多病將銅龜放在衡徵身邊，「他將珍寶轉移藏匿在密室之中，結果珍寶尚在，劉秋明卻失蹤了，這說明什麼？」他一字一字道，「說明——他已與井下那人同葬。」

「胡……胡說！」衡徵怒喝。方多病這是赤裸裸地指責慧太后下毒手殺人，非但說她謀害那不知來歷的男人，還說她謀害朝廷命官，「你好大的膽子，當著朕的面辱及慧太后……」

「劉秋明的銅龜在此，他的屍身尚在井底。」方多病冷冷道，「皇上不是要問我，為何凶手是劉可和？當年井下之事，劉秋明知道，慧太后知道。既然劉秋明死了，縱然當年尚有其他知情之人，想必也早已化為塵土，是誰能在魯方之前潛入井中，看到那死人骨頭？慧太后有兒子登基為帝，也有曾孫是當今皇上，那劉秋明呢？」方多病語氣變得陰森，「劉家監造自古有名，劉秋明的兒子叫劉文非，劉文非的孫子，便是當今工部監造劉可和。」

「劉秋明與極樂塔一起失蹤不見，劉家自然著急，想必對此事追查甚久。以劉可和對建造之精熟、出入宮廷之便、與同僚之交，都能助他拿到劉秋明當年設計極樂塔的手記。」方多病道，「拿到手記後，他一看便知極樂塔是如何憑空消失的，所以他拆下那些可能洩露機關的圖紙，然後尋到遺址，潛入水井，發現了井下的隱密。劉秋明就沉在井底，密室尚有一具男屍，事已至此，他非但不能替曾祖父收殮屍骨，還必須小心謹慎地隱瞞真相，因為一旦事情暴露，勢必引起軒然大波，朝廷動盪不說，劉秋明犯下如此大罪，劉家豈能倖免？」

方多病看了衡徵一眼，「後來又發生王桂蘭將魯方幾人沉入水井之事。當時魯方幾人年幼無知，雖然見得屍骨，卻只貪圖珍寶，王桂蘭將幾人開除軍籍，逐出京城，魯方未能再度下井，劉可和也未再有動作。不料十八年後，皇上將那幾人召回。」他嘆了口氣，「皇上要查極樂塔之謎，劉可和豈能不心急如焚？不知讓劉可和與魯方幾人一起居住景德殿，是皇上的意思，還是劉大人的主意？」

衡徵的臉色已漸漸緩和過來，初聞的震驚過後，各種思緒紛至沓來：「是劉可和請旨，說那四人或許別有隱情，要朕下旨讓他們一起居住景德殿，他與王公公可從中觀察。」

「不錯，」方多病見他已經鎮定下來，不禁佩服這皇帝老兒果然有過人之處，「他是想從中觀察魯方幾人十八年後，是否察覺了真相。」

「結果——便是他動手嚇瘋魯方，殺死李菲、尚興行？」衡徵的語氣充滿疲憊，「可有證據？」

空中一本書卷突然掉落，方多病這次鎮定自若，伸手接住，施施然翻開其中一頁：「這是本朝史書《列傳第四十五》，其中記載劉秋明生平，提到劉秋明嚴於教子，他的兒子叫做劉文非，而《列傳第六十九》記載劉文非生平，也記載劉文非嚴於教子，還記載了他兒子的名字，雖未記載他孫子的名字，但眾人皆知，他的孫子就是劉可和。」

衡徵在銅龜憑空出現後，已經痲木，那本書卷中還夾帶一張白紙，方多病取出白紙擺放在那些染血的紙條旁邊，「這是自那本《極樂塔》手記中拆下的白紙，皇上請看，紙質與這些紙條一模一樣。劉可和與魯方四人同住景德殿——」方多病指了指自己的鼻子，「我住進景德殿的第一個晚上，有人在庭院的花園裡懸掛了魯方的輕容，又在輕容的衣袖上插了一枝玉簪，放了一張極樂塔的圖紙。是誰能知曉魯方帶著那件輕容？又是誰知道那枝玉簪本來插在何處？趙尺不知道，因為趙尺不會游水，他沒有見過井下的屍骨，不知道那枝玉簪原本插在何處，更不可能有極樂塔的圖紙。」

「即使劉可和是劉秋明的曾孫，即使劉可和能夠取得劉秋明的手記，也不能說明他就是殺人兇手！」衡徵厲聲道，「你可知你剛才所說，句句大逆不道，任何一個字朕都可以讓你人頭落地！」

「只有住在景德殿中的人才能盜取魯方的衣服，同樣也只有住在景德殿中的人才能知道當夜六一法師要做法事，李菲幾人被王公公安排住在別處。而當夜李菲是如何去到那處樹林的？他又是何時離開別館？為何趙尺幾人竟不知情？誰能輕易找到李菲將他帶走？宮牆外巡邏的禁衛軍為何沒有發現？是誰知道那片樹林夜晚僻靜無人？又是誰為了什麼而將李菲割喉，並將那件輕容硬套在他身上？」方多病昂首挺胸，「就因為李菲看破了真相。」

「真相？」衡徵變了顏色。

「慧太后生子的真相。」方多病吐出口氣，「十八年後，李菲脫胎換骨，豈是當年可比？劉可和嚇瘋魯方，之後便去試探李菲，只怕李菲非但沒有識趣而退，反而要脅劉可和，於是劉可和一怒之下將他殺死，倒吊在樹林中，然後留下第三張紙條，用以恐嚇尚興行。」

「這僅是你一面之詞，並無證據。」衡徵咬定不放，若是認了劉可和是殺人凶手，等同認了劉秋明做過那大逆不道之事，等同認了自己與先皇甚至還有太宗爺都不是太祖的血脈，這如何可以？

「總而言之，是一個能輕易拿到魯方行李的人嚇瘋魯方，也是一個輕易能拿到李菲行李的人殺死李菲，且還留下相同的紙條，所以是同一個人。」李蓮花對方多病傳音入密，「而殺死尚興行的人，是一個知道他行李中藏有一件深衣的人，也是武天門外在尚興行身邊的人，更是嚇瘋魯方和殺死李菲的人。能輕易拿到魯方物品的人有李菲、趙尺、尚興行、劉可和，他們居住在相近的屋子裡，表面關係融洽，十分熟悉；能輕易拿到李菲物品的人有趙尺、尚興行、劉可和；能知道尚興行有一件深衣，且尚興行遇害時在他身邊的人有趙尺、劉可和。」方多病依言照念，幸虧他記性極好，除了轉述之外，還外加斜眉瞪目，指手畫腳，氣勢十足。

衡徵沉默了。

「而趙尺不知道這些衣服的含義。」方多病慢慢道，「他也不能將玉簪插入那件輕容的孔隙中，他從未潛入井下密室，直接盜寶的人也不是他，他最多不過是分贓，並沒有多做什麼，何必要殺人滅口？遑論他根本不會武功，不可能在武天門外殺死尚興行。所以——」

「所以殺人滅口的不是趙尺？」

「凶手是劉可和還有一個重要佐證。」方多病一字一字道，這段話是他自己說的，不是李蓮花傳音入密，「昨晚我去行館探查，一直埋伏在屋外等凶手現身來取尚興行的遺物，等了很久沒有人出現，尚興行房裡的燈卻亮了。」

「什麼？」衡徵脫口而出，「你看到凶手了？」

方多病冷冷道：「不錯，我看到了凶手，但這凶手並沒有從我面前經過，而是直接出現在屋裡——那說明什麼？說明這人原本就在行館內，根本不須夜闖就能進到尚興行房間！那是誰？那會是誰？趙尺那夜去了青樓，不在行館，那行館裡的人是誰？」

話已至此，衡徵面如死灰，牙齒咯咯作響，過了好一會兒，他緩緩道：「劉可和如何……能在武天門外殺死尚興行？我聽說那是妖物所致，尚興行人在轎中，突然間咽喉開裂，血盡而死，並沒有人動手殺他，也沒有任何兵器，沒有任何人看到凶手……」

「兵器就在皇上面前。」方多病露齒一笑，指著那在尚興行轎中發現的紙條，「這就是將尚興行割喉的凶器。劉可和趁自己的轎子與尚興行並列之際，飛紙入轎，將尚興行斷喉而死，不留痕跡。」

衡徵目瞪口呆，方多病拈起那張對摺的紙條：「金絲彩箋堅韌異常，百年不壞，皇上若是不信，請御膳房帶一頭豬進來，我可以當場試驗……呃……」他突然抬起頭對著屋頂瞪了一眼，這飛紙殺人的本事他又不會，若是皇上當真叫進來一頭豬，他要如何是好？

屋頂上的李蓮花連忙安慰道：「莫怕莫怕，若是當真有豬，你飛紙不死，我就用暗器殺豬，料想皇上不會武功，也看不出來。」

方多病心中大罵死蓮花害人不淺，誆他在皇上面前說出一大堆大逆不道的鬼話，過會兒衡徵回過神來龍顏大怒，方家若是滿門抄斬，他非拖上李蓮花陪葬不可！

「不必了。」衡徵盯著那染血的金絲彩箋一陣，嘆了口氣，目中神色更加疲倦，「如此說來，劉可和實是一名武功高手。」

方多病忙道：「自然是高手，高手中的高手。」

衡徵凝視著桌上一字排開的圖紙：「如果當真是他，他如何嚇瘋魯方？」

方多病抓了抓頭：「這個……這個……」

屋頂上，李蓮花又說了一大堆鬼話，方多病猶豫了好一會兒，勉強照說：「這個……皇上，劉可和用一種……那個千年狐精、白虎大王之類的東西嚇瘋了魯方。」

「千年狐精？白虎大王？」衡徵奇道，「那是什麼東西？」

「妖怪。」方多病老實道。

衡徵目中怒色驟起：「你——」

「皇上少安毋躁，」方多病忙道，「我認識一名法術高強的大師，皇上今夜月上之時移駕景德殿，那法師會當場捉拿嚇瘋魯方的千年狐精、白虎大王，讓皇上治罪。」

衡徵啞然看著方多病，看了好一會兒，緩緩道：「只要你今日能生擒劉可和，讓他在朕面前親口認罪，朕今夜便移駕景德殿。不過朕醜話說在前頭，今日所談之事，不論真假，若是有半個字洩露出去，朕要方家滿門抄斬；若今日你生擒不了劉可和，朕便將你凌遲處死，方家株連九族！」

方多病張大嘴巴看著這清俊的皇帝。

衡徵很累，自己尋了張椅子坐下，緩緩道：「叫你屋頂上的朋友下來，朕雖然糊塗，還不昏庸，擅闖禁宮的大罪，朕免了。」

方多病的嘴巴張得更大，原來這皇帝老兒客氣了，他只怕也不怎麼糊塗。屋上天窗處微微一響，一人飄然落地，微笑道：「皇上果然聖明。」

衡徵看了看這埋伏在自己頭頂許久的「刺客」，心中本來甚是厭煩，宮中自楊昀春以下無一不是無用之輩，居然讓這人在自己頭頂埋伏如此之久，然而看了一眼，他忽地一怔，又細看了兩眼。

李蓮花見衡徵皺著眉頭上上下下打量自己，順著衡徵的目光也將自己好好看了一遍，兩眼茫然地看著衡徵，不知聖明的皇上究竟在看些什麼。

屋中一陣靜默。

「真像。」衡徵突然喃喃道。

「真像？」李蓮花和方多病面面相覷。

「十三年前，朕在宮中飲酒，見有仙人夜出屋簷，亦飲酒於屋簷之上。當夜月色如鉤，朕宮中有一株罕見的異種曇花足足開了三十三朵，朵朵比碗還大，雪蕊玉腮，幽香四溢，那仙人以花下酒，坐等三十三朵開盡，攜劍而去。」衡徵嘆了口氣，幽幽道，「朕印象頗深，提酒而來，興盡而去，即使是朕也不禁心嚮往之……」

「仙人？」方多病古怪地看了李蓮花一眼，這傢伙若是仙人，本公子豈非仙外之仙？卻聽衡徵又道：「但細看之下，你又不是。」

李蓮花連連點頭，方多病咳嗽一聲：「皇上，這位就是……那位法力高強的大師，六一法師，方才法師表演凌空取物，神妙莫測之處皇上已親眼所見，今夜……」

「君無戲言。」衡徵淡淡道，「今日你生擒劉可和，讓他對朕親口認罪，朕今夜便去看那白虎大王；若你做不到，朕便將你凌遲處死，株連九族，滿門抄斬！」

言罷，他拂袖而去，等候在門口的太監高呼一聲：「起駕——」

但聞腳步聲響，衡徵已怫然而去。

方多病張大嘴巴看著衡徵離去的方向，半晌道：「死蓮花，你害死我了。」

李蓮花微笑：「要生擒劉可和，有什麼難的？」

方多病瞪眼：「劉可和十分狡猾，我當初進景德殿的時候，竟沒發現他會武功，你確定凶手是他？萬一這人不會武功，或是武功太高，你就是自打嘴巴，連累我方家與你一同滿門抄斬。」

李蓮花道：「要生擒劉可和非常容易，待會兒我就闖進劉大人府上，與他動手，你飛報楊昀春，叫他來抓逃獄的殺人嫌犯。你說，楊昀春在，要生擒劉可和有什麼難的？」

方多病張口結舌，半晌道：「你就直接闖進去動手？」

李蓮花極認真地道：「我是涉嫌殺人的江洋大盜，這江洋大盜愛闖入誰家便闖入誰家，愛與何人動手便與何人動手，何須理由？」

方多病語塞，悻悻然道：「你確定楊昀春一定會來？萬一他不來，老子便即刻帶老子的老子逃出京城，舉家遠走高飛了。」

「方公子，」李蓮花溫文爾雅地看著他，「自從你不持玉笛以來，似乎將那詩書禮易遺忘不少，氣質略有不佳，只怕是和尚廟裡的烤兔子吃太多，有些火氣攻心。」

方多病翻了個白眼：「老子——本公子——脫略形跡，早已用不著那些皮相，俊逸瀟灑只在根骨，何須詩書禮易。」

李蓮花十分佩服，欣然道：「你終於有一日說得出這番道理……」

方多病大怒：「老子——本公子放個屁也在你意料之中？」

李蓮花連連搖頭：「揣測他人何時放屁何等不雅，我豈會做那不雅之事？話說，此時快要正午，你若再不去飛報江洋大盜的行跡，只怕楊大人就要收隊吃飯了，這吃飯之事，還是打架之後再吃比較穩妥……」

方多病調頭而去，惡狠狠道：「等老子回來，最好看見你橫屍街頭！」

十 白虎大王

「江洋大盜？」楊昀春並不難找，尤其是皇上剛剛在紫霄閣，他就在紫霄閣外不遠處。但李蓮花躍上紫霄閣屋頂時他卻不在，故而不知方才那江洋大盜就伏在紫霄閣屋頂。

方多病點頭，這名震京師的「御賜天龍」楊昀春生得俊朗，眉宇間一股英挺之氣，生機勃勃，雖然一身官袍，卻掩不住少年得意。「從大理寺大牢逃脫的重犯方才闖入劉可和劉大人府上，只怕是被禁衛軍追得走投無路，要拚個玉石俱焚！還請楊大人快快救命。」他邊說邊暗忖：老子……呃，不，本公子信口開河之術果然已是爐火純青。

楊昀春果然重視：「劉大人府上在何處？」

「隨我來。」方多病身形一晃，直往劉可和的劉府而去。

劉可和的劉府坐落在宮牆外不遠。劉家監造傳家數百年，早在劉秋明的爺爺那一輩就為皇宮大內建造宮殿樓宇，只是所居官職各有不同。劉府黑牆青瓦，一派江南之氣，十分素雅，李蓮花翻牆而入，屋中一名童子正在掃地，見狀大吃一驚，「啊」的一聲尖叫起來。

「誰？」屋裡有人沉聲喝道。

李蓮花綁起一方汗巾將大半邊臉遮起來，壓低聲音道：「少廢話！把你家金銀珠寶，壓箱底的東西統統給老子抬出來！」

那童子見他凶惡，嚇得魂飛魄散：「老爺！老爺！有賊！有飛賊！」一邊喊邊徑直往屋內跑去。

李蓮花未帶兵器，順手將院中一把柴刀扛起，「啊」的一聲吐氣，一刀落下，但見刀光如雪，院中相連的兩張石桌應聲裂開，轟然落地。這一刀開兩石，李蓮花氣息微喘，索性以那沙啞的嗓子怒罵道：「別給老子裝死！今日無錢就拿命來！」說完，扛著那把柴刀就闖進門去。

就在這時，屋內一物飛出，微小如蠅，隱然也帶著蒼蠅「嗡嗡」之聲。李蓮花柴刀一晃，擋住那如蒼蠅一般的小物，只聽「噹」的一聲脆響，柴刀從中折斷，那物跌落在地，竟是一把極薄極小的四刃飛刀，長不過一寸，卻寒芒四射，顯然是一門罕見的暗器。

「『四象青蠅刀』！」李蓮花見那飛刀，手腕一挫，收回斷了半截的柴刀，「你——」

屋中人緩緩走出來，黑色長袍，三縷微鬚，身材高大又不失威儀，正是劉可和。他臉色不變，對這擅闖入門的不速之客既無驚訝之色，也無憤怒之意，只淡淡道：「識得『四象青蠅刀』，不是尋常之輩。」

「昔年金鴛盟座下三王，『炎帝白王』、『四象青尊』、『閻羅尋命』，你——」李蓮花一雙眼睛看著劉可和，「昔年一戰，『炎帝白王』被擒，『閻羅尋命』死，『四象青尊』銷聲匿跡，卻不想你竟在朝為官。」

劉可和目中掠過一絲極淡的驚訝之色：「你是何人？」

李蓮花不答，劉可和緩緩道：「我本就是朝官世家，『四象青尊』不過少年一夢，你是何人？識得『四象青蠅刀』之人，世上寥寥無幾。」

「『四象青尊』當年行蹤神祕，雖享大名，卻無什麼劣跡。」李蓮花輕輕嘆了口氣，「你並非大奸大惡之輩，殺李菲是出於無奈，殺尚興行是防患於未然，但你為何要殺王公公？」他看著劉可和，目光很平靜，「他是無辜的，你知道。」
劉可和淡淡道：「勝了我手中刀，我回答你一切疑問。」
李蓮花放下柴刀：「我沒有兵器。」
劉可和的瞳孔略略收縮：「你用什麼兵器？」
李蓮花緩緩道：「劍。」
劉可和道：「童兒，上劍！」
那個被李蓮花嚇得半死的童子畏畏縮縮地遞上一柄劍，李蓮花接過長劍，拔劍出鞘道：
「我勝你之後，你自縛雙手，回答皇上一切疑問。」
劉可和淡淡一笑：「好大口氣。」
李蓮花持劍在手，面上雖蒙著汗巾，卻也微笑道：「若是勝不了你，我回答你一切疑問。」
劉可和目光閃動：「哦？」
李蓮花道：「包括當年教你『四象青蠅刀』的那個人的下落。」
劉可和一怔，目光陡然大熾：「你知道芸娘的下落？」
李蓮花頷首，乾淨俐落地道：「來吧。」
劉可和的長袖無風自動，面上殺氣陡現，李蓮花一劍遞前，微風徐來，中規中矩。劉可和袖中三點烏星打出，李蓮花劍刃微顫，但見劍身嗡然彈動，「錚錚錚」三響，彈開三把「四象青蠅刀」，這一劍劍光繚繞，氣開如蓮，雖是好看，卻始終不及揮劍拍開來得沉實，其中一把「四象青蠅刀」掠面而過，差點就在他臉上劃出一道血痕。劉可和無意戀戰，一聲大喝，十點烏星飛出，同時左手一翻，一柄如月彎刀自袖中一閃而出，刀光流動如水，急切李蓮花頸項。

他看出李蓮花內息不足，劍法再好也需強勁內息方有傷人之力，十把「四象青蠅刀」飛出，足以令他手忙腳亂，這劃頸一刀絕難失手！他這一刀當年在江湖上有個名號，叫做「十星一刀斬」，死在其下的人物名聲都很響亮，他用這一刀來殺李蓮花，已是對其方才一眼看出「四象青蠅刀」的賞識了。

「錚——嗡——」

一陣急劇而連續的顫鳴聲響起，劉可和一刀向前，陡然變色——只見李蓮花劍刃一斬，如行雲流水，竟似那書寫山水一筆長河的名匠般，一劍蜿蜒橫斬，剎那之間，連斬十星！那十把「四象青蠅刀」分射十處，高低不一，強弱不同，李蓮花劍出在手，怎可能一劍斬十星？這劍鳴之聲就如他連斬十星毫無間隙一般，劉可和心下駭然——這只有一種可能！

他這一劍，斬第二星的劍速比第一星快上一點，斬第三星的劍速又比第二星快上一點，越來越快，等他斬落第十星時，劍速已不知多快，方能令那十聲撞擊聽來宛如一聲長音，這種快在瞬息之間，既不見於眉目也不現於手足。

一劍長書，過如浮雲。

此人內息雖弱，卻絕不簡單！劉可和大駭之後便不禁後悔，但人已撲出，不能收回，只得刀上加勁，化切為砍，拚出十成功力必殺李蓮花！

「死蓮花！」不遠處一聲驚呼，又有人一聲狂喝：「『九天龍雲一嘯開』——」劉可和頓覺身後狂風大作，手中刀未及李蓮花頸項，驚人掌勁已拍到身後，匆忙之間回掌相應，「啪」的一聲，劉可和口角溢血，來人「咦」了一聲：「好厲害！」

李蓮花早在來人之際遠遠避開，方多病站在屋簷上，不曾看見李蓮花那一劍斬十星：「本公子要是來遲一步，正好可以看見你橫屍街頭。」

李蓮花喘了口氣，只見楊昀春和劉可和纏鬥在一起，劉可和雖然負傷，但暗器厲害，楊昀春顯然從未遭遇如此強勁的對手，略顯緊張，即使拔劍而出，仍有些施展不開。

方多病看了一陣，搖了搖頭：「這位楊大人江湖經驗大大欠缺，對敵經驗也大大沒有，雖然武功很高，卻不大會用，萬一……」

他看向李蓮花，李蓮花一本正經地道：「萬一楊大人出手太重，一個死了的劉可和要跟皇上自認罪行，倒也可怕至極。」

方多病一怔，勃然大怒：「你——」

突然「嘯」的一聲銳響，劉府內一道刀光暴漲，以迅雷不及掩耳之勢直襲楊昀春！方多病一個「你」字還未說完，眼見刀光襲來，心中尚未反應過來，又見身側一亮，如青天白日跌下一輪明月，一道劍光掠過，剎那間下了一場狂沙似的雪。

「噹」的一聲微響。

殺伐之氣並不太濃，天空為之一暗，四處似紛紛揚揚落下一場充斥冰針的雨，沾膚便銳然一痛的刀意與劍氣針針仿若有形，直刺人心肺骨髓，徹骨生涼。

方多病說完那個「你」字之後，便再說不出半個字。

楊昀春一劍撩在劉可和頸上，劉可和不再掙扎，楊昀春也紋絲不動。

頭頂那碎針沙雪般的一刀一劍。

那沾衣落髮的銳然。

衣袂滌蕩之間，雖痛……卻快意。

持刀的是一位戴著面紗的紅衣女子，半點肌膚不露，站在屋頂上，微飄的長髮能見嫵媚之姿。

持劍的是李蓮花。

萬籟俱寂，不過片刻，卻如千年萬年。

「咯咯……」那紅衣女子預謀甚久，一刀落空，竟也不生氣，蒙著面紗依稀對著李蓮花嬌笑，轉身飄然而去。

方多病呆呆地看著李蓮花。

李蓮花垂下劍，長長吐出一口氣。

楊昀春緩緩轉過頭，目光出奇地明亮：「好劍！」

李蓮花苦笑，方多病仍是呆呆的，彷彿眼前這人他全然不認識。李蓮花嘆了口氣，看了他一眼，喃喃道：「我說那柄『少師』是我施展一招驚世駭俗、驚才絕豔、舉世無雙、空前絕後的劍招打敗封磬，白千里對我敬佩得五體投地，雙手奉上的……你卻不信。」

方多病的眼珠終於現出些生氣，微微動了一下：「你……你……」

李蓮花長劍拄地：「咳咳……」他似是吐了口血，隨手扯下臉上的汗巾擦拭。

方多病呆了好一會兒，終於走過去：「你……你……」

楊昀春點住劉可和數處大穴，還劍入鞘，空出手來扶李蓮花，李蓮花對楊昀春一笑，卻徑直走向劉可和。

劉可和方才正對李蓮花，那刀劍一擊，他看得很清楚，此後他一言不發。只見李蓮花彎下身來，輕輕在他耳邊道：「『玉蝶仙子』宛芸娘，十年前便已死在我的劍下。」

劉可和面無表情，過了片刻，他點了點頭：「是你贏了。」

李蓮花微微一笑，點了點頭，卻又搖了搖頭。

這個時候，方多病才突然驚醒，大叫一聲：「死蓮花！」

李蓮花脖子一縮，回過頭來，方多病臉上的表情可謂精采，驚恐、懷疑、興奮、不信、期待、好奇、迷惑等等，五色紛呈。李蓮花十分欣賞地看著他的臉，越發佩服他的臉色變幻，稀罕地讚道：「你怎麼能一張臉同時擠出這麼多表情……」

方多病一把抓住他猛烈搖晃：「死蓮花！那一劍！那一劍你是哪裡學來的？哪裡偷學來的？你偷看了什麼劍譜吧？你沒練到家吧？快把你那劍譜交出來！讓老子來練！快快快……」

「且……且慢……」李蓮花被他抓住猛地一陣搖晃，脣角微微溢血，接著他索性往方多病身上一倒，不再起來。

「死蓮花！」手中人突然暈厥，方多病一呆，大吃一驚，搖得越發用力，「死蓮花！」楊昀春過來探脈：「沒事，他不過是內力耗盡，傷到真元，所以氣血紊亂，休息一陣子就無礙了。」

方多病連忙探手入懷，在懷裡一陣亂摸，終於找出個玉瓶。

那瓶子裡裝著方氏培元固本的療傷聖藥「天元子」，據說是一位沉迷棋藝的方家元老所製，珍貴無比。方多病將李蓮花扶起，不管三七二十一就往他嘴裡灌。

「咳咳咳……」

那「暈厥」的人突然嘆氣道：「我只想睡個好覺，並不怎麼餓，你就算不想我睡死，也不要讓我噎死……」

方多病一呆，楊昀春哈哈大笑，方多病勃然咆哮：「死——蓮——花——」

「暈厥」的人一躍而起，抱頭就跑，瞬間逃之夭夭。

後來劉可和隨方多病與楊昀春回去面聖，他果然老實，所說的一切和李蓮花所猜並無太大差異，衡徵聽過後賜他鶴頂紅，劉可和倒也乾脆，當殿飲毒自盡。

這日夜裡，衡徵按照約定，移駕景德殿，來看那白虎大王。

李蓮花換了件寬大的道袍，假惺惺地梳了個道士頭，在景德殿花園裡擺了個法壇。衡徵御駕來到，本有十數位貼身侍衛，李蓮花請衡徵屏退左右，衡徵居然也照做。花園中，只留下法力高強的六一法師、方多病，以及六一法師的一名弟子。

這名弟子生得粉嫩雪白，又白又胖，正是在牢裡睡了幾日的邵小五。

但見今日法壇之上擺的不是三素三葷，或是水果香餅，而是用繩子拴的活雞兩隻、活鴨兩隻、血淋淋的山羊半隻、肥豬的內臟一盤。

那雞鴨血肉的腥味飄散千里，令人作嘔。李蓮花請眾人躲在樹林中，屏息靜靜等待。

過了一炷香時間，庭院中來了一隻小狐狸，叼了塊內臟很快逃走。李蓮花、方多病、邵小五三人不免同時想念起那隻「千年狐精」，未過多時，一把黃毛在草叢中搖晃，那隻「千年狐精」又從草地裡竄出來，跳上法壇。

狗鼻子在法壇上嗅來嗅去，卻什麼都不吃。方多病心知這鬼東西喜歡吃熟的，這一桌血腥難怪牠不喜歡，口味太重。

就在「千年狐精」跳上法壇不久，牠的雙耳突然豎起，警覺地四處轉動，隨即轉過身，對著一處壓低身子，低聲咆哮。

李蓮花幾人越發屏息靜氣，連衡徵都知道——來了。

草叢中未見動靜，只聞樹葉「沙沙」微響，一團碩大的東西在樹杈間閃了幾閃，落地。眾人一見此物，都忍不住倒抽一口氣。這是什麼鬼東西！

這落地的東西穿著衣服，衣服裡似乎塞著敗絮般的東西，鼓鼓囊囊，四肢著地，人不像人鬼不像鬼，渾身帶著一股濃烈的惡臭。

「這——」衡徵脫口而出，「這是什麼？」

李蓮花拾起一塊石子，併指彈出，那東西正與「千年狐精」對峙，被他一石彈中，頓時翻了個身，警覺不敵，便要反身離去。不料來路上伸出一隻又白又胖的人手，臨空將牠拎起，那人另一隻手捏住鼻子，嫌棄道：「我見過山貓，卻沒見過這麼臭的山貓。」

「山貓？」衡徵愕然，這團古怪又恐怖的東西只是一隻山貓？

邵小五拖著那隻「妖怪」向衡徵走來，方多病湊上去圍觀。眾人仔細一看，紛紛掩鼻跳開，邵小五叫苦不迭。

原來這不是「一隻」山貓。

而是「兩隻」山貓。

山貓比尋常家貓大得多，比尋常土狗都大上一些，身手敏捷，會襲擊山豬和羚羊，晝伏夜出。劉可和為了裝神弄鬼，聲東擊西，捕捉了兩隻山貓，將牠們的頸項綁在一起，然後套上一件女裙。

如此一來，就弄出一個長著怪異頭顱，若有人形，卻又四肢扭曲，不住蠕動，行走怪異卻又如風的怪物。

方多病恍然大悟——那天晚上他發現有人從他屋頂上經過，那其實不是人，而是這兩隻山貓跳過他的屋頂，難怪他沒有察覺人的氣息。但那盜取他小冊子的卻是誰？

「魯方發瘋那夜，我猜劉可和在魯方房間裡放了什麼山貓愛吃的東西，然後把這怪物放了出去。這東西在去魯方房間的路上躍過你的屋頂。」李蓮花道，「你上屋頂查看，恰好王公公經過你的房間，看見了那本《極樂塔》。」

「所以他就進屋拿走了？」方多病恍然大悟，「啊，那本書應該就是王公公幫劉可和找出來的，劉可和為了留下字條，將書帶走，原本藏在我房裡，卻被我翻出來。王公公恰好看見，就把冊子拿走，還給內務府。」

李蓮花點頭：「然後這怪東西去了魯方那裡，不知被魯方看成什麼，嚇瘋了。」

方多病看著那團古怪的東西，若是他做了什麼虧心事，半夜看到這鬼東西，真的會被嚇出病：「這東西真的有些可怕。」

「我猜這對山貓已經被劉可和抓住很久了，牠們頸項被捆，難以進食，想必飢腸轆轆。」李蓮花嘆氣，「所以劉可和殺了李菲，將他吊起來放血，這東西嗅到血腥味也追了過去，可惜牠看得見卻吃不到。」

衡徵忍不住指著那東西：「難道是牠們……牠們吃了王公公？」

「皇上讓王公公與劉可和一同監視魯方幾人，劉可和在明，王公公在暗。王公公雖然白日不常出現，卻時常在夜間暗訪。」李蓮花道，「山貓是獨行的畜生，劉可和硬是把兩隻山貓綁在一起，尤其這兩隻都是公的，自被綁住頸項的那日起，這兩隻山貓就爭鬥不休，直至一方死去——」他指著破爛不堪的女裙裡那團敗絮似的東西，「那就是死去的山貓。」

衡徵眼見那團發出惡臭的東西，有些不忍地移開目光：「這隻死去之後，頸圈鬆動，另一隻就能進食。王阿寶夜訪景德殿，發現了這『妖怪』的真相，所以劉可和殺了他，將他餵了山貓。」

「不錯，劉可和裝神弄鬼，還曾經為牠戴過面具，放入皇宮……」李蓮花說到一半，突然一愣——他忽然想到這件事不一定是劉可和做的。

如此殘忍、扭曲，附帶一條女裙和詭異的鬼面；這更像是另一個人的喜好。角麗譙。

「快把牠身上那些東西拆了，盡快放生。」衡徵不想再聽關於劉可和殺人之事的任何細節，仰起頭來長長吐出一口氣，「方多病。」

「在。」方多病心頭惴惴不安，不知皇帝是不是要殺人滅口，他已經賜死了劉可和，不如也賜死他方家滿門，那百年前的事就誰也不知道了。

「朕或許……可能不是太祖血脈，」衡徵望著明月，「但朕是一個好皇帝。」

方多病連忙道：「皇上聖明。」

「朕要將公主嫁你，你可願意？」衡徵突然問。

方多病驀然怔住。

這難道就是所謂的和親？從此他方大少與皇帝一榮俱榮，一損俱損。

衡徵徐徐閉上眼睛，「你有方愛卿的凜然正氣，也有不懼危難求道之心，生死面前，十分坦然。」他輕輕嘆了口氣，「不辱沒昭翎公主。」

「這個……」方多病張口結舌，他早已盤算好今日生擒不了劉可和便點了他老子的穴道，帶他遠走高飛，這等「生死面前，十分坦然」之心可不能讓衡徵知道。

耳邊突然有人傳音入密悄聲道：「謝皇上。」

方多病不假思索，跟著道：「謝皇上……」三個字一出，方多病呆若木雞。

邵小五哈哈大笑，抱拳對方多病道：「恭喜恭喜。」

方多病滿臉尷尬，想起公主花容月貌，笑靨如花，心裡也是頗為高興，但又有種說不出的迷惘：「啊……哈哈哈哈哈……」斜眼去看李蓮花，只見李蓮花嘴角含笑，站在一旁，面上的表情十分愉悅，倒不像在笑話他。

方多病多看兩眼，心裡慢慢坦然，也跟著高興起來。

畢竟能娶一個美貌公主為妻，是所有男人畢生的夢想。

一個月後，普天同慶。

皇上為昭翎公主賜婚，戶部尚書方則仕之子方多病為駙馬，方多病獲封爵位，賜「良府」一座、金銀千兩、錦緞玉帛數百匹、稀世珍寶無數。

第十六章

血染少師劍

一 有友西來

「咕嚕咕嚕……」

阿泰鎮後山的一處竹林中，有一座木質滄桑、雕刻細膩的木樓。樓身上刻滿蓮花圖案，線條柔和流暢，芙蕖搖曳，姿態婉然，若非其中幾塊木板明顯是補上的，此樓堪稱木雕中的精品傑作。

此時，這座精品傑作的大門口放著三塊石頭，石頭中間堆滿折斷拍裂的木柴，似是個臨時的小灶。柴火上擺著一個粗陶藥罐，藥罐裡放了不少藥，正在微火上咕嚕作響，想來已經熬了一陣子。

石頭之下仍生長著青草，可見這藥灶今日才做成，柴火也是初次點燃。粗陶的藥罐十成新，應是剛買來的，不見陳藥的殘渣，反倒有種清新乾淨的光亮，藥罐裡不知熬的是什麼，山藥不像山藥，地瓜不像地瓜，在罐裡滾著。

熬藥的人用青竹竹條和竹葉編了張軟床，吊在兩棵粗壯的青竹中間，臉上蓋著本書，睡得正香。

藥罐裡微微翻滾的藥湯，飄散著苦藥香氣，伴隨柴火晃動的暖意，以及竹林中颯然而過的微風……

林中寧靜，隨著那苦藥不知何故散發出一股安詳的氣氛，讓人四肢舒暢。

一隻黃毛土狗瞇著眼睛躺在那三塊石頭砌成的「藥爐」旁邊，兩隻耳朵半垂半立，看起來昏昏欲睡，但那微動的耳毛和眼縫裡精光四射的小眼珠子，顯示牠很警覺。

一隻雪白的小蝴蝶悄悄飛入林中，在「藥爐」底下那撮青草上輕輕翩躚，黃毛土狗的嘴巴動了一下，小蝴蝶不見了，牠舔了舔舌頭，仍舊瞇著眼睛懶洋洋地躺在那裡。

竹床上的人仍在睡覺，林中微風徐來，始終清涼，陽光漸漸暗去，慢慢便有了些涼意。

「汪！汪汪汪！汪汪！」突然那隻黃毛土狗翻身而起，對著竹床上的人一陣狂吠。

「嗯？哦……」只聽「啪嗒」一聲，那人臉上的書本掉了下來，他動了一下，迷迷糊糊地看著頭頂沙沙作響的青竹葉，過了一會兒才小小打了個呵欠，「時辰到了？」

黃毛土狗撲到竹床邊，努力露出一個狗笑，奮力搖著尾巴，發出「嗚嗚」的聲音。

從竹床上起來的人一身灰袍，袖角打了補丁的地方微微有些破損，但依然洗得很乾淨，晒得鬆軟，不見什麼褶皺，若非臉色白中透黃，眉間再多幾分挺秀之氣，這人勉強算得上八分的翩翩佳公子。可惜此人渾身軟骨，既昏且沉，連走路都有三分摸不著東南西北，顯然是睡太多了。

藥罐裡的藥正好熬到剩下一半，他東張西望了一陣，終於清醒過來，慢吞吞地回木樓去摸了一個碗出來，倒了小半碗藥湯，慢吞吞地喝下去。喝完之後，灰衣人看著趴在地上磨背的那條黃毛土狗，十分惋惜地道：「你若是還會洗碗，那就十全十美了……」

地上那條狗聽而不聞，越發興高采烈地與地上的青草親熱地扭成一團。

灰衣人看著，忍不住微笑，手指略略一鬆，「噹啷」一聲，那只碗在地上摔了個粉碎。

黃毛土狗一下子翻身而起，鑽進灰衣人懷裡，毛茸茸的尾巴在他手上直蹭。灰衣人蹲下來，撫摸著黃毛土狗那硬挺的短毛，手指的動作略顯僵硬，只聽他喃喃道：「你若是隻母雞，偶爾能為我下兩顆蛋，那就十……」那隻狗頭一轉，一口咬在灰衣人手上，自咽喉發出極具惡意的咆哮。

灰衣人微微一頓，笑意卻更濃了些，揉了揉那狗頭，從懷裡摸出顆饅頭，塞進牠嘴裡。黃毛土狗一溜煙叼著饅頭到旁邊去吃了，他站起身，拍了拍手。

這灰衣人自然是在京城一劍傾城的李蓮花，那黃狗便是喜歡蹄膀的「千年狐精」。方多病在京城歡天喜地地迎娶美貌公主，自是無暇理會他這一無功名、二無官位的狐朋狗友，李蓮花即便想送禮給駙馬都沒有資格，此後要見駙馬只怕大大不易，於是他早早從京城歸來，順便帶上這隻他看得很順眼的「千年狐精」。

天色漸晚，竹林中一切顏色漸沉暮靄，仿若幻去。李蓮花站在蓮花樓前，望著蕭蕭竹林。在他眼中，有一團人頭大小的黑影，他看向何處，那團黑影便飄到何處。微微皺眉，揉了揉眼睛，這團鬼魅似的黑影影響了他的目力，李蓮花望著眼前的竹林，暮色下的竹林一片陰暗，卻靜謐至極，唯餘遙遙的蟲鳴之聲。最邊緣的一彎青竹尚能染到最後一縷陽光，顯得分外青綠鮮好。

以如今的眼睛，看書是不大成了，但還可以看山水。

李蓮花以左手輕輕揉著右手的五指，自劉府那一劍之後，除了眼前這團揮不去的黑影，一向靈活的右手偶爾無力，有時連筷子都拿不起來。

如今不過五月。

到了八月，不知會是如何？

「汪！汪汪汪汪！」叼著饅頭到一旁去吃的「千年狐精」突然狂吠起來，丟下饅頭，竄回李蓮花面前，攔在他前面，對著竹林中的什麼東西發怒咆哮。

「噓——別叫，是好人。」李蓮花柔聲道，「千年狐精」咆哮得小聲了點，卻依然虎視眈眈。

一人自黑暗中慢慢走出來，李蓮花微微一怔，當真有些意外：「是你！」

來人輕輕咳嗽了兩聲：「是我。」

「我尚未吃晚飯，你可要和我一起到鎮上去吃碗陽春麵？」李蓮花正色道，「你吃過飯沒有？」

來人臉現苦笑：「沒有。」

「那正好……」

「我不餓。」來人搖了搖頭，緩緩道，「我來……是聽說……少師劍在你這裡。」

李蓮花「啊」了一聲，一時竟忘了自己把那劍收到何處，冥思苦想了一陣，終於恍然：「那柄劍在衣櫃頂上。」

眼見來人有詫異之色，他本想說是因為方多病弄了個底座，橫劍供在上面，找遍整個吉祥紋蓮花樓也找不到如此大的櫃子能收納這柄長劍，只得把它擺在衣櫃頂上，但顯然這種解釋來人半點也不愛聽，只好對他胡亂一笑。

「我……我可以看一眼嗎？」來人低聲道，容色枯槁，聲音甚是淒然。

李蓮花連連點頭，「當然可以。」他走進屋裡，搬來張凳子墊腳，自衣櫃頂上拿下那柄劍，眼見來人慘澹之色，他終於忍不住道，「那個……李相夷已經死很久了，你不必——」

「錚」的一聲脆響！

李蓮花的聲音戛然而止，「啪」的一聲，一捧碎血飛灑出去，濺上吉祥紋蓮花樓精細圓滑的刻紋，血隨紋下，血蓮乍現。

一柄劍自李蓮花胸口拔出，「嗆啷」一聲落在地上，來人竟奪過少師劍，拔鞘而出，一劍當胸而入，隨即挫腕拔出！「千年狐精」的狂吠聲驚天動地，李蓮花往後軟倒，來人一把抓住他的身子，將他半掛在自己身上，趁著夜色飄然而去。

「千年狐精」狂奔跟去，無奈來人輕功了得，數個起落，已將黃毛土狗遙遙拋在身後，只餘那點點鮮血淹沒在暗淡夜色之中，絲毫顯不出紅。

星輝起，月明如玉。

隨著二人一狗漸漸遠去，竹葉沙沙，一切依舊如此寧靜、沁涼。

數日之後，清晨。

晨曦之光映照在阿泰鎮後山半壁山崖上，山崖頂上便是那片青竹林，因為山勢陡峭，故而距離阿泰鎮雖然很近，卻是人跡罕至。

今日人跡罕至的地方來了個青衣黑面的書生，這書生騎著一頭山羊，顛著顛著上了山崖，也不知他怎麼沒從山羊背上掉下來。

山羊上了山頂，書生嗅著那滿山吹來的竹香，很是愜意地搖晃了幾下腦袋，隨後霹靂雷霆般地一聲大吼：「騙子！我來也！」

滿山蕭然，空餘回音。

黑面書生抓了抓頭皮，這倒是怪哉，李蓮花雖然溫吞，卻從來沒有被他嚇得躲起來不敢見人。他運足氣再吼一聲：「騙子！李蓮花！」

「汪汪汪——汪汪汪汪——」竹林中突然竄出一條狗，嚇了黑面書生一跳，定睛一看，是一隻渾身黃毛的土狗，不由得道：「莫非騙子承蒙我佛指點，竟入了畜生道，變成一隻土狗……」

那隻土狗撲了上來，咬住他的褲管就往裡面扯。

好大的力氣。這黑面書生自然便是「皓首窮經」施文絕，他聽說方多病娶了公主當老婆，料想自此以後將絕跡江湖，安心當他的駙馬，所以特地前來看一眼李蓮花空虛無聊的表情，不料李蓮花竟然躲了起來。

「汪汪汪——」地上的土狗扯著他的褲管發瘋，施文絕心中微微一懍——隨著竹林間微風飄來的，除了縹緲的竹香，還夾雜著少許異味。

血腥味！

施文絕一腳踢開那土狗，自山羊背上跳下，就往竹林裡奔去。

衝入竹林，李蓮花那棟大名鼎鼎的蓮花樓映入眼簾，然而樓門洞開，施文絕第一眼便看到——蜿蜒一地的血。

已經乾涸的斑駁黑血，自樓中而出，順著臺階蜿蜒而下，點點滴滴，最終隱沒在竹林的殘枝敗葉中。

施文絕張大嘴巴，不可置信地看著眼前的血痕：「李……李蓮花！」

樓中無人回應，四野風聲迴盪，蕭蕭作響。

「李蓮花！」施文絕的聲音開始發顫，「騙子！」

竹林之中，剛才威風凜凜扯他褲管的土狗站在風中，驀地竟有一股蕭蕭易水的寒意。施文絕倒抽一口氣，一步一步緩緩走入樓中。

蓮花樓廳堂裡一片血跡。

牆上濺了一抹碎血，施文絕自然認得那是劍刃穿過人體後，順勢揮出的血點。地上斑駁的血跡，是人受傷後鮮血狂噴而出的痕跡，流了這麼多血，必然是受了很重的傷，也許……

施文絕的目光落在地面一柄劍上。

那柄劍灼灼生輝，光潤筆直的劍身上不留絲毫痕跡，縱然是跌落在血泊之中也不沾半點血水。

劍鞘躺在一旁。

地面尚有被沉重劍身撞擊的痕跡。

施文絕的手指一寸一寸地接近這柄傳說紛紜的劍，第一根手指觸及的瞬間，劍身的清寒是如此令人心神顫動。這是一柄名劍，是一位大俠的劍，是鋤強扶弱、力敵萬軍的劍，是沉入海底絲毫未改的劍……

劍。

是劍客之魂。

少師劍。

是李相夷之魂。

但這一地的血，這一地的血……施文絕握劍的手越來越緊，越來越緊……

難道這劍——

莫非這柄劍——

竟然殺了李蓮花？

是誰用這柄劍殺了李蓮花？是誰？是誰……

施文絕心驚膽顫，肝膽俱裂。

不過數日，百川院、四顧門、少林、峨眉、武當等江湖幫派都已得到消息：吉祥紋蓮花樓樓主李蓮花遭人暗算失蹤，原因不明。

小青峰上，傅衡陽接到消息已有兩日，他並不是第一個得到消息的人，但也不算太慢。李蓮花此人雖然是四顧門的醫師，卻甚少留在四顧門，近來四顧門與魚龍牛馬幫衝突頻繁，此人也未曾現身，遠離風波之外。經過龍王棺一事，傅衡陽已知此人聰明、運氣兼而有之，絕非尋常人物，因而聽說他遭人暗算失蹤，生死不明，心裡便有一股說不出的古怪。能暗算得了李蓮花的，究竟是什麼人物？

與此同時，百川院中。

施文絕正在喝茶。

他自然不是不愛喝茶，但此時再絕妙的茶喝進嘴裡都沒有什麼滋味。

他已在百川院坐了三天。

紀漢佛就坐在他旁邊，白江鶉在屋裡不住地走來走去，石水盤膝坐在屋角，也不知是在打坐，還是在領悟什麼絕世武功。

屋內寂靜無聲，雖然坐著許多人，卻個個陰沉著臉，一言不發。

過了大半個時辰，施文絕終於喝完那一杯茶，咳嗽一聲，說了句話：「還沒有消息？」

白江鶉輕功了得，走路無聲無息，聞言不答，又在屋裡轉了三五圈，才道：「沒有。」

施文絕道：「偌大百川院，江湖中赫赫有名，人心所向，善惡所依，居然連個活人都找不到……」

白江鶉涼涼道：「你怎知還是活人？阿泰鎮那裡我看過了，就憑那一地鮮血，只怕人是活不了了，要是他被人剁碎了拿去餵狗，即便有三十個百川院也找不出個活人來。」

施文絕也不生氣，倒了第二杯茶當烈酒一般猛灌，也不怕被燙死。

「江鶉，」紀漢佛沉寂許久，緩緩開口，說的卻不是李蓮花的事，「今天早晨，角麗譙又派人破了第七牢。」

白江鶉轉圈轉得更快了，直看得人頭昏眼花，過了一會兒，他道：「第七牢在雲顛崖下……」

天下第七牢在雲顛崖下，雲顛崖位於縱橫九嶽最高峰縱雲峰上，縱雲峰最高處稱為雲顛崖，其下萬丈深淵，第七牢就在那懸崖峭壁之上。這等地點，如無地圖，不是熟知路徑之人，絕不可能找到。

「佛彼白石」四人之中，必定有人洩露了地圖。

紀漢佛閉目而坐，白江鶉心煩意亂，石水則抱著他的青雀鞭陰森森地坐在一旁，這第七牢一破，莫說百川院，江湖皆知「佛彼白石」四人中必然有人告密，至於是有意洩露，還是無意為之，就只能任人評說了。一時間江湖上關於「佛彼白石」四人與角麗譙的豔史橫流，那古往今來才子佳人生死情仇因愛生恨甚至人妖相戀的故事四處流傳，人人津津樂道，篇篇精采絕倫。

「江鶉，」紀漢佛睜開眼睛，語氣很平靜，「叫彼丘過來。」

「老大——」白江鶉猛地轉過身，「我不信，我還是不信！雖然……雖然……總之我就是不信！」

「叫彼丘過來。」紀漢佛聲音低沉，無喜無怒。

「肥鵝，」石水陰沉沉道，「十二年前你也不信。」

白江鶉張口結舌，過了好一會兒，惡狠狠道：「我不信一個人十二年前背叛過一次，十二年後還能再背叛一次。」

「難道不是因為他背叛過一次，所以才能理所當然地再背叛一次？」石水陰森森道，「當年我要殺人，說要饒了他的可不是我。」

「行行行，你們就愛窩裡反，我不介意，被劫牢的事我沒興趣，我只想知道阿泰鎮後山的血案你們管不管？李蓮花不見了，你們根本不在乎是不是？不在乎早說，我馬上就走。」施文絕也陰森森道，「至於你們之間誰是角麗譙的內奸，時日一久，自然會露出狐狸尾巴，百川院好大名聲，標榜江湖正義，到時候你們統統自裁以謝罪江湖吧！」他站起身，揮揮衣袖便要走。

「且慢！」紀漢佛說話擲地有聲，「李樓主的事，百川院絕不會坐視不理。能暗算李樓主的人，世上沒有幾個，並不難找。」

「並不難找？並不難找？」施文絕冷笑，「我已經在這裡坐了三天，三天時間你連一根頭髮也沒找到，還好意思自吹自擂？三天功夫，要真是扔去餵狗，早啃得屍骨無存了！」

「江鶉，」紀漢佛站起身，沉聲道，「我們到蔘園去。」

蔘園是雲彼丘住的小院子，不過數丈方圓，非常狹小，其中兩間小屋堆滿了書。白江鶉一聽紀漢佛要親自找上門去，便知道老大動了真怒，此事再無轉圜餘地，他認定了是雲彼丘，這世上其他人再說也是無用，當下噤若寒蟬，眾人跟著紀漢佛往蔘園走去。

蔘園一向寂靜，地上雜亂生長著許多藥草，都是清源山本地所生，偏在雲彼丘房外生長旺盛。那些藥草依季節花開花落，雲彼丘從不修剪，也不讓人修剪，野草生得頹廢，顏色暗淡，如同主人一般。

眾人踏進蔘園，園中樹木甚多，撲面一陣清涼之氣，蟲鳴之聲響亮，地方雖小，卻是僻靜。蟲鳴之中隱隱約約夾雜著咳嗽聲，一聲又一聲無力的咳嗽，彷彿那咳嗽之人一時半刻便要死了。

施文絕首先按捺不住：「雲彼丘好大名氣，原來是個癆子。」

紀漢佛一言不發，那咳嗽聲他就當作沒聽見，大步走到屋前，也不作勢，驀地推開兩扇大門，書卷之氣撲面而來。施文絕看見屋裡到處都是書，少說也有千冊之多，東一堆、西一疊，看起來亂七八糟，卻是擺著陣法，只是這陣法擺開，屋裡便沒了落腳之地，既沒有桌子，也放不下椅子，除了亂七八糟的書堆，只剩一張簡陋的木床。

那咳得彷彿要死的人正伏在床上不住咳嗽，即使紀漢佛破門而入，他也沒太大反應，「咳咳咳咳咳……」咳得雖然急促，卻越來越有氣無力，漸漸地，連氣都喘不過來了。

紀漢佛眉頭一皺，伸指點了那人背後七處穴道。

七處穴道一點，體內便有暖流帶動真氣運轉，那人緩了口氣，終於有力氣爬起來，倚在床上看著闖入房中的一群人。

這人鬢角花白，容顏憔悴，卻依稀可見當年俊美儀容，正是曾經名震江湖的「美諸葛」雲彼丘。

「你怎麼了？」白江鶉終究比較心軟，雲彼丘當年重傷之後一直不好，但他武功底子深厚，從來沒見過他咳成這樣。

門外一名童子怯生生道：「三……三院主……四院主他……他好幾天不肯吃東西了，藥也不喝，一直……一直關在房裡。」

紀漢佛森然看著他：「你這是什麼意思？」

雲彼丘又咳了幾聲，靜靜地看著眾人的一雙雙鞋子，他連紀漢佛都不看，道：「一百八十八牢的地圖，是從我屋裡不見的。」

紀漢佛道：「當年那份地圖我們各持一塊，究竟是如何全部到了你房裡？」

雲彼丘回答得很乾脆：「今年元宵，百川院上下喝酒大醉那日，我偷的。」

紀漢佛臉上喜怒不形於色：「哦？」

雲彼丘又咳了一聲：「還有……阿泰鎮吉祥紋蓮花樓裡……李蓮花……」此言一出，屋裡眾人的臉色不由得都變了，「佛彼白石」中有人與角麗譙勾結，此事大家疑心已久，雲彼丘自認其事，眾人並不奇怪，但他居然說到李蓮花身上，讓人吃驚不已。

施文絕失聲道：「李蓮花？」

「李蓮花是我殺的。」雲彼丘淡淡道。

施文絕張口結舌，駭然看著他。

紀漢佛如此沉穩之人也幾乎沉不住氣，低聲喝道：「他與你無冤無仇，你為何要殺他？屍體呢？」

「我與他無冤無仇，」雲彼丘輕輕道，「我也不知為何要殺他，或許我早已瘋了。」

他說話的神色倒是很鎮靜，半點不像發瘋的樣子。

「屍體呢？」紀漢佛終於沉不住氣，厲聲喝道，「屍體呢？」

「屍體？我將他的屍體……送給角麗譙。」雲彼丘笑了笑，喃喃道，「你不知道角麗譙一直很想要他的屍體嗎？李蓮花的屍體，是送角麗譙最好的禮物。」

「錚」的一聲，石水拔劍而出。他善用長鞭，那柄劍掛在腰上許久，一直不曾出鞘。

上一次出鞘，便是十二年前一劍要殺雲彼丘；時隔十二年，此劍再次出鞘，居然還是要殺雲彼丘。

眼見石水拔劍，雲彼丘閉目待死，神色越發鎮定，平靜異常。

「且慢。」就在石水一劍將出之際，白江鶉突然道，「這事或許另有隱情，我始終不信彼丘做得出這種事，我相信這十二年他是真心悔悟，何況他洩露一百八十八牢的地圖、殺害李蓮花等等，對他自己毫無好處……」

「肥鵝，他對角麗譙一往情深，那妖女的好處，就是他的好處。」石水陰惻惻道，「為了那妖女，他背叛門主、拋棄兄弟，死都不怕，區區一張地圖和一條人命算得上什麼？」

白江鶉連連搖頭，「不對！不對！此事可疑。老大，」他瞪了紀漢佛一眼，「能否饒他十日不死？反正彼丘病成這樣，任他逃也逃不了多遠。地圖洩露乃是大事，如果百川院內還有其他內奸，彼丘只是代人受過，現在一劍殺了他，豈非滅了口？」

紀漢佛頷首，淡淡地看著雲彼丘。「嗯。」他緩緩道，語氣沉穩凝重，「這件事一日不水落石出，你便一日死不了，百川院不是濫殺之地，你也非枉死之人。」

雲彼丘怔怔聽著，那原本清醒的眼神漸漸顯露出迷惑，忽然又咳了起來。

「老大，」石水殺氣騰騰，卻很聽紀漢佛的話，紀漢佛既然說不殺，他便還劍入鞘，接著道，「他受傷了。」

紀漢佛伸出手掌，按在雲彼丘頂心百會穴，真氣一探，微現詫異之色。白江鶉揮袖搧著風，在一旁看著。施文絕很好奇：「他受了傷？」

「三經紊亂，九穴不通。」紀漢佛略為驚訝，「好重的內傷。」

屋中幾人面面相覷，雲彼丘多年來自閉門中，幾乎足不出戶，是在何時何處受了這麼重的傷？打傷他的人是誰？

紀漢佛凝視著雲彼丘，這是他多年的兄弟，也是他多年的仇人。這張憔悴的面孔之下，究竟隱藏著什麼祕密？

他在隱瞞什麼？為誰隱瞞？

雲彼丘坐在床上只顧咳嗽喘息，眾目睽睽，他閉上眼睛當作不見，彷彿此時此刻，即使石水劍下留人，他也根本不抱持繼續活下去的指望和期盼。

二　負長劍

「喂，你說他會不會死？」

一間空蕩蕩的屋子裡，地上釘著四條鐵柱，還有一張精鋼所製的床。鐵柱之上銬著玄鐵鎖鍊，一直拖到鋼床上，另一端銬住床上那人的四肢。四根鐵柱上鑄有精鐵所製的燈籠，其中燃有燈油，四盞明燈將床上那人映照得纖毫畢現。

兩個十二三歲的童子正在為床上的人換藥，這人已經來了四五天，一直沒醒，幫主讓他們用最好的藥，那價值千金的藥接二連三地用下去，人是沒死，傷口也沒惡化，但不見得活得過來。

畢竟是穿胸的傷啊！一劍斷了肋骨又穿了肺臟，換了誰不去掉半條命？

「噓，你說幫主救這個人做什麼？我來了三年，只看過幫主殺人，沒看過幫主救人。」紅衣童子是個女娃，悄悄道，「這人生得挺俊俏，難道是……難道是……」她的臉色緋紅。

青衣童子是個男童，情竇未開，卻是不懂：「是什麼？」

紅衣女童扭捏地道：「幫主的心上人。」

青衣童子哈哈一笑，神祕地指了指隔壁：「玉蝶，妳錯啦，幫主的心上人在那裡，那才是幫主的心上人。」

紅衣玉蝶奇道：「那裡？我只知道那裡面的人被關了好久，一點聲音都沒有，不知裡面關著的是誰？」

青衣童子搖搖頭，「我不知道，那個人是幫主親自送進去的，每天吃飯喝水都是幫主親自伺候，肯定是幫主的意中人啦！」他指了指床上這個，「這個都躺四五天了，半死不活的，幫主連看都不看一眼，肯定不是。」

「但他像是個好人……」紅衣女童換完藥，雙手托腮看著床上的人，「你說幫主為什麼不喜歡他？」

青衣童子翻了個白眼：「妳煩不煩？弄好了就快走，想讓幫主殺了妳嗎？」

紅衣女童一個哆嗦，收拾了東西，兩人悄悄從屋裡出去，鎖上門。

鋼床上躺著的人一身紫袍，那以海中異種貝殼的汁液染就的紫色燦若雲霞，紫色緞面光澤細膩，顯然不是這人原本的衣裳。那人睡了幾日，或許是靈丹妙藥吃得太多，臉色原本有些暗黃，此刻氣色卻是頗好，他原本眉目文雅，雙眼一閉便看不見那茫然之色，難怪紅衣女童痴痴地說他生得俊俏。

兩名童子出去後，床上的人慢慢睜開眼睛，微微張開嘴。他的肺臟重傷，喉頭卡的全是血塊，卻咳不出來，睜開眼睛後，眼前一片漆黑，過了良久才看到些許顏色，眼前那團飄浮的黑影變換著形狀，忽大忽小，煙一般飄動。他疲倦地閉上眼，看著那團影子不住晃動，看不了多久，眼睛便酸澀難耐，還不如不看，唯一的好處是，那影子不再死死霸占他視覺的中心，偶爾扭曲著閃向邊角，他還可以看見東西。

四肢被鎖，重傷瀕死。

如果不是落在角大幫主手裡，他大概早被拖去餵狗，化為一堆白骨了。角麗譙要救他，不是因為他是李蓮花，而是因為他是李相夷。

李蓮花是死是活無關緊要，而李相夷是死是活，卻是足以撼動江湖局勢的籌碼。他看著木色深重的屋梁，可以想像角麗譙救活他以後，會以他要脅四顧門和百川院，自此橫行無忌，四顧門與百川院礙於李相夷偌大名聲，只怕不得不屈從，而那該死而不死的李相夷也將獲得千秋罵名。

李蓮花閉了下眼睛，再睜開時不禁啞然失笑，若是當年……他只怕早已自絕經脈，絕不讓角麗譙有此辱人的機會。若是當年……若是當年……或許彼丘一劍刺來之際，他便已經殺了他。

他嘆了口氣，幸好不是當年。

或許是怕他太早死，又或許是根本不把他這點武功放在眼裡，角麗譙並沒有廢了他的武功。李蓮花「揚州慢」的心法尚在，只是他原本三焦經脈受損，這次被彼丘一劍傷及手太陰肺經，真氣運轉分外不順，過了半晌，他終於把卡在咽喉的血塊吐了出來，這一吐一發不可收拾，逼得他坐起身，將肺裡的瘀血吐了個乾淨。但見身上那件不知從何處而來的紫袍上沾染了一大片一大片的黑紅血跡，怵目驚心，猶如浴血滿身。

既然角麗譙不想讓他死，李蓮花吐出瘀血，調息片刻，就揮動手臂上的鐵鍊敲擊鋼床，頓時「噹噹噹噹」之聲不絕於耳。

兩個小童聽聞「噹噹噹噹」之聲，嚇了一大跳，急忙奔回房內，只見方才還昏迷不醒的人坐在床上，那身紫袍已被揉成一團丟在地上，他裸露著大半個身子，用銬著手腕的鐵鐐「噹噹噹」地敲著鋼床。

紅衣女童一邁入屋內，就見那人對她露出一個歉然卻溫和的微笑，指了指自己的咽喉，抬起手指在空中虛畫了「茶」字。她恍然大悟，這人肺臟受傷，中氣不足，外加咽喉有損，說不出話，見他畫出一個「茶」字，便匆忙奔去倒茶。

青衣童子見他突然醒了，倒是稀奇：「你怎麼把衣服扔了？這件紫袍是幫主賞你的，說是收藏了很多年的東西呢，怎麼被你弄成這樣？」他奔到屋角撿起那件衣服，只見衣服上都是血跡，嚇了一跳。

「髒了。」李蓮花比畫，「要新的。」

新的？青衣童子悻悻然，這半死不活的還挺挑剔，剛醒過來，一會兒要喝茶，一會兒要新衣服：「沒新的，幫主只給了這麼一件，愛穿不穿，隨便你。」

李蓮花比畫：「冷。」

青衣童子指著床上的薄被：「有被子。」

李蓮花堅持比畫：「醜。」

青衣童子氣結，差點伸出手跟著他比畫起來，幸好及時忍住，記起自己還會說話，罵道：「關在牢裡哪還有什麼醜不醜的？你當你穿了衣服就很俊俏嗎？」

這時紅衣女童端了杯茶進來，李蓮花昏迷多日，好不容易醒來，她很是興奮。不料茶一端來，李蓮花一抬手掀翻那杯茶，繼續比畫：「新衣服。」

紅衣女童目瞪口呆，青衣童子越發氣結：「你——」

李蓮花溫文爾雅地微笑，比畫：「衣——」

那個「服」字還沒比畫出來，青衣童子已然暴怒，換成別人，他早就拳腳相向了，奈何眼前這個人半死不活只剩一口氣，還是自己辛辛苦苦救回來的，忍了又忍：「玉蝶，去幫他弄件衣服。」

紅衣女童玉蝶聞言又奔了出去，倒是十分高興：「我再去幫他倒杯茶。」

青衣童子越發生氣，怒喝道：「你知道這裡是什麼地方嗎？容得你如此囂張？若不是看在幫主對你好的分上，我早就一刀砍了你！」

李蓮花將那薄被斯斯文文捲在身上，方才他吐出瘀血時很是小心，薄被甚是乾淨，並未染上血跡。只見他將被子捲好，方才微笑著對青衣童子比畫出一連串的字。

可惜青衣童子年紀甚小，記性不佳，悟性也不高，瞪眼看他比畫良久，也不知他在說什麼，瞠目以對。

李蓮花見他瞠目，不知其所以然，笑得越發愉快，越發對著他頗有耐心地比比畫畫，然而青衣童子牢牢盯著他那手指比畫來比畫去，始終不解他在說什麼。

於是李蓮花的心情越發愉快了。

不久，玉蝶端了一杯新的熱茶進來，手臂上搭了一件深黛色的長袍，但這衣裳卻是舊的。李蓮花眼見此衣，滿臉讚嘆，對著那衣服又比畫出許多字。

玉蝶滿臉茫然，與青衣童子面面相覷，輕聲問：「青術，他在說什麼？」

青衣童子兩眼望天：「鬼知道他在說什麼，這人的腦子多半有問題。」

玉蝶將衣服遞給李蓮花，李蓮花端過那杯熱茶，終於喝了一口，對著玉蝶比畫出兩個字「多謝」。玉蝶嫣然一笑，小小年紀已頗有風情。

李蓮花肺脈受損，不敢立即嚥下熱茶，便含在口中，玉蝶遞上一方巾帕，李蓮花順從地漱了漱口，第一口熱茶吐在巾帕上，全是血色。

漱口之後，玉蝶又送來稀粥。角麗譙既然一時不想他死，李蓮花便在這牢籠中大搖大擺地養傷，要喝茶便喝茶，要吃肉便吃肉，仗著不能說話，一雙手比畫得兩個孩童上天無路、入地無門，差遣得水裡來火裡去，但凡李蓮花想要的，無一不能沒有。

如此折騰了十二三日，李蓮花的傷勢終於好了些，玉蝶和青術跟他已然很熟，深知這位文雅溫柔的公子哥很是可怕，對他的話頗有些不敢不從——莫說別的，李蓮花那招「半夜鐵鐐慢敲床」他們便難以消受，更不必說李蓮花還有些不必出聲便能一哭二鬧三上吊的奇思妙想，委實讓兩個孩子難以招架。而這十二三日過後，角麗譙終於踏進了這間監牢。

角大幫主依然貌若天仙，縱使穿了身藕色衣裙，髮上不見半點珠玉，也是傾城之色。李蓮花含笑看著她，這麼多年來，踏遍大江南北、西域荒漠，真的從未見過有人比她更美，無論這張皮相之下究竟如何，看看美人總是件好事。

角麗譙一頭烏絲鬆鬆綰成一個斜髻，只用一根帶子繫著，那柔軟的髮絲宛若她微微一動便會鬆開，讓人忍不住想動手幫她綰上。她穿著雙軟緞鞋子，走起路來沒半點聲息，打扮得就像個小丫頭，絲毫看不出她已年過三十。

見她輕盈地走進來，玉蝶和青術便退了下去，她笑盈盈地看著李蓮花。

李蓮花微笑，突然開口：「角大幫主駐顏有術，還是如此年輕貌美，猶如十七八歲的小姑娘。」過了這麼多日，他的喉嚨早已好了，一板一眼的玉蝶小姑娘和青術小娃兒若是聽見，只怕又要氣壞。

角麗譙半點不覺驚訝，嫣然一笑：「在劉可和家裡，我那一刀如何？」

「堪稱驚世駭俗，連楊昀春都很佩服。」他是真心讚美。

她越發嫣然：「看來我這十年苦練武功，確有進步，倒是李門主大大退步了。」

李蓮花微微一笑，卻不回答。

角麗譙嘆息一聲，他不說話，她卻明白他為何不答——縱然角麗譙十年苦練，所修一刀驚世駭俗，也不過堪堪與李蓮花一劍打成平手。

是李蓮花，不是李相夷，那句「李門主大大退步了」不知是在諷刺誰。角麗譙心思敏捷，想明白了也不生氣，仍是言笑晏晏：「李門主當年何等威風，小女子怕得很，做夢也想不到有朝一日能與李門主打成平手。」

她明眸流轉，將李蓮花上上下下細看了一遍，又嘆道：「不過李門主終歸是李門主，小女子實在想像不到你是如何將自己弄成這番模樣……這些年來，你吃了多少苦？」

「我吃了多少苦，喝了多少蜜，用了多少鹽多少米之類的……只怕角大幫主的探子數得比我清楚。」李蓮花柔聲道，「這些年來，妳何嘗不是受苦了？」

角麗譙一怔，秀眉微蹙，凝神看著李蓮花——李蓮花眉目溫和，並無諷刺之意。她這一生還從未聽人說過「妳何嘗不是受苦了」這種話，大為奇怪：「我？」

李蓮花點頭，角麗譙凝視著他，嬌俏動人的神色驀地收了起來，改了口氣：「我不殺你，料想你心裡清楚是為了什麼。」

李蓮花頷首，角麗譙看著他，也看著他四肢上的鐵鐐，道：「這張床以精鋼所製，鐵鍊是千年玄鐵，你是聰明人，我想你應該知道尋死不易，我會派人看著你。」

李蓮花微微一笑，答非所問：「我想問妳一件事。」

「什麼事？」角麗譙的眉頭仍舊蹙著，她素來愛笑，這般神色極為少見。

「妳與劉可和合謀殺人，劉可和是為了劉家，妳又是為了什麼？」李蓮花握住一截鐵鐐，輕輕往上一拋，數截鐵鐐相撞發出清脆聲響，他抬手接住，「妳在宮中住了多少時日？清涼雨是妳的手下，盜取『少師』對『誓首』是為了什麼，逼宮？」

角麗譙緩緩道，「不錯。」她面罩寒霜，冷漠的樣子皎若冰雪，「我想殺誰便殺誰，向來如此。」

李蓮花又道：「妳想做皇帝？」

角麗譙紅唇抿著，居然一言不發。

李蓮花笑了笑，十來天不曾說話，一下說了這麼多，他有些累了，慢慢道：「四顧門、百川院，什麼肖紫衿、傅衡陽、紀漢佛、雲彼丘等等，都不是妳的對手，老至武當前輩黃七，少至少林寺第十八代的俊俏小和尚，統統拜倒在妳石榴裙下，妳想在江湖中如何興風作浪便如何興風作浪，妳不是做不到，而是厭了，所以，想要做皇帝？」

角麗譙秀眉越蹙越深，既不承認也不否認，目光灼灼地看著他。

李蓮花本不想再說，但見她如此眼色，彷彿在等他一吐為快，於是換了口氣，緩緩說下去，「妳到了皇宮，見到劉可和——或許妳本想直接殺了皇帝，取而代之，但朝廷不是江湖，即便妳將皇帝殺十次，百官也不可能認妳……所以妳必須想個辦法。」他溫柔地看著角麗譙，「這個時候，皇上召魯方等人入宮，妳在劉可和身邊，從他古怪的舉動得知，皇上其實不是太祖的血脈。天大的祕密被妳抓在手裡，妳便知道自己不必殺人也可以做皇帝……」他望著角麗譙，「妳可以拿這天大的機密為把柄，威脅當今皇上做妳的傀儡。」

角麗譙淡淡地看著他，就如看著她自己，也如看著一個極其陌生的怪物。

李蓮花又道，「妳一直是個謹慎小心的人，做事之前必求周全，確保自己全無破綻。妳知道即使自己手裡有皇帝的把柄，也必須有不可撼動的實力，他才可能屈從。皇上有『御賜天龍』楊昀春，那絕非易與之輩，而妳呢？」他露出微笑，「妳卻把笛飛聲弄丟了。」

角麗譙那嚴若寒霜的臉色至此方才真的變了：「你——」她目中乍然掠過一抹殺意，揚起手來，就待一掌拍落。

李蓮花看著她的手掌，彷彿覺得很有趣，接著道，「若是笛飛聲尚在，兩個楊昀春也不在話下，妳卻讓清涼雨去盜劍，盜『少師』只能對『誓首』，莫非這逼宮篡位之事，妳幫中那群牛鬼蛇神其實並不支持，只有妳一人任性發瘋不成？妳伏在劉可和家中偷襲楊昀春，那一刀真是光風霽月，美得很，可惜就是殺他不死。」他十分溫柔地看著角麗譙，「清涼雨說要救人，他是要救妳，他不想妳死在楊昀春劍下。劉可和在清涼雨身上放極樂塔的紙條，是要提醒妳，要妳閉嘴。」他柔聲道，「妳真是瘋了。」

角麗譙揚在半空的手掌緩緩收了回來，眼裡滿溢的殺意漸漸變得有些瑩瑩。「說這麼多話，想這麼多事，你不累嗎？」她輕輕道，「你可知道，我太祖婆婆是熙成帝的妃子，我想做皇帝……有什麼不對？他們蕭家搶了我王家的江山，我搶回來有什麼不對？」

李蓮花看了她好一會兒，並不回答她「有什麼不對」，倒是突然問，「妳要當皇帝，那笛飛聲呢？」他好奇地看著角麗譙，「莫非……妳要他當皇后？」

角麗譙驀地愣住，怔怔地看著李蓮花，李蓮花一本正經道：「妳若是讓笛飛聲做皇后，說不定妳要奪江山這件事便有許多人支持……」

角麗譙的俏臉霎時一片蒼白，突然又漲得通紅，過了一陣子，緩緩吁出口氣，她淺淺地笑了起來，仿若終於回過神，嫣然道：「和你說話真是險，你看我一個不小心便被你套出許多事。」

頓了頓，她伸手輕輕在李蓮花臉上磨蹭了兩下，嘆道，「你傷得這般嚴重，皮膚卻還是這般好，羨煞多少女人……我若是要娶個皇后，也當娶你才是。」又略略一頓，她笑靨如花綻放，「莫說什麼皇后不皇后了，既然沒殺成楊昀春，極樂塔的事又被不少人知道了，做皇帝的事就此算了，我收手。」

「那稱霸江湖的事，妳什麼時候收手？」李蓮花嘆道，「妳連皇帝都不想做了，稱霸江湖又有什麼意思？」

角麗譙嫣然看著他，輕飄飄的衣袖揮了揮，「我又不是為我自己稱霸江湖，稱霸江湖確是無趣，不過……」她淺淺地笑，她這淺笑比那風流婉轉、千嬌百媚的笑要動人得多，「有些人，注定是要稱霸江湖的。」

李蓮花嘆道：「妳為他稱霸江湖，他卻不要妳。」

角麗譙美目流轉，言笑晏晏地道：「等我稱霸江湖，必要將你四肢都切下來，弄瞎你的眼睛，刺聾你的耳朵，將你關在竹籠之中，每日從你身上割下一塊肉來吃。」

「和角大幫主相談，果然是如沐春風，難怪許多江湖俊彥趨之若鶩、求之若渴。」李蓮花卻微笑道，「歡喜傷心，失落孤獨，姿態都是動人。」

角麗譙終於有些笑不下去，她在男人面前無往不利，偏偏笛飛聲、李蓮花都是她的剋星，一個冷心冷面、無情無義，一個文不對題、胡言亂語。跺了跺腳，她想起一事，瞟了李蓮花一眼，盈盈道：「比起你，雲彼丘討人喜歡多了。」說完，她咬著那小狐狸一般的紅脣，心情頗好地飄然而去。

雲彼丘……

李蓮花看著她飄然而去，眉頭皺了起來。

角麗譙走後，玉蝶和青術即刻回來，玉蝶還端了一盤傷藥，眼見李蓮花毫髮無傷，她呆了呆，手本來端得還挺穩，突然間「叮叮噹噹」發起抖來，比見了鬼還驚恐。

李蓮花對她露齒一笑：「茶。」

玉蝶從沒聽他說過話，驀地聽他說出一個字，「啊」的一聲大叫，端著傷藥轉身就跑。

李蓮花忍不住大笑，青術臉色慘白，他還是第一個和幫主密談之後毫髮無傷的人，一般……一般來說……和幫主密談過的人不是斷手斷腳，就是眼瞎耳聾，再輕也要落個遍體鱗傷，這人居然言笑自若，還突然……突然說起話來了。

眼見兩個孩子嚇得魂不附體，李蓮花溫文爾雅地微笑，又道：「茶。」

李蓮花喝茶，不挑剔茶葉是何種名品，也不挑剔煮茶的水是來自何處名山大川，他什麼都喝。青術在心裡暗忖，即使是杯水，只要敢告訴他那是茶，他都會欣然喝下去。不過青術雖然想了很久，卻一直沒這個膽子。

玉蝶從門外探出頭，戰戰兢兢地端了杯茶進來，雖然李蓮花不挑剔，但她還是老老實實泡了上等的茶葉。

李蓮花喝了口茶，指了指隔壁的屋子，微笑問：「那裡面住的是誰？」

「你閉嘴！乖乖坐回床上去，等幫主說你沒用了，我馬上殺了你！」青術勃然大怒，這個人和幫主說過話以後還活著已經很奇怪了，居然還越來越端出主人的架子。

李蓮花道：「角姑娘和我相識十幾年，十幾年前你還未出生……」

青術怒道：「胡說！我已經十三歲了！」

李蓮花悠悠道：「可是我與角姑娘已經相識十四年了。」

青術的臉漲得通紅：「那……那又怎麼樣？幫主想殺誰就殺誰，就算是笛飛聲，那也是——」話音戛然而止，他的臉色倏地變得慘白，知道自己說錯話了。

斜眼偷偷看害他說錯話的人——李蓮花原本笑得很愉快，此刻卻突然不笑了。

這個無賴居然心情不好了？青術大為奇怪，與玉蝶面面相覷。按照常理，這人知道幫主和笛飛聲鬧翻，心情應該很好才對，怎麼突然不高興了？

李蓮花嘆了口氣：「她把笛飛聲怎麼樣了？」

青術和玉蝶不約而同地一起搖頭，李蓮花問道：「在你們心中，笛飛聲是怎樣的人？」

一片寂靜。

過了良久，玉蝶才輕聲細氣地道，「笛叔叔是天下第一……」她的日中有灼灼光華，「我……我……」

李蓮花微瞇起眼睛，微笑道：「怎麼？」

玉蝶默然半晌，輕聲道：「見過笛叔叔以後，就不想嫁人了。」

李蓮花奇道：「為什麼？」

玉蝶道：「因為見了笛叔叔以後，別的男人都不是男人了。」

李蓮花指著自己的鼻子：「包括我？」

玉蝶怔了怔，迷惑地看著他，看了很久之後，點了點頭。

李蓮花和青術面面相覷，青術本不想說話，這下終於忍不住哼了一聲：「他哪有這麼好，妳沒見過他殺人的樣子……」

玉蝶輕聲道：「他就算殺人，也比別人光明正大。」

青術又哼了一聲：「胡亂殺人就是胡亂殺人，有什麼光明正大不光明正大……」

玉蝶怒道：「你根本不懂笛叔叔！」

青術尖叫：「我為什麼要懂？他又不把我們這種人當人看，他隨隨便便一揮手就能殺我們三五個，妳又不是沒見過！他殺人連眉頭都不皺一下，這種人有什麼光明正大？」

玉蝶大怒：「像你這種人，就是殺了也沒什麼大不了的！」

青術氣得臉色發青，「唰」的一聲拔出劍來，向她刺去。

「喂喂……」李蓮花連聲道，「喂喂喂……」

一旁玉蝶也拔出劍來，「叮叮噹噹」兩個孩子打在一起，目露凶光，大有不死不休的架勢。但見青術這一劍刺來，玉蝶橫劍相擋，心裡盤算要如何狠狠在他身上戳出一個透明的窟窿，忽然眼前有東西一亮，「叮」的一聲響，自己手中的劍和青術手中的劍一起斬到了某樣東西上。

那東西精光閃亮，很是眼熟，正是銬著李蓮花的玄鐵鎖鍊。

鎖鍊上力道柔和，兩人一劍斬落，劍上力道就如泥牛入海，竟是消失無蹤，接著全身力道也似被化去，突然間使不出半點力氣。兩人一起摔倒，心裡驚駭萬分，竟連一根手指都動彈不得，只聽頭頂有人嘆了口氣，輕聲道：「笛飛聲是天下第一也好，是草菅人命也罷，是男人中的男人也好，就算他是男人中的女人……那又有什麼大不了？」

那人輕輕揉了揉兩人頭頂，就像待尋常的十二三歲孩童，接著柔聲道：「有什麼值得以命相搏？傻孩子。」

那聲音很柔和，青術卻聽得怒從心起，他要如何便如何，輪得到誰來教訓？他嘴裡沒說出來，那人卻彷彿知曉他心中所想，拍了拍他的頭，也沒多說什麼，青術心中的無名火卻莫名地熄了。

他想到自己才十三歲，卻已經很久沒有人當他是個孩子。

沒有人像這個人一般……因為他是個孩子，所以理所當然覺得他可以犯錯，犯錯後又可以被原諒，然後真心實意地覺得沒什麼大不了。

他突然覺得很難過。

青術摔下去的角度不大好，所以看不到李蓮花，但玉蝶卻是仰天摔倒，她將李蓮花看得很清楚。如果青術看得到她，便會看到她一臉驚駭；如果她能說話，她一定會尖叫。

李蓮花從床上站起來，他先走到右手邊的鐵柱旁，玄鐵鍊一般兵器無法斬斷。

他原來的灰色衣裳裡有劍，有一柄削鐵如泥的軟劍，叫做「吻頸」。但衣服不在這裡，李相夷的長劍「少師」、軟劍「吻頸」聞名天下，角麗譙豈能不知？她在那劍上吃了不少虧，早就將之收起來了。

失了神兵利器，他斬不斷玄鐵鍊，角麗譙斷定他逃不了，於是沒有廢他的武功。當然她也擔心李蓮花只剩下這三兩分「揚州慢」的根基護身，一旦廢了他的武功，恐怕李蓮花活不到她要用他的時候。

玉蝶看著李蓮花站在那鐵柱旁，既然玄鐵鍊斬不斷，他便伸手去搖晃那釘在地上的鐵柱。玄鐵鍊刀劍難傷，難以鍛造，故而無法與鐵柱融為一體，只能銬在上面。那鐵柱釘在地上，卻非深入地下十丈八丈，這屋下的泥土也非什麼神沙神泥，眼見李蓮花搖晃幾下，運上真力用力一提，「咯咯」連響，地上青磚迸裂，那根鐵柱就這麼被他拔了出來。

這似乎沒有花他多少力氣，於是玉蝶眼睜睜看著他動手去搖晃另一根鐵柱，不過兩炷香功夫，他就將四根鐵柱拔出，把玄鐵鍊從鐵柱底下拉了出來。

她的眼神變得絕望——玄鐵鍊脫離鐵柱，便再也困不住這人，而這人一旦跑了，角麗譙一定會要她的命。

卻見這人將玄鐵鍊從鐵柱上脫下後，順手將那鎖鍊繞在身上，他也不急著逃走，居然斯斯文文地整好衣裳，還為自己倒了杯茶，細細喝完，才慢吞吞地走了出去。

出去的時候居然還一本正經地關上門。

屋子的大門外是一條很長的走廊，十分陰暗，十數丈內沒有半個燈籠，卻依稀可見走廊一側有七八個房間。走廊外是一汪碧水，水色澄淨，卻不見水裡常見的鯉魚，顯而易見，以角麗譙一貫的喜好，這池子裡的烏龜、鯉魚多半是難以活命，即便有鱷魚、毒蟲也不為過。不見半個守衛。這必是個極端隱密的禁地，角麗譙竟不相信任何人。看青術和玉蝶的模樣，他們只怕很少——甚至不曾從這裡出去過，所以還保有些許天真。

他輕輕走向隔壁，他心裡有個猜測，雖然他並不怎麼想證實那個猜測。

「咯咯」兩聲脆響，他無意與門上千錘百煉的銅鎖過不去，而是把大門與牆壁之間的兩處銷釘拆了，將左邊的門扉硬生生卸了下來。

這間屋子裡也點著燈，只是不如他屋裡四盞明燈亮堂。李蓮花往裡面望去，不禁嚇了一大跳。

三 劍鳴彈作長歌

這是間一丈方圓的小屋，屋裡縱橫懸掛著大小不一的鎖鍊，鎖鍊上掛著各種稀奇古怪的刀具，地上血跡的汙漬讓原先青磚的色澤無跡可尋。

屋裡懸掛著一個人，那人琵琶骨被鐵鍊穿過，高高吊在半空，全身赤裸，身上沒見其他什麼傷痕，讓李蓮花嚇一大跳的是，這人身上長了許多古怪的肉瘤，或大或小，或圓或扁，看來怵目驚心，十分恐怖。李蓮花看了一眼，就不想再看第二眼，但既然已經看了，便只好看到底，於是他又看了一眼。

然後他只好對著屋裡的人笑了一笑。

那個被掛在半空，渾身赤裸，血跡遍布，還長了許多肉瘤的人面容清俊，雙眉斜飛，即使淪落到這般境地，臉上也淡淡的，看不出什麼心思，目中光芒尚在，竟是笛飛聲。

李蓮花認出他是誰，仰著頭對他這等姿態著實欣賞了好一陣子。

笛飛聲淡淡地任由他看，面上坦然自若，雖然淪落至此，卻是半點不落下風。

李蓮花看了一會兒，笛飛聲等著他冷嘲熱諷，卻聽他奇道：「你身上長了這麼多肉瘤，平時穿著衣服看不出來，都藏到哪裡去了？」

笛飛聲淡淡道：「你的脾性果然變了很多。」

李蓮花歉然道，「那個……一時之間，我只想到這個……」他走進屋裡，順手帶上大門，嘆了口氣，「你怎會在這裡？」

笛飛聲被吊在天花板上，琵琶骨上的傷口已經潰爛，渾身長著古怪的肉瘤，但那些彷彿不屬於他的身體一般，他根本不屑一顧，只淡淡道：「不勞費心。」

李蓮花在屋裡東張西望，手上纏著鎖鍊，腳踝上也拖著鎖鍊，行動本已不易，要攀爬更加困難，他卻還是尋了兩張凳子疊起來，爬上去將笛飛聲解下來。

笛飛聲渾身穴道受制，琵琶骨洞穿，真氣難行，李蓮花將他解下來，他便如一具屍體般僵直躺在地上，過了一會兒，他語氣平淡地道：「今日你不殺我，來日我還是要殺你，要殺方多病、肖紫衿、紀漢佛一干人等。」

李蓮花也不知有沒有聽見他說話，為他取下穿過琵琶骨的鎖鍊後，便滿屋子翻找東西，好半天才從屋角尋出一件血淋淋的舊衣，也不知是誰穿過的，匆匆為他套在身上。

笛飛聲撂下狠話，卻見他拿著一塊破布發呆，劍眉皺起：「你在做什麼？」

「啊？」李蓮花被他嚇了一跳，直覺回道，「我在想哪裡有水可以幫你洗個澡……呃……」他乾笑一聲，「我萬萬不是嫌你臭。」

笛飛聲淡淡道：「生死未卜，你倒是有閒情逸致。」

李蓮花用那塊破布為他擦去傷口的膿血，正色道：「這破布要是有毒，只能說菩薩那個……不大待見你……絕不是我要害你。」

笛飛聲閉目，又是淡淡道：「笛飛聲平生不知感激為何物。」

李蓮花又道：「你餓不餓？」

笛飛聲閉嘴了。

他根本不該開口，這人根本就不是在和他「說話」，而是自說自話。

然而這自說自話的人很快把他弄乾淨了些，接著居然用手腕上的玄鐵鍊將他綁在背上，就這麼背了出去。

半個時辰後。

浮煙裊裊，水色如玉。

笛飛聲躺在一處水溫適宜的溫泉裡，看著微微冒泡的泉湧慢慢洗去自己身上的血色。他漠然看著不遠處的人——那人和他一樣泡在溫泉裡，不同的是，那人忙得很。

忙著洗衣服，洗頭髮，洗那玄鐵鎖鍊。

方才那半個時辰功夫，李蓮花背著笛飛聲繞角麗譙這處隱密牢獄轉了一大圈，發現這裡竟是個絕地。

位處一座山崖的頂端，角麗譙在這裡蓋了座莊園，莊園裡挖了個池塘，據說池塘裡養滿吸血毒蟲，連半條魚也沒有。此處山崖筆直向下削落，百丈高度全無落腳之處，縱使是少林寺「一葦渡江」或是武當派「乘萍渡水」之類的絕妙輕功也是渡之不能。角麗譙自己是使用一種輕巧的銀絲掛鉤借力上來的，她手中有方便之物，上來下去容易，旁人既無這專門之物，又無絕頂輕功，到了此處自然只有摔死的分兒。

李蓮花和笛飛聲相當好運，角麗譙被李蓮花一激，拂袖而去，不願再留在山頂。這山莊之內無其他人，只有玉蝶、青術以及另外十幾個丫鬟書僮。而莊園外機關遍布，魚龍牛馬幫有「金鳳玉笛」等三十三名高手守在山巔各個死角，藉以地利機關，的確是固若金湯。

於是李蓮花和笛飛聲沒有闖出去。

事實上，李蓮花背著笛飛聲在廚房裡捉了一個小丫鬟，問清楚角麗譙的屋子在哪裡，順手從廚房裡盜了一籃酒菜，然後把小丫鬟綁起來、藏進米缸，兩人就鑽進了角麗譙的屋裡。

出乎意料的是，這屋裡居然有個不大不小的溫泉池。此山如此之高，山頂居然有個溫泉，李蓮花嘖嘖稱奇，對角麗譙將溫泉納進自己屋裡大為讚賞，然後他便將笛飛聲扔下去，自己也跳進去洗澡。

角麗譙為自己修建的屋子很大，溫泉池在房屋東南一角，西南角上有數排書櫥，上面擺滿詩書，還有瑤琴一具，抹拭得十分乾淨，宛若當真有婉約女子日日撫琴一般。桌為檀木桌，椅為梨花椅，文房四寶、琴棋書畫俱全，與那翰林學士家的才女閨房一般模樣。

笛飛聲對角麗譙的房屋不感興趣，只淡淡地看著那一絲一縷從自己身上化開的血。

李蓮花已將全身洗了一遍，溼淋淋地爬起來，到書櫥那裡去欣賞了。

笛飛聲閉上眼睛，潛運內力，他雖然中毒頗深，琵琶骨上傷勢嚴重，但功力尚在。方才李蓮花幫他解開穴道，數月以來不能運轉的內力一點一滴開始聚合，只是「悲風白楊」心法剛猛狂烈，不宜療傷，他中毒太深，若是強提真氣，非臟腑迸裂不可。角麗譙對他太過了解，看準他無法自行療傷，這才放心將他吊在屋中。

李蓮花自書櫥上搬下許多書，饒有興致地趴在桌上看書。笛飛聲並不看他，卻也知道他的一舉一動，溫泉泉水湧動，十分溫暖，他忽然恍惚了一下。

他記起了李相夷。

他依稀記得這個人當年在揚州城袖月樓與花魁下棋，輸一局對一句詩，結果連輸三十六局，便以胭脂為墨在牆上書下〈劫世累姻緣歌〉三十六句。

「哈——」背後那人打了個呵欠，伏在桌上睡眼惺忪地問，「你餓不餓？」

笛飛聲不答，過了一會兒，他淡淡地問：「你現在還提劍嗎？」

「啊？」李蓮花矇矓地道，「你不知道別人問你『你餓不餓』的意思，就是說『我已經餓了，你要不要一起吃飯』的意思……」

他從椅上起身，從剛才自廚房順手牽來的籃子裡取出兩三個碟子，碟子裡是做好的涼菜，又摸出兩小壺酒，微笑道：「你餓不餓？」

笛飛聲確實餓了。

「嘩啦」一聲，他從水裡出來，盤膝坐在李蓮花身旁，身上的水灑了一地。李蓮花手忙腳亂地救起那幾碟涼菜，喃喃道：「你這人也太粗魯野蠻……」

笛飛聲坐下來，拎起一壺酒喝了一口，李蓮花居然還順手偷了兩副筷子，他夾起碟中一塊雞肉便吃。

「喂，角麗譙不是對你死心塌地嗎，怎麼把你弄成這副模樣？」李蓮花抱著一碟雞爪慢吞吞地啃著，小口小口地喝酒，「你這渾身肉瘤，看起來很是可怕。光是『笛飛聲』三個字就已經夠嚇人了，何況你嚇人時多半又不脫衣，弄這一身肉瘤做什麼？」

笛飛聲「嘿」了一聲，李蓮花本以為他不會說話，卻聽他道：「她要逼宮。」

李蓮花叼著半根雞爪，含含糊糊地道：「我知道，她要做皇帝，要你做皇后……」

笛飛聲一怔，冷笑一聲：「她說她唾手可得天下，要請我上座。」

李蓮花「哎呀」一聲，很是失望：「原來她不是想娶你做皇后，是想你娶她做皇后。」

笛飛聲冷冷道：「要朝要野，為帝為王，即使我笛飛聲有意為之，也當親手所得，何必假手婦人女子？」

李蓮花「嗯」了一聲：「所以她就把你弄成這副模樣？」

笛飛聲笑了笑：「她說要每日從我身上挖下一塊肉來。」

李蓮花恍然大悟：「她要每日從你身上挖下一塊肉來解恨，又怕你身上肉不夠多，挖個三兩下便死了，所以在你身上下些毒藥，讓你長出一身肉瘤，她好日日來挖。」

笛飛聲喝酒，便是默認。

「角大幫主果真是奇思妙想。」李蓮花吃了幾根雞爪，睇著笛飛聲，「這種毒藥定有解藥，她愛你愛到發狂，萬萬不會給你下無藥可救的東西，何況這些肉瘤難看得很，她看多了，只怕也是不舒服。」

笛飛聲淡漠喝酒，不以為意。

兩人之間，自此無話可說。

十四年前，他未曾想過此生會有對坐喝酒的一日。

十四年前，他未曾想過自己有棄劍而去的一日。

十四年前，他未曾想過自己有渾身肉瘤的一日。

此處本是山巔，窗外雲霧縹緲，山巒連綿起伏，十分蒼翠，卻有九分蕭索。兩人對坐飲酒，四下漸漸暗去，月過千山，映照窗內一地白雪。

「今日……」

「當年……」

兩人驀地一起開口，又一起閉嘴，笛飛聲眉宇間神色似微微一緩，又笑了笑：「今日如何？」

李蓮花道：「今日之後，你打算如何？」

笛飛聲又喝酒，又是笑了一笑：「殺你。」

李蓮花苦笑，不知不覺也喝了一口酒：「當年如何？」

「當年……」笛飛聲頓了頓，「月色不如今日。」

李蓮花笑了起來，對月舉杯，「當年……當年月色一如今日啊……」然後，他突然極認真地問，「除了殺我，你今後就沒半點其他想法？你不打算再弄個銀鴛盟、鐵鴛盟，或是什麼金鴦教、金鳥幫……或者是金盆洗手，開間青樓紅院，娶個老婆什麼的？」

「我為何要娶老婆？」笛飛聲反問。

李蓮花瞠目結舌：「是男人，人人都要娶老婆的。」

笛飛聲似乎覺得甚是好笑，看了他一眼：「你呢？」

「我老婆改嫁了而已……」李蓮花不以為意，抬起頭，突然笑了笑，「十二年前，我答應過他們……婉娩出嫁那天，我請大家吃喜糖。那天她嫁與紫衿，我很高興……從那以後，她再也不必受苦了。」

他說得有些顛三倒四，笛飛聲並未聽懂，喝完最後一口酒，他淡淡道：「女人而已。」

李蓮花嗆了一下，「阿彌陀佛，施主這般想法，只怕一輩子討不到老婆。」接著他正色道，「女人，有如嬌梅、如弱柳、如白雪、如碧玉、如浮雲、如清泉、如珍珠，等等種種；或有嬌嗔依人之態、剛健嫵媚之姿、賢良淑德之嫻、知書達禮之秀，五顏六色，各不相同。就如你那角大幫主，那等天仙絕色恐怕數百年來只此一人，怎可把她與眾女子一視同仁？單憑她弄出你這一身肉瘤，就知她誠然是萬裡挑一、與眾不同的奇葩……」

笛飛聲又是笑了一笑：「殺你之後，我便殺她。」

「你為何心心念念非要殺我？」李蓮花嘆道，「李相夷已經跳海死了很多年，我這三腳貓功夫在笛飛聲眼裡不值一提，何苦執著？」

笛飛聲淡淡道：「李相夷死了，『相夷太劍』卻未死。」

李蓮花「啊」了一聲，笛飛聲仍是淡淡道：「橫掃天下易，斷『相夷太劍』不易。」

李蓮花嘆道：「李相夷若是能從海底活著回來，必會對你這般推崇道一個『謝』字。」

笛飛聲哼了一聲，不再說話。

李蓮花剛才從角麗譙桌上翻了不少東西，他略略掃一眼，竟是許多書信。只見李蓮花拿著那些書信橫看豎看，左傾右側，比畫半天不知在做什麼。

半晌之後，笛飛聲淡淡問：「你在做什麼？」

李蓮花喃喃道：「我只是想看看信上寫了什麼。」

笛飛聲看著他的眼睛：「你看不見？你的眼睛怎麼了？」

「我眼前有一團……很大很大的黑影……」他說來心情似乎不壞，伸出手指在空中比畫，在笛飛聲眼前畫了一個人頭大小的圈，還一本正經地不斷修正那個圈的形狀，「有時候我也看不太清楚你的臉，它飄來飄去……有時有，有時沒有，所以你也不必擔心你在我面前那個……不穿衣服……」

他說到一半，突然聽笛飛聲道：「辛酉三月，草長鶯飛，梨花開似故人，碧茶之約，終是虛無縹緲。」

李蓮花「啊」了一聲，只見笛飛聲翻過一頁紙，淡淡道：「這封信只有一句話，落款是一個『雲』字。」

李蓮花眨眨眼睛：「那信紙可是最為普通的白宣，信封上蓋了個飛鳥印信？」

笛飛聲的語調不高不低，既無幸災樂禍之意，也無同情感慨之色：「不錯，這是雲彼丘的字，白江鶉的印信。」

李蓮花嘆了口氣：「下一封。」

笛飛聲語氣平淡地念道：「辛酉四月，殺左三蕎。姑娘言及之事，當為求之。」

這是四月分的信件，五月分的信件打開來，笛飛聲目中泛出一陣奇光：「這是百川院一百八十八牢的地圖。」

那非但是一張地圖，還是一張標註清晰的詳圖。當年四顧門破金鴛盟，笛飛聲墜海失蹤，其餘眾人或被擒或被殺，由於被擒之人眾多，紀漢佛為免屠殺之嫌，將殺人不多、罪孽不重的人分類關入地牢，若能真心悔改，便可重獲自由。如此一來，許多位高權重的魔頭反倒未死，畢竟在雙方激戰之際，高手對高手，所殺之人不多。笛飛聲眾多過去的手下都關在這一百八十八牢之中。

第六封書信是雲彼丘向角麗譙細訴相思之苦，文詞華麗婉約，極盡文才。第七封書信是回答角麗譙的問題，答覆百川院內有多少高手，新四顧門又有多少弱點等等。第八封書信是對角麗譙的建言……如此這般下來，一疊書信二十餘封，信件來往越來越頻繁，自開始的痴情訴苦，到後來雲彼丘儼然成為角麗譙暗伏在百川院的內應，那氣煞傅衡陽的龍王棺之計，居然就是出自雲彼丘的手筆，他貨真價實地成為幫角麗譙出謀劃策的軍師。

笛飛聲只挑信裡重點的幾句讀，念到最後一封，「李蓮花多疑多智，屢壞大計，當應姑娘之請殺之，勿念。」頓了一頓，「這封信沒有落款。」

李蓮花本來聽得津津有味，聽到「勿念」二字，皺了皺眉頭：「你吃飽了沒？」

笛飛聲披上的血衣漸乾，只是渾身肉瘤看來極是可怖，他隨手將那疊信件往地上一擲：「你要闖出去？」

李蓮花嘆道：「我本想在這裡白吃白喝，不過有些事只怕等不得。」

「此地天險，闖出不易。」

李蓮花笑笑：「若笛飛聲沒有中毒，天下有何處困得住他？」

笛飛聲縱聲長笑：「你想助我解毒？」

李蓮花的手掌已經按到他頭頂百會，溫顏微笑：「盤膝坐下，閉上眼睛。」

笛飛聲應聲盤膝而坐，背脊挺直，姿態端莊。

他竟不懼讓這十數年的宿敵一掌拍上天靈蓋。

一掌拍落，「揚州慢」真力透頂而入，剎那間貫通十數處穴道，激起笛飛聲體內「悲風白楊」內息交會。融會之後，兩股真氣並駕齊驅，再破十九處穴道，半身主穴貫通，笛飛聲心頭一輕，「揚州慢」過穴後蘊勁猶存，一絲一毫拔去血氣中侵蝕的毒性，不多時他便覺全身劇痛，身上那些奇形怪狀的肉瘤變成焦黑之色，不住顫抖。

李蓮花真力再催，縱是笛飛聲也不得不承認這等至純至和的內功心法於療傷有莫大好處，「揚州慢」衝破穴道，激起氣血加速運轉，卻絲毫不傷內腑，且它破一穴便多一層勁力，融會的氣血合力再破第二穴。如此加速運行，真氣過穴勢如破竹，再過片刻，笛飛聲只覺全身經脈暢通，「悲風白楊」已能運轉自如。

李蓮花微微一笑，放開手。笛飛聲體內真氣充盈激盪，「揚州慢」餘勁極強，緩慢發散開來，「悲風白楊」更是剛猛至烈的強勁內力，只聽「噗」的幾聲悶響，笛飛聲身上霎時染滿焦黑發臭的毒血，竟是那些肉瘤承受不住劇毒倒灌，自行炸裂。笛飛聲站起身，渾身骨骼

「咯吱」作響，毒血披面而過，形容本如厲鬼，但他挺身而立，猶如一座峰巒巍然而起，自此千秋萬代，俯瞰蒼生。

「走。」笛飛聲功力一恢復，伸手拎起李蓮花，對著面前的牆壁劈出一掌，但聞轟然巨響，磚石橫飛，他就在那漫天塵土和石牆崩塌的破碎聲中，走出了角麗譙的屋子。

「向東，第三棵大樹後轉。」李蓮花被他拎在手裡，心裡不免覺得大大不妥，然而笛飛聲功力一恢復，行走如電，要跟上未免有些……那個……不自量力。

笛飛聲聞言問道：「陣法？」

李蓮花道：「剛才彼丘的信裡不是說了？諸處花園可布『太極魚陣』——前面第二個石亭向西。」

笛飛聲拎著他一閃而至，李蓮花又道：「沿曲廊向前，從那芍藥中間穿出。」兩人在花園中三折兩轉，竟未觸動任何機關，很快來到一處懸崖邊緣。

此處懸崖地勢險峻，短短青松之下便是筆直滑落，甚至向內傾斜。此時已是深夜，山邊竟無半個守衛，山下隱約可見雲霧翻湧，也不知有多深。笛飛聲絲毫不以為意，縱身躍起，拎著李蓮花便向那無盡的深淵墜下。

躍下山崖，雲霧一晃而過，睜開眼，只見月色清冷，一切竟清晰得怵目驚心。

山崖上生著極短的松樹，距離兩人尚有二三丈之遙，且此處山崖越往下越向內傾斜，若不及時抓住松樹，摔下去非死不可。李蓮花噤若寒蟬，一動不動，笛飛聲雙眉聳動，吐氣開合，一聲大喝，兩人急墜之勢驀地一緩，笛飛聲一手拎著李蓮花，左掌揚起，向山崖劈去。

古怪的是，他分明一掌劈去，李蓮花卻感覺身子急速向山崖靠近，這一掌竟是吸力。兩人瞬間撞向山崖，笛飛聲左掌勢出如電，轉眼探入山岩，那山岩歷經百年風雨，猶能不壞，在笛飛聲掌下卻如軟泥豆腐一般，「咯啦」一聲，他手掌探入岩壁，在兩人墜落的千鈞之勢下，只聽他左臂骨骼「咯吱」聲響，岩壁驟然崩壞，化為沙石碎屑噴湧而下。李蓮花往後一縮，笛飛聲左掌再探，岩壁再次崩壞，兩人墜落之勢大減，此時兩人已墜逾數十丈，山下隱約可見燈火，山壁上的青松也變得挺拔蒼翠，笛飛聲五指再入青松，右手抓住李蓮花右臂，松樹枝幹發出「咯吱」聲響，搖了幾下，兩人終於止住墜落之勢，掛在樹上。

李蓮花往下一看，山下燈火點點，依稀是一片連綿不絕、如皇宮般的亭臺樓閣。笛飛聲察覺李蓮花右臂完全是倚仗自己抓持之力掛在半空，他本身居然半點力氣不出，不免略感詫異，卻見那人對著底下東張西望，看了好一陣子，恍然大悟道：「這裡是魚龍牛馬幫的總壇，難怪角麗譙把你我丟在山上半點不怕翻船……」

笛飛聲「嘿」了一聲：「下去就是痴迷殿。」

「啊？」李蓮花迷茫地看著腳下，這拔地而起的大山腳下有一座氣勢雄偉的樓閣，看那飛簷走壁，金碧輝煌，和少林寺大雄寶殿相差無幾。

笛飛聲說話無喜無怒，「痴迷殿中長年施放異種迷煙，人陷入迷煙陣便會失去自我，淪為角麗譙的殺人工具。」略略一停，他淡淡道，「那些從牢裡劫來的人，大多在痴迷殿內。」

「啊？」李蓮花奇道，「她千辛萬苦救回那些人，就放在這裡煉成行屍走肉？」

笛飛聲淡淡道：「那些人在牢中日久，人心已散，縱然武功蓋世，不能為我所用，不如殺了。」

李蓮花連連搖頭：「不通，不通，所謂徒勞無功、草菅人命、暴虐無仁、白費力氣……啊，對了，這裡既然是角麗譙的老巢，想必大路小路你都很熟，要如何出去，就靠你了。」

笛飛聲臉上泛起一層似笑非笑的異光：「要如何出去，雲彼丘難道沒有告訴你？」

李蓮花大笑，突然一本正經地問：「角麗譙關了你多久？一年？」

笛飛聲並未回答。

「她若非在你身上弄出許多肉瘤，彼丘寫信來的時候，她多半不會回信；若你身上沒有這許多肉瘤，即使她將你脫得精光、吊起來毒打，遇到要事多半也會與你商量，說不定她根本捨不得折磨你這麼久……」李蓮花嘆道，「諸行諸事，皆有因果，若你不當她是個『女人』，又把她歸為『而已』，既不承她的情，也不要她的心，甚至連她的人都瞧不上眼，她又怎會在你身上弄出這麼多肉瘤……」

「下去吧。」笛飛聲打斷他的話，語氣中已帶了一絲冷笑，「讓我看看你那『美諸葛』痴戀角麗譙十二年，時至今日，可還有當年決勝千里的氣魄。」

「他是他自己的，不是我的。」李蓮花露出微笑，這微笑讓他舒眉展眼，依稀有些當年灑脫的神采。

笛飛聲抓住他手臂，一聲沛然長嘯，直震得青松松針簌簌而下，岩壁上碎石再度崩落，底下人聲漸起，各色煙花放個不停。

笛飛聲便在這喧囂之中，縱身而下。

兩人自十數丈的青松上躍下，底下是痴迷殿，身在半空便嗅及一股古怪的幽香。李蓮花摀住鼻子，叫道：「開閘！」

笛飛聲一拳打破殿頂，縱身落地，殿內分放著許多鐵牢，關著許多神志恍惚的黃衣人。笛飛聲屏住氣息，那破爛不堪的衣袖分拂左右，但聞一陣「叮噹」脆響，那些鐵牢有幾根鐵柱應聲粉碎，鐵牢中的黃衣人搖搖晃晃，猶如喪屍般，一一走了出來。

笛飛聲不等李蓮花出聲，一踢開痴迷殿的大門，闖了出去，直至花園中，才長長吸了口氣，回過頭來，那些黃衣人部分已搖搖晃晃踏出大門，不分東南西北地向外走去。

李蓮花摀著鼻子，甕聲甕氣地解釋：「雲彼丘為角大幫主設計了這些鐵籠，選用北海寒鐵。北海寒鐵質地堅硬，遠勝凡鐵，然而延展性不足。將北海寒鐵拉伸做成如此大的鐵牢已是勉強，受外力剛烈一擊，必然碎裂。角大幫主只精通琴棋書畫，卻不知道這個。」

說話間，那些宛如喪屍的黃衣人已遇上總壇聞聲趕來的守衛，驚駭之下，雙方動起手來。這群黃衣人在百川院地牢內修煉久矣，武功本高，神志混沌之下，下手更是不知輕重，三兩下便將守衛打死，引來更多守衛，圍繞著痴迷殿展開混戰。

李蓮花摀著鼻子，如今他既然腳已落地，便趕緊往一棵大樹後面躲。笛飛聲見他猶如腳底抹油，躲得流暢至極，那閃避之快、隱匿之準、身姿之理所當然，無一不堪比絕世劍招，不禁眼中一動。李蓮花躲了起來，笛飛聲轉過身，負手站在花園中，只見身側刀劍相擊，血濺三尺，魚龍牛馬幫已是亂成一團。

就在此時，遠處一座庭院上空炸起一團極明亮的黃色煙火，顏色樣式與方才所放的全然不同。笛飛聲抬頭一看，眼角略略收縮，全身氣勢為之驟然一凝。那團煙火炸開，首先便看見花園中草木搖動，許多機關對空空射，「劈啪」一陣亂響，轉眼射盡暗器，歪倒一旁。許多樹木、花廊、牆壁上暗門洞開，陣法自行啟動，一陣天搖地動後，整個殿宇群落四處揚起灰煙，竟是陣法崩塌、機關盡毀！笛飛聲心頭暗驚——這等威勢，非久在幫中、深得角麗譙信任之人做不出來，絕非雲彼丘幾封書信所能造就，難道百川院對魚龍牛馬幫的滲入竟是如此之深，自己與角麗譙竟真是一無所知？

機關大作，隨即全毀。整個總壇為之震動，人人驚恐之色溢於言表，誰也不知發生何事，與此同時，第二輪煙花沖天而起——「砰」的一聲，驚心動魄。

笛飛聲仰頭望去，只見第二輪煙花炸開團團焰火，那焰火極為明亮，顏色七彩，十分絢麗，自空墜下，疾若流星，華美異常。他心裡方覺詫異，此煙花打開，地面卻無進一步的動作，驀地他嗅到一股硝火之氣——那七彩焰火自空墜下竟不熄滅，落入草叢之中、殿宇屋頂、花廊梁柱之上，瞬間火光四起，硝煙滿天。

遠近傳來驚呼慘叫之聲，無非是活人被那焰火砸到了頭頂。萬分驚駭之際，又聽「砰」的一聲，又一發煙花炸開，撒下萬千火種，緊接著「砰砰砰砰」，一連十數聲巨響，滿天焰火盛放，猶如過年般繁華熱鬧，七色光輝閃耀漫天，流光似虹如日，一一墜入人間。

四面哀呼慘叫，火焰沖天燃燒，紅蓮焚天，雲下火上盤旋的硝煙之氣如巨龍現世，蜿蜒不絕於這亭臺樓閣上空。

角麗譙十幾年的心血，動用金錢、美色構築的血腥之地，瞬間灰飛煙滅。

「啊——」

「殺滅妖女——」

「殺滅妖女——」

「懲奸除惡——」

「懲奸除惡——」

「還我天地——」

「還我天地——」

「一蕩山河——」

「一蕩山河——」

遠處竟有人帶頭高呼口號，亮起刀劍，旗幟高揚，數十支小隊自四面八方將魚龍牛馬幫總壇各處出口圍住，有人運氣揚聲，清朗卓越道：「此地已被我四顧門團團圍住，諸位若是是非分明，不欲與我四顧門為敵，請站至我左手邊，只要允諾退出魚龍牛馬幫，永不為患江湖，即可自行離去。」

說話之人白衣儒衫，神采飛揚，正是傅衡陽。

值此一刻的風華，必將傳唱於後世，百年不朽。

笛飛聲負手看著這虛幻浮華的一幕，臉上沒有半點表情。

頭頂煙火盛放，地上烈焰焚天。

大樹後的李蓮花嘆了口氣，慢慢抬頭望著夜空。

煙花若死。空幻餘夢。

遍地死生，踏滿鮮血，一切是否真的如這幻景一般美不勝收？

突然間，不遠處殉情樓裡一箭飛出，射向傅衡陽。八名黑衣弓箭手自樓中躍下，結成陣法，向四顧門的人馬靠近。四顧門旗幟整齊，結陣相抗，顯然練習已久，對魚龍牛馬幫的陣法也很熟悉。

一陣腳步驟急，笛飛聲淡淡看了四周一眼，殘餘的守衛快步結起陣法，準備誓死一搏。隨即短兵相接，笛飛聲一掌拍去，便有數人飛跌而出，慘死當場，他連眉頭也不皺一下，提起一人又摔出去，那些摔出去的人尚未落地已骨骼盡碎。李蓮花被逼得從樹後竄了出來，與笛飛聲靠背而立。角麗譙吸納的人手有些服用了毒菇的粉末，不得不為她拚命，故而即使傅衡陽網開一面，仍有許多人冒死相抗。集結的陣法越來越多，笛飛聲且走且殺，四周陣法猶如潮水一般，擁著兩人直往一處殿宇而去。

李蓮花微微瞇起眼睛，他有時看得清楚，有時卻如現在這般眼前一片黑影，依據方才的印象，這座和京師百花樓相差無幾的殿宇叫做「妄求堂」。

這是一座漆黑的殿宇，自上而下，所有磚石木材都是濃黑之色，木是黑檀木，磚石卻不知是什麼磚石。

此處窗戶緊閉，大門封鎖，一片烏黑。難道其中藏匿著什麼絕頂高手？

剎那間，一個人影自腦中掠過，李蓮花脫口而出：「『雪公公』！」

笛飛聲渾身氣焰大熾，李蓮花自他身後倒退三步，四面射來的弓箭未及近身便被他蓬勃而出的真力震落。妄求堂那扇沉重烏黑的大門被他氣勢所震，竟「咯咯」搖晃起來。

「雪公公」乃是二十年前江湖一大魔頭。傳說他膚色極白，雙目血紅，除了頭髮之外，不生體毛，無論年紀多大仍是頷下光潔，故而有「公公」之稱。又因其全身雪白而喜愛黑色，一向身著黑衣，所住所用之物也清一色黑。此人往往於夜間出沒，殺人無數，生食人血，尤喜屠村屠鎮，是極為殘暴的魔頭。

笛飛聲、李相夷出道之時，此魔早已隱退，不知所終。眼前的妟求堂通體濃黑，若其中住的當真是雪公公，角麗譙也堪稱能耐通天了。

妟求堂大門「咯咯」響個不停，卻無人出來。

李蓮花屏息靜氣，聽了一陣之後，他驀地從笛飛聲身後閃出，伸手便去推妟求堂的大門。笛飛聲目中光彩大盛，往前一步，卻見李蓮花推了一下未開，居然握手為拳，一聲叱吒，一拳正中木門，「咯啦」碎裂之聲爆響，大門如蛛網般碎裂，煙塵過後，露出漆黑一片的內裡。

開山碎玉的一拳，笛飛聲略為揚眉，他與李相夷為敵十四年，竟從不知道他能使出如此剛烈的一拳！

一瞬間，他眼中熾熱的烈焰再度轉劇，一雙眼睛狂豔得直欲燃燒。

妟求堂大門碎裂，內裡一片漆黑，卻有一陣惡臭撲鼻而來。

李蓮花從懷裡摸出火摺子，晃亮以後擲了進去。

門內漸漸亮起，妄求堂裡沒有人，只有一具屍首。

一具滿頭白髮、肌膚慘白的老人屍首。

這人死去已有數日，一柄匕首自背後沒入，猶自精光閃耀，顯然殺人之人未與「雪公公」正面為敵，而是偷襲得手。

但究竟是誰能進入妄求堂的大門，與「雪公公」秉燭而談，近這魔頭二步之內？

李蓮花已變了顏色。

那柄匕首粉色晶瑩，肖紫衿大婚那天，角麗譙拿它刺傷蘇小慵，而後康惠荷又拿它殺了蘇小慵，最後作為凶器被百川院帶走。

這是「小桃紅」！

殺人者是誰，已不言而喻！

笛飛聲見到屍首，目光微微一跳。

李蓮花垂手自屍身上拔起「小桃紅」，大袖飄拂，自笛飛聲面前走過，他未看笛飛聲一眼，也未看周圍任何人一眼，衣袖霍然負後，筆直地向外走去。

門外烈焰沖天，刀劍兵戈猶在，那翻滾的硝煙如龍盤旋，天相猙獰，星月暗淡。他一眼也未看，徑直朝著東南方向走了出去。

一條婀娜的紅影向他掠來，「噓」的一聲，刀光如奔雷裂雪，轉瞬即至。他聽而不聞。

「噹」的一聲驚天鳴響，那刎頸而來的一刀被一物架住。

紅衣人的面紗在風中獵獵而飛。

李蓮花從她身邊走過，衣袂相交，卻視若不見。

架住她那一刀的人渾身黑血，一身衣裳汙穢不堪，滿頭亂髮，面目難辨。但他站在那裡，四周便自然而然地退出一個圈子。

在他周身五步之內，山巒如傾。架住她寶刀的東西，是半截鎖鍊。是從他琵琶骨中抽出的血鍊。

紅衣人緩緩轉身。

她尚未完全轉過來，笛飛聲身影如電，已一把扣住她的咽喉，隨即提起向外摔落。他這一提一摔與方才殺人無異，甚至連臉上的神色都毫無不同。

「啪」的一聲，紅衣人身軀著地，鮮血拋灑飛濺，與方才那些著地的軀體並無不同。眾人看著，一切如此平凡簡單，甚至讓人來不及屏息或錯愕。笛飛聲將人摔出，連一眼也未多瞧，抬頭望了望月色，轉身離去。

夜風吹過鮮紅的面紗，翻開一張血肉模糊的臉。

四周有人驚呼慘叫，長聲悲號，但這人間的一切再與她無關。

她來不及說出一句話，或者她也並不想說話。

她沒有絲毫抵抗，或者她是來不及做絲毫抵抗。

她也許很傷心，或者她根本來不及傷心。

一張傾國傾城的面容，絕世無雙的風流，此時在地上，不過一灘血肉。

或許連她自己也從未想過，角麗譙的死，竟是如此簡單。

四 信友如諾

一夜之間，角麗譙慘死，魚龍牛馬幫全軍覆沒，燒成一片焦土。

江湖為之大譁，四顧門聲望急升，比之當年猶有過之，各大門派紛紛來訪，人人驚詫無比，角麗譙原本占據上風，怎會一夜之間輸得一敗塗地？

四顧門傅軍師究竟使了何等神通，竟讓角麗譙敗得如此徹底？究竟是如何贏的，傅衡陽心裡其實也糊裡糊塗。

他一直在探查角麗譙如何攻破百川院的一百八十八牢，派出許多探子，卻只知角麗譙廣納人手，所圖甚大，又以各種手段籠絡控制江湖游離勢力，似對京師有所圖謀，也有大舉進攻各大門派之意，且其間殺了不少人，無聲無息消失於角麗譙手中的各派高手不知凡幾。

就在毫無進展之際，突然有人從魚龍牛馬幫的總壇寄來一封匿名信函給他，要他依據信中所排的陣法訓練人手，又詳細畫了總壇的地形圖、機關圖。傅衡陽本來不信，以為是陷阱，然而這人連續寄來數封信函，言及魚龍牛馬幫幾次行動，竟無一失誤。

傅衡陽心動之餘，也派人前往該處密探，所探情況竟與信函所言大體相同。於是他廣招人手，開始排練陣法，又與魚龍牛馬幫內不知是誰的探子接了幾次頭，約定只要總壇內烈焰煙火放起，四顧門便大舉殺入。

寄信來的究竟是誰，那些信又是如何寄出的？究竟是哪些人潛伏在魚龍牛馬幫內？甚至角麗譙身死那夜，是誰擊破痴迷殿的鐵籠放出那些行屍走肉？是誰開啟機關讓陣法失效、機關全毀？是誰殺了「雪公公」？以至於到最後是誰殺了角麗譙？傅衡陽皆一無所知。

他心裡極其不安，各大門派賀信連綿不絕，道喜攀交情的人接踵而至，這位意氣飛揚的少年軍師卻是一頭霧水，十分疑惑。

極度茫然的時候，他想過李蓮花，但李蓮花下落不明，多半已經死了，他不知該向誰吐露心中的疑惑，也不知這天大的疑惑是否將困住他一生一世。

百川院中。

雲彼丘受傷極重，也不知是何等絕世神功傷了他，白江鶉請來的大夫居然治不了。雲彼丘傷重體弱，大夫開出的藥湯他卻不喝，甚至飯也不吃，若非有人時不時為他強灌靈丹，只怕早已斃命，自紀漢佛闖入他房中那日起，他便一心一意等死。

而白江鶉著手調查地圖洩露之事，卻越查越是心驚——雲彼丘將他描繪的地圖夾在百川院日常信件之中，用一種特殊藥水寫成，如信封上原是寫「致法空方丈」，經白江鶉蓋印、派遣百川院的信使送出。然而那封信到了中途，藥水澈底乾了，那行寫「致法空方丈」的字跡就消失了，以另一種藥水掩蓋的字跡卻浮現出來，於是信使不知其故，使將信轉寄到角麗譙手中。

信件中的內容也是由這種古怪藥水掩飾，雲彼丘在信箋上刷上一層更濃厚的祕藥，掩蓋住整張地圖。這祕藥自瓶中倒出，三日內將一直保持白色，三日後白色漸漸消失，露出底下原先的圖畫。

他以這種手法寄出的信件不知有多少。白江鶉一想到自己竟無知無覺地在這些信箋上蓋印，就不禁毛骨悚然。他對雲彼丘推心置腹，信為兄弟，這兄弟居然在不知不覺間做下這麼多隱密之事。

不僅是寄出密信，他還將雲彼丘身邊的書僮一一叫來詢問。雲彼丘多年來足不出戶，院內自然而然認為他時時刻刻都自閉房中，然詢問的結果卻讓人大吃一驚——近一年來，雲彼丘非但數度出門，還時常多日不歸，最久的一次，竟外出長達月餘！

他往往深夜出門，有時連書僮也不知他何時出去的，而前來找他的人屢次敲門未得回應，大多以為他病重休息，不敢打擾，就此回去了。

誰也不知他去了哪裡，書僮以為他與紀漢佛等人去了小青峰，但白江鶉自然知道沒有，既然如此，雲彼丘所去之處，十有八九便是角麗譙的總壇。

他渾身寒毛直豎，莫非雲彼丘始終未能忘情，難道當年他求死悔過都只是一樁陰謀……為了角麗譙，他寧願拋棄「美諸葛」的身分，化身角麗譙腳下的奴隸？真的嗎？為了角麗譙，雲彼丘竟能在百川院內臥底十二年？這是真的嗎？為了她不怕死？

可是魚龍牛馬幫為傅衡陽所破，你那千嬌百媚的美人已被熊熊烈火燒成了一堆白骨。白江鶉抓了抓頭皮，他真的很想問問雲彼丘：如今角麗譙死了，你為她做的那些還有意義嗎？如果這十二年重來一次，你還願意為她死嗎？但雲彼丘不會回答他任何問題。

他只有一個態度——毋寧死。

十日晃眼即過。

白江鶉沒有查出雲彼丘是替誰受過的蛛絲馬跡，倒是查出雲彼丘調查百川院的許多內幕，且以各種方法轉交角麗譙的證據，又從院內的馬夫、山下的客棧沿路追查，一一詢問，看雲彼丘曾在何處落腳。

追查的結果很清楚。

雲彼丘相貌俊美，卻鬢生華髮，神色憔悴，這等人在路上十分醒目，記得的人也不少。白江鶉派人詢問，所得頗多，雲彼丘一路住了不少客棧，且是單身前往，走得也算辛苦。那幾次離開百川院，他的確都去了角麗譙的總壇，最久的一次，減去來回路程，他竟在角麗譙的總壇住了二十餘日。

十日期限一到，紀漢佛下令百川院上下各大弟子，以及負責傳令、接獄、入牢等各路門人，到庭院聽令。

眾人早已知曉雲彼丘有叛逆之嫌，被紀漢佛囚禁，今日得聞號令，知道必有大事發生，所以來得都很早。

紀漢佛、白江鶉、石水三人抵達庭院時已是黃昏，夕陽浩瀚，庭院中蒼木如墨，枝椏如鴉。紀漢佛緩緩登上數級臺階，站到正堂屋簷下，白江鶉、石水分立左右。百川院的庭院不大，擠著數十號人，鴉雀無聲。

這數十號人都是一跺腳江湖震動的重要人物，包括霍平川、阜南飛等，也有與百川院交好的「四虎銀槍」王忠、何璋、劉如京，以及近年行走江湖、漸有聲望的武當弟子陸劍池。

雲彼丘通敵一事，毫無疑問是除去魚龍牛馬幫覆滅以來，江湖第一大事。

如果連「佛彼白石」都不能相信，江湖上還有何正義可以信賴？有何人可以相信？有什麼是真實不變的？莫非這世上當真沒有什麼讓人心嚮往之的聖土？當真沒有能讓人全心仰仗的力量？

雲彼丘既然是角麗譙的探子，那百川院歷來的所作所為真是全然正確、不容置疑的嗎？說不定在什麼時候冤枉了什麼好人吧？說不定在什麼時候為了角麗譙做過什麼見不得人的事吧？近來百川院所擒獲的江湖凶犯，說不定就有幾個是無辜的。

對雲彼丘的質疑一起，接踵而至的便是漫天風潮，穩立江湖十數年的百川院大廈將傾，無論如何處置雲彼丘，都再無法挽回百川院的聲望，也無法挽回江湖人心。

所以今日紀漢佛號令一下，旁聽之人甚多，百川院小小的院子，樸素無華之地，竟擠進不少大人物。

紀漢佛站定後，兩名百川院弟子將雲彼丘扶了出來。夕陽下，但見他蒼白如死，形銷骨立，不過數日，當年風度翩翩的「美諸葛」頭髮花白，宛如一具活生生的骷髏。

院內眾人都是高手，平日雲彼丘雖然足不出戶，與眾人也有一二面之緣，突然見他變成這副模樣，俱十分吃驚，不過眾人修為頗好，誰也沒有說話。

「江鶉，」紀漢佛說話一點不客氣，也不管院內擠的都是什麼人，徑直便道，「將你近日調查所得向眾人公布。」

白江鶉嘆了口氣，又「呸」了兩聲，「今日百川院大事，有勞諸位遠道而來。」他一向也懶得說客套話，隨口說了兩句便進入正題，「角麗譙連破我七處大牢，百川院所保管的天下一百八十八牢地圖已經洩露。前些日子，大哥與我等兄弟相互追查，斷定是彼丘所盜，他自己也已承認。根據我手下三十八路探子回報，彼丘在一年內，隻身前往斷雲峰下魚龍牛馬幫總壇四次，第一次停留三日，第二次停留十日，第三次停留十七日，第四次停留二十八日之久。百川院針對角麗譙幾次圍剿都未能成功，彼丘也承認是他走漏消息。此外吉祥紋蓮花樓樓主李蓮花，在阿泰鎮後山遇害，彼丘親口承認，是受角麗譙指示殺人。」他那小小的眼睛四下掃了掃，「根據以上所得，雲彼丘確實是角麗譙潛伏在百川院中的心腹，甚至百川院兩名弟子左三蕎、秦綸衛之死，也是彼丘暗中下手。」

這番話說完，雲彼丘一言不發，全盤默認。眾人面面相覷，驚訝至極，幾個與雲彼丘相識之人幾乎不敢相信自己的耳朵，紀漢佛接口道：「身為百川院四院之一，殺害同門及無辜，已是罪無可恕，何況與角麗譙糾纏不清，是非顛倒，倒行逆施。自今時今日起，雲彼丘逐出百川院，所犯殺人之罪，以命抵命，諸位都是見證。」

「什麼……」陸劍池脫口驚呼，他遊歷江湖也有幾年光陰，從未見過判罪如此之快、行刑如此之斷然的，短短數句，前因後果交代得一清二楚，接下來即刻行刑。

石水拔出長劍，森然盯了他一眼：「你問他自己該不該死。」

陸劍池茫然無措，看著雲彼丘，卻見雲彼丘閉上眼睛，點了點頭，靜立待死。院中眾人面面相覷，雖說早已聽聞雲彼丘投靠角麗譙，但猛見紀漢佛下令殺人，仍是有些無法接受，如王忠、何璋、劉如京等當年曾生死與共之人已按捺不住，想開口勸阻。

在眾人蠢蠢欲動、意欲開口之際，石水手中長劍微微一側，映出一抹夕陽餘暉，默然無聲地向雲彼丘頸項刺去。這一劍並不太快，也沒有風聲。

院內眾人都是行家，因而看得很清楚，這一劍雖然不快，也沒有嘯動風聲，但劍路扎實厚重，氣沉心穩，一劍刺出，劍下絕無生還之理。

一瞬間，不少人心中生出悲涼之意，雲彼丘縱然此時糊塗，但當時年少，儒扇長巾，瀟灑風流，智絕天下，曾經傾倒多少閨中少女。

誰知他最終竟是心甘情願為角麗譙而死，為角麗譙眾叛親離，甘心引頸就戮。

他曾成就多少豐功偉績，曾救過多少無辜性命，曾為江湖流過多少血……盡付石水這一劍之中。

劍出如蛟龍，蒼茫天地驚。

這是眾人第一次看石水出劍，此人慣用長鞭，不知他一劍刺出，竟是如此氣象。

眼看雲彼丘即將人頭落地——「叮」的一聲脆響。

半截劍尖翻空而起，受狂風所激，搖搖晃晃落下，發出「噹」的一聲。

石水衣髮皆揚，出劍之姿已然就位，人人親眼所見他手中劍已刺中雲彼丘的頸項，單這一劍之威，足以斷頭。

可雲彼丘沒有斷頭，斷的是石水的劍尖。

眾人目瞪口呆地看著雲彼丘身後有人躍落當場，這人分明來得比石水晚，但一劍揮出，劍光如一道匹練舒展開來，姿態飄逸絕倫。也不見他用多少力氣，雙劍相交，石水的劍尖沖天飛起，招式用老，已無法再出第二劍。

來者是誰？

紀漢佛驟然見到此劍，目中光芒大盛。

白江鶉驚喜交加，卻又不敢相信，喃喃道：「天……天啊……」

石水招式用老，定在當場，看著那白衣人，說不出半句話。

來人白衣仗劍，面掛白紗。

他手中握的是一柄極長的軟劍，劍身極輕極薄，夕陽幾欲透劍而過，又似那劍光幾欲磅礴而出。

「吻——頸——」

院中有人幾乎不能控制自己的聲音，狂喜、顫抖、不可置信卻又極度恐懼。

這一聲「吻頸」之後，雲彼丘驀地睜開眼睛，掙脫扶著他的兩個弟子。誰也沒有想到，他睜開眼後的第一件事，卻是俯身拾起石水斷去的劍尖，欲一劍往自己胸前插入。

——此時此刻，他竟還想著死！

——他竟不看他身後的「吻頸」！

——他竟鐵了心以死相殉！

石水一怔，一時沒想清楚要不要救，卻見來人嘆了口氣，伸手將雲彼丘持斷劍的手握住：「慢著。」

這突然現身之人，劍出如光，使的是「相夷太劍」，用的是軟劍「吻頸」，若非李相夷，又能是誰？

但這說話的聲音卻是如此熟悉。

只聽他道，「你執意要死，不是因為你愛極了角麗譙，要與她同生共死，而是因為你刺了李蓮花一劍……」他嘆了口氣，語氣極是柔和，「彼丘，李蓮花既然沒有死，你何苦執著？」

雲彼丘臉色慘白，全身顫抖，他幾乎不敢回頭去看身後的人。

那人伸出手指，點了他身後數處穴道。這一伸手，人人都識得，的確是「揚州慢」的指法，連他所點的穴道，都是李相夷當年慣點的。莫非這人真是——

眾人心中的驚奇與驚喜漸漸高漲，莫非這人當真是李相夷？

莫非當年李相夷墜海當真未死？

這或許也不是什麼怪事，既然笛飛聲未死，李相夷多半也未死。但他既然未死，這十二年來，為什麼從不露面，放任肖紫衿當上四顧門新門主，放任江湖上角麗譙興風作浪，放任百川院支撐大局？

他又怎知雲彼丘刺了李蓮花一劍？

不少從未見過李相夷的百川院弟子，以及陸劍池之類的江湖晚輩，都不禁期盼這從天而降的前輩高人掀開面紗，讓後人一睹真容。李相夷留下太多傳說，諸多逸事，樣樣都讓人心嚮往之。

「雲彼丘……當年下毒在前，此番劍創在後……還有……何面目以對門主？」雲彼丘全身顫抖漸止，慢慢抬起頭，顫聲道，「唯死而已……」

白衣人輕輕拍了拍他的頭，「你若死了，豈非要讓後世千秋說他們殘害手足、蒙昧無知？太傻，太傻……」他的身姿看來遠比佝僂憔悴的雲彼丘挺拔年少，出言卻是溫聲安慰，有若長輩，「你滅了魚龍牛馬幫，毀了角麗譙的根基，李相夷若是不死，必定以你為傲。」

旁人聽著這兩人的對答，越聽越是糊塗。

雲彼丘說「當年下毒在前，此番劍創在後」，指的當然是李相夷，但挨他一劍的人明明是李蓮花。而面前這人若是李相夷，又怎會說出「李相夷若是不死，必定以你為傲」？

但最引人注意的不是這些，而是這人說「你滅了魚龍牛馬幫，毀了角麗譙的根基」，這話聽來未免太奇，誰都知道滅了角麗譙總壇、殺了角麗譙的是四顧門的少年軍師傅衡陽。

只見這白衣人提起放在地上的一個包袱，打開包袱，包袱裡是一件灰白破舊的衣裳，衣襟上沾滿血汙，衣裳下放著一管黃色竹筒。他提起那件衣裳，指著衣裳上一個破口：「這是李蓮花遇襲之時穿的衣服，彼丘這一劍雖貫胸而入，卻避開心臟要害，各位都是劍術行家，料想看得清楚。」

院內眾人面面相覷，這一劍確實是偏了。

白衣人翻過那件灰衣，指著衣袖下一塊色漬，「這裡有一塊黃色印痕，這裡也有。」他指著衣裳上十數處黃色痕跡，再拿起包袱裡那管黃色竹筒，將竹筒印在衣裳的印痕之上，「你們看，這些黃色印痕，來自這種竹管。」他晃了晃那竹管，「而這個東西，你們可知是什麼？」

「『七曜火』。」人群之中，劉如京突然道，「這是『七曜火』。」

「不錯，這是江南霹靂堂所製的火器，叫做『七曜火』，引燃後於高空爆炸，火焰凌空而下，飄灑七色劇毒磷粉，是殺傷規模極大的一種火器。」白衣人緩緩放下那竹管，脣齒微啟，一字一字道，「雲彼丘為了將這種火器運入角麗譙的總壇，一劍殺傷李蓮花，借用他的身體掩護，運入一十八枚『七曜火』。角麗譙多疑善變，這是唯一運入大批火器的方法。」

「什麼？」白江鶉突然跳了起來，「莫非……莫非其實——」他指著雲彼丘，失聲尖叫道，「彼丘不是角麗譙的臥底，而是百川院在角麗譙那裡的臥底？」

「不錯。」白衣人柔和的聲音聽來極其入耳，「雲彼丘在普渡寺普神和尚傷人一事後，便對藏書樓下的地道進行調查，追查到白江鶉門下弟子左三蕎頭上。他沒有揭發左三蕎，而是悄悄將他殺了，然後寫信給角麗譙，說起舊情難忘，情難自已，又說左三蕎形跡敗露，他已殺人滅口。角麗譙讓潛伏在百川院的另一個探子秦綸衛回報，說確有此事，兩人就此通起信來。」他從懷裡取出一疊書信，「這都是彼丘的親筆信。」

白江鶉接過信件，這些就是從他手中悄悄溜掉的密函，他看東西看得極快，一陣翻閱，越看越是驚訝。

白衣人繼續道，「彼丘為重新取信於角麗譙，對角麗譙言聽計從，奉上天下一百八十八牢的地圖，分析百川院的弱點等等。花費了大半年功夫，終於獲得角麗譙信任，於是他動身前往魚龍牛馬幫的總壇，針對角麗譙擺設的機關進行一些小小的調整，建言修建寒鐵鐵籠、將那些自地牢中救回的惡人放入痴迷殿、在庭院中擺設自己的太極魚陣等，雲彼丘做了許多建言，角麗譙採納了其中很大一部分。」他露齒一笑，「而角麗譙從一百八十八牢救走的人之中，藏有雲彼丘的暗樁。獲救後，對角麗譙言聽計從，並沒有被投入痴迷殿，角麗譙對其委以重任，這人卻在痴迷殿殿破之時，啟動機關，讓整個總壇機關盡毀，接著燃放殺傷力極強的『七曜火』，機關既破，人心渙散，天又降下雷雨火焰，毒霧彌漫，魚龍牛馬幫非覆滅不可。」

紀漢佛那刻板的面孔上難得露出激動之色：「此言當真？」

「當真。」白衣人從包袱裡再取出一柄匕首，「雲彼丘身受重傷，是因為他為了掃平覆滅魚龍牛馬幫的障礙，孤身一人動手去殺『雪公公』。」

「『雪公公』？」白江鶉失聲驚呼，「這人還活著？」

白衣人頷首，遞過手中的匕首。

白江鶉眼見那粉色匕首，變了顏色，這是「小桃紅」，他自然認得。「小桃紅」自康惠荷一案後，一直收在百川院兵器房中，除了「佛彼白石」四人，無人能夠拿到。

白衣人繼續道：「彼丘自背後偷襲，確實殺了『雪公公』。不過『雪公公』瀕死前一記反擊，也讓他吃盡苦頭，你們治不好他，是因為雪公公獨門真力『雪融華』十分難治。聽說中他掌法之人，非『忘川花』不可救。」

「原來如此。」紀漢佛頷首，「閣下對彼丘之事如數家珍，不知閣下究竟是誰？事到如今，可願意讓我們一見你的身分？」

「這……」白衣人略有遲疑。

「閣下取來的證物，是李蓮花所穿的衣服，是壓在李蓮花身下的火器，又是角麗譙與雲彼丘的私人信件，不知這些東西閣下從何得來？」紀漢佛淡淡地問，「不是偽造的吧？」

「當然——不是。」白衣人嘆了口氣，揭下自己的面紗。

眾人一看，眼前人長眉文雅，面目熟悉，正是李蓮花。

其中一人「哎呀」大叫一聲，跳了起來：「騙子！騙子你還活著！」

李蓮花對施文絕笑了笑，施文絕一愣，這人他本已很熟悉，然而此時換了一身新的衣裳，握了一柄傳說中的劍，卻好似有些變了。他說不上來何處變了，心裡一陣空虛，茫然道：「騙子，你沒死就沒死，好端端的，假冒李相夷做什麼？」

此言一出，院中一陣譁然，如王忠、何璋、劉如京，以及陸劍池等人，與李蓮花都曾有過交集，正因與斯人如此熟悉，所以越發認定這人絕非李相夷。

絕無可能是李相夷。然而……

然而有些事原本一清二楚，只是人終究不忍承認，那些風華絕代的往事，竟隕落成庸庸碌碌的如今，無論此人眉眼是何等熟悉，他都不可能是李相夷。

「咳咳……」雲彼丘的聲音虛弱而疲憊，「門主……」

他這一聲「門主」，讓紀漢佛脫口而出：「門主！」

白江鶉也叫：「門主！」

石水卻是叫：「大哥！」他的年紀其實比李相夷略長，然而自當年便叫他「大哥」，那是心悅誠服，出自肺腑。

王忠幾人面面相覷，一振衣襟，就此拜了下去：「『四虎銀槍』王忠、何璋、劉如京，見過門主！」

陸劍池駭然退開幾步，施文絕茫然四顧，院中百川院弟子一起行禮：「百川院下邱少和、曾笑、王步、歐陽龍……拜見門主！」

紀漢佛大步向前，幾人將李蓮花和雲彼丘團團圍住，心中驚喜至極，面上反而扭捏，竟說不出話來。

李蓮花嘆了口氣，從懷裡取出一樣東西：「彼丘。」

雲彼丘雙目仍是無神，自當年碧茶一事後，他無時無刻不想死，苟延殘喘十二年，終於滅了角麗譙，見了李相夷，蒼天待他不薄，此生再無可戀，何必再活？

但李蓮花手裡是一朵青碧色的小花，花枝晶瑩如凝露，似乎觸手可融。

白江鶉神色一震：「這……是……？」

「這是忘川花。」李蓮花將那朵小花遞到雲彼丘手中，「這是四顧門軍師傅衡陽的一番心意。」

雲彼丘毫無神采的眼中終於泛起一絲訝然：「傅衡陽？」

李蓮花頷首：「我從斷雲峰來，若非傅衡陽援手，要從燒成廢墟的角麗譙總壇找到這些東西，無異於大海撈針。」

他解釋了幾句，眾人才知道，當夜是他與笛飛聲擊破痴迷殿鐵牢，放出那些行屍走肉，之後笛飛聲截住角麗譙，他則離開角麗譙的總壇，回到斷雲峰峰巔。他在斷雲峰峰巔找回血衣，取回信件，卻尋不到「吻頸」，山下形勢已定，他便寫了封信給傅衡陽。

李蓮花自然不會說他為了寫這封信在山頂上折騰了好幾天，順道養了養身子，每寫三五字，他便要等上半晌才能抓住那黑影晃過的瞬間再寫三五字，那封信寫得他出了好幾身冷汗。他是傅軍師知己，自然知道四顧門此番功成名就，流芳百世之餘，傅軍師必定糊裡糊塗，大惑不解，於是簡略將雲彼丘一番苦心寫了寫，請傅軍師派遣人手，幫他從烈火餘燼中找到「七曜火」以及「吻頸」。

傅衡陽這次行動極快，非但調動百人在火場中翻找，還親自從小青峰趕回，與李蓮花詳談了一番。最後，「吻頸」在角麗譙閨房的暗格中找到。雲彼丘留在魚龍牛馬幫的撒手鐧應當還有不少，但一時間也難以湊全，取到幾樣關鍵之物，雲彼丘受判之日也到了，李蓮花快馬加鞭，在今日清晨趕到清源山，又在石水出手行刑之際救了雲彼丘一命。

傅衡陽非但從小青峰親自過來，還為李蓮花帶了一樣意外之物——忘川花。

他以為「雪公公」死於李蓮花之手，又知「雪融華」霸道邪功，若為「雪融華」所傷，非忘川花不得救。既然傅衡陽如此用心，又千里相送，李蓮花自然是順手牽羊，將忘川花帶來，不想雲彼丘當真有傷，正是雪中送炭。

一切起伏，是如此平淡無奇，又如此怵目驚心。

施文絕呆呆看著李蓮花這廝被簇擁在人群之中，紀漢佛臉色扭曲鐵青，那是太過激動之故，白江鶉大呼小叫，石水牢牢盯著李蓮花，彷彿這人一瞬間便會消失在空氣中。王忠、何璋幾人議論紛紛，陸劍池之流探頭探腦，既是迷惑，又萬分好奇。

他一直以為李蓮花這廝平生最怕衝在前面，逢事必要拖個墊腳石，即便是湊熱鬧，他也是將別人一腳踢入熱鬧中，自己在一旁喝茶竊喜。

他從來不知李蓮花在人群之中居然能左右逢源，含笑以對，他目光所向，手指所指，猶若光華萬丈，澄澈明透。

那一大群人很快簇擁著李蓮花走了，因為雲彼丘傷重，李蓮花……呃，不……李門主要為他治療。

有忘川花在，雲彼丘又是孤身涉險、力破魚龍牛馬幫的功臣，李門主自要為他療傷。

施文絕很困惑，也覺得驚心動魄。

那個人……就這麼活生生變成另外一個人，他覺得自己彷彿親眼看了一場畫皮。

旁人都在歡呼雀躍，他只覺驚悚可怖，那人究竟是什麼樣的一個人？

那人是以什麼樣的心情與他相識六七年？如果他是李相夷，為什麼要假扮李蓮花？

他茫然無措，跟不上人群。

如果他一開始就是李相夷，他一開始就是個天神，他為什麼要在地上挖個坑，把自己埋進去，假裝自己是顆土豆？那樣……很有趣嗎？

看著其他土豆與他稱兄道弟，毫不知情，看著其他土豆為他擔憂著急，為他破口大罵，他是覺得……很有趣嗎？

老子和你相識六七年，多少次你在看老子笑話？多少次你耍了老子？

他瞪著那個李門主，不知道該高興還是該難過，心裡卻冒著火，「呸」了一聲，施文絕調頭而去。

李蓮花被簇擁著進了蔘園。

而後眾人自動退了出去，關上房門，等李蓮花為雲彼丘療傷。

雲彼丘服下忘川花，盤膝坐在床上，李蓮花照舊自他頭頂百會貫下「揚州慢」真力，助忘川花藥力運行。

屋內真氣氤氳，一片安靜。

一頓飯功夫後，李蓮花輕輕點了雲彼丘幾處穴道，讓他睡去，自己則靠在床上，嘆了口氣。他對醫術一知半解，雲彼丘真氣雖已貫通，但那寒症他是無能為力。看著雲彼丘滿鬢華髮，李蓮花又嘆了口氣，望了望自己一身白衣，頗有些愁眉苦臉。

這身衣服珠光隱隱，皎白如月，即是贏珠甲。他知道彼丘對他負疚太深，十二年前害他中毒，十二年後為滅角麗譙又不得不出此下策，刺他一劍，此後一心以死償還。若李相夷不寬恕他，即便是紀漢佛寬恕了他，他也必悄然自盡。

他自己想逼死自己，相逼十二年，事到如今，他自認終於可以噓氣。若無神蹟，縱有絕世神藥也救不了他。

所以，李相夷不得不自那海底復活。

李蓮花小心翼翼地把雪白的袖角從床沿扯回來。雲彼丘一心求死，根本不打掃房間，屋裡四處都是灰塵，他的童子又不敢入屋，怕被他的陣法困住，三日五日都出不去。李蓮花將衣袖扯回，欣然看見它已不是雪白的模樣，又嘆了口氣，錯了錯了，若是李相夷，全身真力充盈澎湃，衣角髮絲無不蘊力，豈有沾上灰塵的道理？

想那李相夷即使在大雨之夜奔行於樹林之中，雨水落葉沾衣即走，一一彈開，哪有弄髒衣裳的道理？何況這區區塵土？

李蓮花想了半晌，他難得坐下來認認真真思索李相夷的所作所為，不得不承認，他委實不知當年李相夷成日將渾身真力浪費在衣裳上是為了什麼。人在少年時果然不該鋪張浪費，到得老來，便想多一點氣力禦寒也不可得。

李相夷那時候……就是為了瀟灑吧？

李蓮花穿著那身白衣，自怨自艾當年白白浪費的力氣，又覺得這屋裡到處裂縫，寒風四通八達，難怪彼丘住在這裡會得寒症。看這張床上經年累月的一襲薄被，其中又無棉絮，床板上也無墊褥，竟連枕頭也沒一個，日日睡在這光溜溜的木床上，日子是要怎麼過？他在床上坐了一會兒，覺得太冷，下了床，將雲彼丘東一堆西一堆的書一一收好，拂去灰塵，依照順序分了種類放回書架上，隨後自然而然地拾起塊抹布開始擦桌子。

待他把桌子擦完，地板掃好，突然一僵，「哎呀」一聲，大驚失色。

錯了錯了，李相夷那廝孤高自傲，連吃飯有時都有美女爭著搶著餵他，怎會掃地？錯之大矣，謬之深也，萬萬不可。他連忙將剛才整理好的書都搬回來，苦苦思索雲彼丘那太極魚陣，按照原樣，一一擺了回去。

一陣手忙腳亂，李蓮花好不容易將屋裡自乾淨整潔又弄回一地陣法的模樣，正在思索是不是要去院裡摸點沙石塵土四處撒一撒，以求唯妙唯肖，床上雲彼丘突然咳嗽兩聲，緩緩睜開眼睛。

過了好一會兒。

「覺得如何？」耳邊有人溫和道，聲音很是熟悉。雲彼丘恍惚了好一陣子，唇齒微微一動：「門主……」

那人點了點頭。

雲彼丘眼中溼潤：「我……我……」

「彼丘。」那人的聲音如此熟悉，熟悉到實在是太熟悉了，又顯得很陌生，「當年東海之濱，我一人獨對金鴛盟兩艘大船，前無去路，後無援兵。我與金鴛盟苦戰一日一夜，戰至『少師』失落，碧茶毒發，雖然擊沉金鴛盟兩艘大船，但那時在我心中，當真恨你入骨。」

雲彼丘不由得全身顫抖，他幾乎不敢想像當日李相夷究竟是如何活下來的，不禁牙齒打顫，咯咯作響。

「後來我敗在笛飛聲掌下，墜海之時，我立誓絕不能死。」那人嘆了口氣，一字一字道，「我立誓即便是墜入地獄，我也必要爬回來復仇。我要殺你，殺角麗譙，殺笛飛聲，甚至我想殺紀漢佛、白江鶉……為何在我最痛苦、最掙扎的時刻，苦等一日一夜，那些歃血為兄弟的人竟沒有一個前來援手，沒有一個為我分擔，甚至將死之際沒有一個為我送行！」他的語氣驀地有了些起伏，當日之事湧上頭，所立之誓，字字句句，永不能忘。

雲彼丘睜大眼睛，這一瞬間幾乎已是死人。

「但其實……人命如此縹緲……」那人微微嘆了口氣，「並非我發下多毒的誓言，怎樣不願死，就能浴火重生。」他頓了頓，緩了緩自己的心境，「我墜海之後，沉入海中，後來掛在笛飛聲木船的殘骸上，浮出水面。」

雲彼丘聽到此處，屏住好久的呼吸終於放鬆，突然劇烈咳嗽起來：「咳咳咳咳……」

「我以為很快就能向你們索命。」說話的人語氣漸漸帶了點笑意，彷彿在那以後，一切都漸漸變得輕鬆，「但我受笛飛聲一掌，傷得太重，養傷便養了很久。且比起養傷，更糟糕的是……我沒有錢。」

雲彼丘一呆。

李蓮花道：「我當時傷勢沉重，既不能種地養魚，更不必說砍柴織布什麼的……」

雲彼丘沙啞地道：「那……」那你究竟是如何活下來的？

「你可記得，四顧門門主有一面令牌？」李蓮花陷入回憶，「門主令牌，見牌如見人，令牌之下，賜生則生，賜死則死。」

雲彼丘點點頭：「門主令生殺予奪，所到之處，武林無不懾服。」

李蓮花露齒一笑：「我用它當了五十兩銀子。」

雲彼丘黯然，那門主令牌，以南荒翠玉雕成，形作麒麟之態，刀劍難傷，唯妙唯肖，所值何止千兩。那是何等尊貴榮耀之物，此令一出，天下雌伏，若非到了山窮水盡、無法可想的潦倒困境，李蓮花豈會拿它去當五十兩？

「我雇人將笛飛聲的船樓從木船殘骸上拆下來，改為一座木樓。」李蓮花繼續道，「我在東海之濱住了很久，剛開始十分不慣。」他笑得尤為燦爛，「尤其是吃飯十分不慣，我常常到了吃飯時間，才發現沒錢。」

雲彼丘忍不住問道：「那五十兩……」

「那五十兩被我花去了十幾兩，就為了撿個木樓，不然日日住在客棧，未過幾日我便又一窮二白。」李蓮花嘆道，「那時候我沒有存錢的念頭，剩下那三十幾兩裝在錢袋裡，隨手一放，也不知何處去了。不過幸好我弄了個房子，有個地方住。」他微笑起來，「我弄丟了銀子，好長一段時間沒空去想如何報仇，如何怨恨你們，我每日只想，能在什麼地方比較體面地弄些吃的。」

雲彼丘脫口而出：「你為何不回來……」一句話沒說完，他已知道錯了，李相夷恨極四顧門，他是何等孤高自傲，即便餓死也不會回來。

李蓮花笑了，「呃……我不完全是不想回來……」他悠悠回憶，「我也記不太清楚了，有些日子過得糊裡糊塗，太難熬的時候，也想過能向誰求助。可惜天下之大，李相夷交友廣闊，結仇遍地，卻沒有一個能真心相託的朋友。」他輕輕嘆了口氣，「也就是少年時，浮華太甚，什麼也不懂……」

略略靜了一會兒，他又笑道：「何況那時我日日躺在床上，有時爬也爬不起來，即便是想回來，也是痴心妄想。」

雲彼丘越聽越是心驚，聽他說得輕描淡寫，卻不知是怎樣的重傷方能令身懷「揚州慢」的李相夷淪落至此，見他此刻風采如舊，半點看不出是怎樣的重創。

他繼續道：「後來……能起身的時候，我在屋後種了許多蘿蔔。」

李蓮花的眼色微微飄起，彷若看到極美好的過去，「那時候是春天，我覺得蘿蔔長得太慢，一日一日看著，一日一日數著，等看到蘿蔔頭冒出土壤的時候，我高興得……差點痛哭流涕。」他略為自嘲地勾起嘴角，「從那以後，我沒餓過肚子。再後來，我種過蘿蔔、白菜、辣椒、油菜什麼的……曾經養過一群母雞。」他想起他曾經的那些母雞，眼神很柔和，「再後來，我從水缸裡撿回了那三十幾兩銀子，過了些日子，不知不覺、莫名其妙地存夠了五十兩銀子。那時距離我墜落東海，已過去整整三年。」

雲彼丘嘴裡發苦，若他當年知道會是這樣的結果，寧願自己死上千次萬次，也絕不會那樣做。

「我帶了五十兩銀子去當鋪贖那門主令牌。」李蓮花微笑，「那令牌還在，東海之濱，貧瘠的小漁村裡，沒人知道那是什麼東西。但令牌雖在，我卻……捨不得那五十兩銀子。門主令牌與五十兩銀子，我在當鋪前面轉了半天，最終沒有把令牌贖回來。之後我種菜養雞，有時出海釣魚，日子過得很快，等我有一天想起你的時候……突然發現……我忘記為何要恨你。」他聳了聳肩，攤了攤手，「碧海青天，晴空萬里，我樓後的油菜開得鮮豔，門前的杜鵑紅得一塌糊塗，明日我可以出海，後日我可以上山，家中存著銀子，水缸裡養著金魚，這日子有何不好？」他看著雲彼丘，眼神十分認真，「我為何要恨你？」

雲彼丘張口結舌，李蓮花一本正經地看著他：「你若非要找個人恨你，李相夷恨你，但李相夷已經死很久了。」

雲彼丘默然。

「若你非要李相夷復活來原諒你，我可以勉強假扮他復活……」李蓮花嘆氣，「他恨過你，但他現在不恨了，他覺得那些不重要。」

「那些不重要？」雲彼丘輕聲道，「若那些不重要，重要的是什麼？」

「重要的是，以後的事……你該養好身體，好好習武，你喜歡讀書，去考個功名或是娶個老婆什麼的，什麼都可以，什麼都好。」李蓮花十分欣喜，「如你這般聰明絕頂又英俊瀟灑的翩翩佳公子，就像方多病那樣娶個公主什麼的，豈不大妙？」

雲彼丘古怪地看著他，半晌道：「當今皇上只有一個公主。」

「公主四處都有，吐蕃的公主也是公主，樓蘭的公主也是公主，苗寨的公主也是公主，你說那西南大山中許多苗寨，少說也有十二三個公主……」李蓮花正色道。

雲彼丘長長吐出一口氣，一時無話，看了李蓮花一眼：「我餓了。」

五 心無牽掛

雲彼丘原來並非角麗譙的探子，反倒是自我犧牲、孤身涉險的英雄。這事在江湖上傳揚開來，引起軒然大波。大部分人對百川院多方讚譽，許多感慨；也有不少人側目冷笑，就當看戲。

但這件事只是個開端，現在江湖中人人知曉，雲彼丘之所以沒死，之所以能夠平反，你我之所以能知曉他的功績，是因為一個人死而復生的關係。

那人俊美如玉，白衣仗劍，猶如天神降世，一出手便救活雲彼丘，幾句話便為雲彼丘平反，在場據傳共有十幾位江湖大豪，卻無一人有異議。

這位有若二郎神降世、文殊菩提轉生的仙人，便是傳聞多年，據說已死的「相夷太劍」李相夷。

那人啊，江湖傳聞已死多年，但他其實是遠去蓬萊修仙，如今修仙大成歸來，如你這般凡夫俗子，自是無緣見得。

至於李相夷就是李蓮花一事，那日各位大俠並未多言，雖然也有些流言傳出，卻無多少人當真相信，不過當作茶餘飯後津津樂道的話題。

本來嘛，你說那白衣長劍激戰笛飛聲的絕代謫仙，怎會與那渾渾噩噩、鬼鬼祟祟的吉祥紋蓮花樓樓主李蓮花有什麼關係？一個天上、一個地下，怎麼也湊不到一起。

雲彼丘終究沒有再尋死，四顧門等他傷癒，大家好好醉了一場。

李蓮花在百川院住了幾日後，說要去看長白山天池中的蓮花，就與眾人一一道別，飄然而去。

第十七章

東海之約

一 皓首窮經

京師東南，傍山面河之處，有一座金碧輝煌、占地頗廣的宮殿。京師人氏都知道，這是昭翎公主與駙馬的府邸，皇上賜名「良府」。

良府內花團錦簇，燈籠高掛，各色鸚鵡、雀鳥「唧唧啾啾」，秋色漸至，府內卻猶如盛春一般。

這富貴繁華到了極致的府邸之中，開滿紫色小花的池塘旁，有個人穿著一身錦袍，手裡拿著一串珍珠，順手拆下來，正一顆一顆往那池水射去。

「啪」的一聲，正中一片荷葉；再「啪」的一聲，打落一枝蓮蓬。

水面上七零八落，均是斷枝碎葉，漣漪不斷，水波蕩漾，蓮荷顫抖，魚蝦逃匿。

「駙馬，公主有請。」

身後花園裡，前來通報的丫鬟嬌小玲瓏，十分溫柔。

「沒空。」對著池塘丟珍珠的人悻悻然道。

「公主說，如果駙馬今晚回房睡，她有個消息保證能讓駙馬高興。」

「什麼消息？」對著池塘丟珍珠的人奇道，「她日日坐在家中，還有什麼新消息是她知道本駙馬不知道的？」

溫柔的小丫鬟十分有耐心地笑了：「剛剛府裡來了一位客人。」

池塘邊的人倏地一下如猴子般跳起來：「什麼客人？」

小丫鬟噗哧一笑：「聽說是江南來的客人，我可不認識，公主正在和他喝茶，不知駙馬可有興趣？」

她話還沒說完，駙馬已箭一般向著聽風閣奔去。

這個對著池塘丟珍珠的猴子般駙馬，自然便是方多病。

聽風閣，公主良府中最高的觀景樓閣，位於取悅潭中心之處，於水面上淩空而架，微風徐來，蓮荷漂蕩，四面幽香，故而府中有重要客人來訪，公主都在聽風閣接見。

今日來的客人是誰？

方多病的輕功身法堪稱數一數二，三兩下便上了聽風閣。聽風閣中擺有橫琴一具，棋盤一副，其中兩人正拈子下棋，有婢女撫琴助興，雅樂「叮咚」，似是十分高雅。

下棋的兩人，一人髮髻高綰，珠釵巍峨，正是昭翎公主；另外一人面黑如鐵，腰插摺扇，卻是施文絕。

方多病怔了怔，昭翎公主嫣然一笑：「我找你下棋的時候，倒是不見你跑得這麼快。」

方多病摸了摸自己的臉，若有所思地看著兩人，再看看彈琴的婢女：「下棋還要彈琴助興，我還是第一次看見。」

昭翎公主掩面而笑，笑得明眸婉然：「我等心智清明，豈會讓區區琴音擾了思緒？」

方多病聳了聳肩，「是是是，如我這般心智糊塗的，下棋就聽不得琴聲。」他瞪了施文絕一眼，「你來做什麼？」

施文絕拈著一粒白子，陰森森道：「老子掐指一算，知道你在京城做駙馬已做得快發瘋，所以特地來救你。」

他肆無忌憚地在昭翎公主面前說出「做駙馬做得快發瘋」，公主也不介意，仍是顏若春風，妙目在方多病臉上瞟來瞟去，笑吟吟的，覺得甚是有趣。

「老子發不發瘋和你有什麼關係……」方多病反唇相譏，「公主貌美如花，這裡榮華富貴，老子用冰糖燕窩洗腳，用大紅袍包袋搓背，拿萬年靈芝劈了當柴燒，沒事拿夜明珠當彈珠玩，日子不知過得有多舒服。」

公主嗤嗤直笑，施文絕斜眼看他，冷冷道：「你若真這麼舒服，那我便不打攪了。」

方多病不料他說出這句，呆了呆，怪叫道：「你跑到我這裡來，就為了和我老婆下一盤棋，聽一聽這什麼琴？」

施文絕兩眼望天：「是啊，不行嗎？」

方多病大怒：「放屁！你這人若是無事，只會在青樓和賭坊鬼混，哪還知道自己是誰？

快說！出了什麼事？」

施文絕冷笑：「你不是在這裡日子過得很舒適嗎？我怕駙馬爺過得太舒服了，江湖險惡，萬一傷了駙馬爺一根寒毛，誰也消受不起。」

「是死蓮花出了什麼事嗎？」方多病壓低聲音，惡狠狠道，「除了死蓮花，你還會為別的事跑到我這裡來？」

「李蓮花？」施文絕兩眼翻天，「李樓主風華正茂，光輝灼灼，那神仙風采豈是我一介凡人所能冒犯？他好得不得了，哪裡會有什麼事？」

方多病怔了怔，莫名其妙：「什麼？」李蓮花風華正茂、神仙風采？施文絕是被驢子踢了還沒醒吧？

「你那李樓主，吉祥紋蓮花樓樓主李蓮花，就是十二年前與笛飛聲一起墜海的四顧門門主『相夷太劍』李相夷。」施文絕冷冷道，「你知道了吧？他會有什麼事……雖然……」他略略頓了頓，他知道李蓮花身上有傷，傷及三焦。

但那傷在李蓮花身上和在李相夷身上渾然不同。傷在李蓮花身上，李蓮花多半就要死；傷在李相夷身上，李相夷絕代武功，交遊廣闊，縱橫天下，無所不能，又豈會真的死在區區三焦受損的傷上？

過往一切擔憂，都不過是笑話一場。

方多病聽完，眨了眨眼睛，笑了起來：「你撞到頭了嗎？」

施文絕大怒，跳起來：「你說什麼？」

方多病指著窗外：「天都還沒黑，你就開始說夢話了？還是你在來的路上摔了一跤，頭上受了傷？」

「老子好端端的，哪裡有什麼傷？」

方多病很同情地看著他，就像看著瘋子，「我很想相信你說的話，可惜那是絕對不可能的，根本就不是。」他大剌剌地攤手，「你昨天晚上睡覺從床上滾下來了吧？還是你又被哪個青樓女子從床上踢下來……」

施文絕暴跳如雷，「方多病！你給老子去死！你給老子去死！」他狠狠撂下一句話，「笛飛聲重出江湖，挑戰各大門派，只怕你方氏也在其中，叫你爺爺小心點！他已撂下話來，八月二十五，當年四顧門與金鴛盟決戰之日，他與李相夷東海再戰，一決雌雄。」

「啊？」方多病簡直不敢相信自己的耳朵，「李相夷沒死？真的沒死？」

「沒死。」施文絕淡淡道，「不但沒死，普天之下再沒有誰比你與他更熟。」

方多病卻沒聽進去，興奮地道，「八月二十五，他們要在東海之濱再決雌雄？天啊，十二年前老子還沒出道，沒趕上熱鬧，現在竟然有機會了！李相夷竟然沒死，天啊天啊，他竟然沒死！」他揪著施文絕的衣裳，「你看見李相夷長什麼模樣沒有？是不是丰神俊朗、天下第一？他的新劍是什麼模樣？這十幾年他去哪裡了？可練成什麼新的絕招？」

施文絕看著這個語無倫次、興奮得手舞足蹈的傢伙，嘆了口氣，突然覺得他很可憐。和自己當時一般可憐。

等到了東海之濱，親眼見到那場驚天決戰，這個傢伙……也是會恨他的吧？

二 不歸谷

李蓮花牽了匹白馬，在荒山野嶺中走著。

李相夷現世，江湖為之沸騰，傳說紛紜，頓時生出許多故事，聽說昨日他在大明湖畔英雄救美，前日在西域大漠仗義行俠，大前日在雪山之巔施展出一記絕世神功，融化萬年冰雪，讓山下乾旱的耕地如獲甘霖，造福一方水土云云。

那故事中呼風喚雨，瞬息之間從江南到西域又到雪山的仙人牽著匹白馬，正在一片人跡罕至的山谷中走著。這山谷水氣甚重，到處是淹沒腳踝的死水，蚊蠅肆虐，蟲蛇爬行，李蓮花走得萬分辛苦，那匹馬鼻息噴動，顯然也十分不耐。

李相夷現世，李蓮花便不能活，何況李相夷復活，肖紫衿怎會饒得了他？所以一從百川院出來，他便全神貫注地思索究竟要躲到何處去方才安全。長白山天池既高且遠，約莫沒有什麼蓮花，所以他就牽著百川院給他的那匹白馬，慢條斯理地走入不歸谷。

但凡山川大漠，人跡罕至之處，必有什麼不歸路、不歸河、不歸山、不歸峽等等，而不歸谷是其中最普通的一種。於是李蓮花看到谷口標示「不歸谷」三字，未做思量，就歡歡喜喜地走了進去。

走進去以後，他立刻就後悔了。

這山谷不大，卻十分狹長，谷底潮溼泥濘，生著許多奇形怪狀的浮草，空氣十分潮溼，呼吸起來分外困難，山谷兩側樹木茂密，蛇蟲出沒，烏鴉橫飛，地上時不時出現殘破白骨，確實充滿「不歸」的氣氛。

李蓮花身上那件贏珠甲不多時便濺滿泥濘，幸好此衣刀劍難傷，換了他蓮花樓裡的那些舊衣，只怕早已變成一堆破布。他沒有騎馬，一手牢牢抓緊韁繩，一步一步艱辛地往前走。

他沒有騎馬是因為他看不見。

眼前的黑影慢慢從一團變成兩團，當他走進不歸谷時，眼前的黑影似乎融化了，變成千千萬萬飄忽不定的鬼影，時聚時散，變換急轉，擾亂人心。李蓮花耳中嗚叫，眼前目眩，心力交瘁，索性閉上眼睛，反正他睜著眼睛也差不多是個睜眼瞎子。但白馬他卻不敢坐了，一是他看不見，若這匹大馬路過一棵大樹，白馬從樹下悠然經過，他不免從馬上淒涼摔下；二是他不知從何時起有些畏高，坐在馬上有些惴惴不安，所以便牽著馬，讓大馬為他領路。

被一頭畜生牽著走路，目不能視，走在詭異莫測的不歸谷中，腳下一步步踩的都是汙水，空氣渾濁悶熱，李蓮花越走越踉蹌，漸漸跟不上那匹大馬，每走一步，就要換三四口氣，心下萬分後悔，照此下去，尚未找到萬全的藏身之地，就會先找到萬全的埋骨之所。

「嘎——」一聲鴉鳴傳來。

「嘎——嘎——嘎——」似乎四面八方突然多了許多烏鴉。

李蓮花睜開眼睛，只見頭頂枝椏茂密，竟已走到一處山澗邊緣，樹林之中，烏鴉漫天亂飛，低頭一看，地上竟有一具屍首。

他認出那是具女屍。此處林木茂盛，白馬已無法前行，忽聽前面樹林中兵刃交鳴之聲激烈，彷彿正在混戰。

他一時打不定主意要不要去看熱鬧，畢竟就算他去「看」熱鬧，以他這雙眼睛只怕也看不清。驀地傳來一陣枝葉摧折的「哢嚓」聲，一物從天而降，他本能地往後一閃，「啪」的一聲，那物跌落在方才那具女屍身上，定睛一看，又是一具女屍。抬頭望去，那女屍上方正巧有個枝葉稀疏的缺口，導致被拋過來的屍體彈了幾下，跌落在自己面前。

眼前的黑影恰好於這一瞬間飄過，地上的女屍身著藍色衣裙，衣裙上繡著太極圖花邊，以這身衣裳、這種顏色來看，應該是峨嵋派特有的衣裳。李蓮花忙著看女屍，那匹大馬嫌棄林下地方狹小，潮溼異常，「嘩啦」一聲便從樹叢中擠了出去。

林外五六個藍衣女子正在和一人打鬥，五六柄長劍劍光閃爍，砍來砍去，但見劍氣縱橫，花招流轉，就是砍不到那人身上。

那五六個藍衣女子之間，有個黃色人影飄忽來去，身形瀟灑異常，便是在李蓮花這等眼睛看來，也知這人武功遠在那五六名女子之上，想要脫身早就脫身了，卻仍在眾女之間飄忽來去，究竟是為了什麼？

「殺了你這侮辱三師妹的狗賊！」

「殺了他給七妹八妹報仇！」

「狗賊！」

打鬥間，隱約飄來幾句叱吒。李蓮花恍然，中間這位黃衣人約莫是調戲了這些女俠的「三師妹」，結果眾女持劍追來，武功不敵，讓他殺了兩人。

看這架勢，想必是黃衣人未下殺手，否則只怕三兩下，這一妹二妹四妹五妹六妹等等很快就要靜待十一妹十二妹十三妹等等二十年後為她們報仇了。李蓮花忍不住嘆了口氣，看這清一色藍色衣裙，繡著太極，顯然都是峨眉弟子。

就在此時，那黃衣人已覺不耐，揚起手掌便要往其中一女頭上劈落，他若不是看在這些峨眉女弟子年輕貌美、個個體態窈窕的分上，早將她們的脖子一一扭斷。

黃衣人武功極高，這一掌劈下，這十六七歲的藍衣少女不免即刻變成一團血肉。

忽然一匹白馬從極茂密的樹叢中鑽了出來，忙著打鬥的一妹二妹一回頭，見那白馬雖全身溼淋淋，宛如涉水而來，卻是健壯挺拔，姿態優雅，顯然是一匹好馬。

黃衣人一怔，向藍衣少女拍落的手掌略略一頓，厲聲喝問：「什麼人？」

但聞樹叢中一聲輕咳，一人緩步而出。眾女子見來人衣裳略溼，一襲白衣光潤皎潔，不沾塵土，雖然走得甚慢，意態卻是嫻雅，又見這人溫文爾雅，與面前黃衣淫賊相比自是氣質高華，不免心生好感。

「黃老前輩，」白衣人道，「別來無恙。」

黃衣人殺氣大熾，森然盯著白衣人：「你是何人？」

李蓮花微微一笑，卻不回答那句「你是何人」，只道：「武當黃七，武當紫霞掌門的師兄，老前輩當年在武當山上積威頗重，人人敬仰，卻為何今日竟成了無端殺害峨眉弟子的凶徒……」

這淫賊竟是武當黃七？那些藍衣少女驚出一身冷汗，有些人即刻奔入樹叢去尋同門姐妹的屍首。

峨眉弟子被武當黃七所殺，此事傳揚出去，無疑又是一樁醜事。

「你是何人？」黃七厲聲問道。他其實在熙陵的朴鋤鎮就與李蓮花照過面，不過當時李蓮花假扮妓女，將自己一張臉塗得人不像人鬼不像鬼，此時黃七自然不認得。

李蓮花仍不回答，又笑了笑：「老前輩大概是從斷雲峰下逃出來的吧？」

黃七「嘿」了一聲，他確是從斷雲峰下大火中脫身。當日他被霍平川帶回百川院，關入天下第六牢，不久就被角麗譙劫走，後來便一直留在魚龍牛馬幫。離開斷雲峰後，他欲前往武當，奪回掌門之位。走到此地，偶然遇見將要前往長江撫江樓的峨眉派眾女，他看其中老三長得眉目溫柔，像極他的小如，便心生歹念，在昨日故技重施，迷姦了她。不料峨眉眾女謹遵師訓，早晨起得太早，撞見他從三師妹房中出來，於是群起而追。

他偷香得手，又見眾女個個年輕貌美，本無意殺人，後來逃入不歸谷，眾女窮追不捨，他覺得不耐，殺了兩人。若是這白衣人不出現，他原打算將剩下的六人一起殺了。不想這突然出現的白衣人居然認得他，更讓他殺意叢生。

「我是誰，從何處來，死人有必要知道嗎？」黃七一聲獰笑，一掌便向他直劈而來。

李蓮花往側邊一閃，溫言道：「峨眉派眾位女俠，此人武功高強，與之糾纏不利，還請盡快離去。」黃七這一掌從他身側掠過，帶起衣袂微飄，姿態倒是獵獵瀟灑。

「這位少俠，你為我姐妹攔住這個魔頭，我們怎能就此離開？」那群藍衣少女中有人脫口而出，隨即紅了臉，「萬萬……不能。」

李蓮花一頷首，不再搭話。

黃七一掌不中，足踏八卦，身走遊龍，竟是使出武當絕學「八卦遊龍」，同時衣袖鼓風，乃是「武當五重勁」，雙式合一，要將李蓮花立斃掌下。

「噓」的一聲微響——

峨眉眾女眼見黃七威勢，一顆心剛提起來，乍見一抹光華一閃而逝，就如空中陡然有蛛絲掠光，黃七頸上噴出一片鮮血，手掌尚未拍出即駭然頓住。眾目睽睽下，只見一柄極薄極長的軟劍已然圈住黃七的頸項。

這一劍究竟為何能如此之快，真是快得無形無跡，簡直無法想像。

黃七斜眼去看白衣人，只見他左手握劍，這才恍然冷笑：「你竟是左手劍！」他卻不知李蓮花早已看過他的武功，加之出其不意左手持劍，才能一招制敵。

李蓮花只是笑笑，黃七隱居太久，錯過李相夷意氣風發的年代，不識「吻頸」。

吻頸劍纏在黃七頸項，李蓮花只要手腕一動，黃七的頭顱便要搬家。李蓮花站著不動，剛才發話的藍衣少女連忙趕過來，點了黃七穴道，用繩索將他牢牢捆起，幾人合力將黃七放上那匹白馬，方才鬆了口氣。

幾位姑娘想到同門姐妹之死，又是嚶嚶哭成一片，過了好半晌，才有人向李蓮花柔聲道，「這位少俠，我等與人有約，正要前往撫江樓，這魔頭武功甚高，我等姐妹一路上恐怕難以遏制，不知少俠能否……」說話的人雙頰緋紅，「能否送我們一程？」

李蓮花站在原地一動不動，過了好一會兒才微微一笑，點了點頭。

藍衣少女滿心歡喜，相顧羞澀，卻不知這白衣公子只想在原地多站一會兒。

英雄救美這等佳話，委實已經不大適合他。

他只想順暢地喘口氣。

三 破城之劍

李蓮花和這群峨眉派懷春藍衣少女同行了兩日，終於抵達長江之畔的撫江樓。

一路上，峨眉眾女天未亮便起身，他這風度翩翩的少俠自是不能比俠女們晚起，於是這兩日他四更就起床，而既然是少俠，少不得鋤強扶弱，為眾俠女安排食宿、整頓行囊，運送七妹八妹的棺木，飲馬趕車牽馬……以至於一百五六十斤沉重至極的黃七黃老前輩也要這位少俠親身料理。

兩日二十四個時辰，仿若過了千年萬年，李蓮花好不容易將眾俠女送到撫江樓下，吐出一口長氣。女人，當這些女人都不是老婆的時候，涵養再好的男人，耐心也是十分有限。

撫江樓是長江邊上一處三層多高的觀景樓，修建於江邊一塊巨岩之上。登上高樓，俯瞰江水，其碧如藍，浩浩湯湯，遠眺山巒起伏，蜿蜒如龍，胸懷不免為之清暢。

李蓮花和峨眉派眾女俠剛剛走到撫江樓附近，就見一輛馬車也往撫江樓而來，那馬蹄不疾不徐，走得穩重，微風過處，便顯出一股端凝的風采。

馬車中坐的絕非常人。

「肖門主！」身邊的藍衣少女已高興地招呼起來，「肖門主果然是守信之人，這麼早就到了！」

肖……門主？

李蓮花嘆了口氣，只見那飛馳而來的馬車上走下兩人。其中一人紫袍俊貌，眉飛入鬢，正是肖紫衿；另一人婉轉溫柔，文秀出塵，何嘗不是喬婉娩？

肖紫衿看了那藍衣少女一眼，居然一言不發，大步走了過來，淡淡道：「別來無恙？」

喬婉娩見他與峨眉派眾俠女在一起，甚是驚訝，神色卻溫和得多，只對他微笑。

李蓮花看了喬婉娩一眼，忍不住又嘆一口氣：「別來無恙。」

肖紫衿淡淡一笑：「我聽說你最近很是風光。」

李蓮花原想擺手，但峨眉眾俠女還在身邊，連連擺手只怕不妥，他一時沒想到如何解釋，只得說：「託福……」

肖紫衿道：「我想和這位少俠借一步說話。」

他身側立刻讓出一條路，藍衣少女都敬畏地看著他。

李蓮花只得跟著他轉身上樓，上了撫江樓第三層。

撫江樓欄杆外，江水澄澈如玉，千年萬年，都將如此。

「我說過，只要你再見婉娩，我就殺你。」肖紫衿淡淡道，語氣中沒半分玩笑的意思，「我說的話，絕無轉圜。」

「我不過是為峨眉俠女做馬夫……」李蓮花嘆氣，「我真的不知她們是與你們相約在撫江樓見面。」他見欄杆外山川豁然開朗，不知不覺站到欄杆旁，深深吸了口氣。

肖紫衿緩緩道：「拔出你的『吻頸』。」

李蓮花只是嘆氣，卻不拔劍。

他不拔劍的時候，肖紫衿真不知那柄柔軟綿長的「吻頸」被他收在何處。

肖紫衿手持「破城」，一劍便往李蓮花胸口刺去。

李蓮花左袖一動，但見蛛絲般游光一閃，一柄極薄極長的軟劍「叮」的一聲微響，剎那間纏上肖紫衿的劍身：「紫衿，我不是你的對手。」

「你不是我的對手，還敢與我動手？」肖紫衿森然道，「我不願親手殺你……」他微微一頓，「四顧門不需要兩位門主，你自己了斷吧！」

李蓮花苦笑：「我……」

「你說過你不會再回來，你說過你不會再見婉娩。」肖紫衿淡淡道，「此番你在清源山百川院大鬧一場，以李相夷之名名揚天下，是在向我挑釁不成？如今天下非你不從，你說你無意回來，無意江湖，無意婉娩，誰相信你？」

李蓮花張口結舌，過了半晌，終於嘆了口氣：「我自己了斷，你若殺我……總是不宜……」

他左手一抬，收回「吻頸」，想了想，手腕一振，但聞「啪」的一聲脆響，點點光亮飛散，「叮噹」落地。

肖紫衿心頭一震，殺氣未消，心頭卻生出一股說不出的激盪，讓他臉色一白。

一地光華，映日閃爍，似永不能滅。

那柄威震江湖十二年的「吻頸」，天下第一軟劍，吹毛斷髮、斬金切玉的「吻頸」，十幾年來，他幾乎從未離身的「吻頸」，就此一震而碎，化為一地廢鐵。

李蓮花握著「吻頸」的劍柄，輕輕將之放在地上，心裡猛地浮現一句話。

他記得誰曾經說過：有些人棄劍如遺，有些人終身不負，人的信念，總是有所不同。

他的記性近來總不大好，但這一句記得很清楚，也許永不能忘。

「你——」肖紫衿變了顏色，他想說「你做什麼」，又想說「你何必如此」，但……但是他要殺人。

而他要自盡，他斷劍，這……這有何不對？

李蓮花放下劍柄，站了起來，那一瞬間，肖紫衿不知何故，非常仔細地去看他的表情，可惜李蓮花臉上並無太多表情，他道：「紫衿，人之將死，其言也善，不知你可否聽我一句話？」

「什麼話？」肖紫衿牢牢握住破城劍，李蓮花竟甘願就死，他委實不能相信，李蓮花竟自斷「吻頸」，讓他怵目驚心。

「婉娩若是愛我，她便不會嫁你。」李蓮花輕聲道，「你要信她，也要信你自己。」他看著肖紫衿，「夫妻之間，不信任……也是背叛。」

肖紫衿厲聲道：「我夫妻之事，不勞你費心！」

李蓮花頷首，往欄杆旁走了一步，看了看，回過頭，突然露齒一笑：「以後這樣的事，不要再做了。」

肖紫衿一愣，還未明白發生什麼事，就見李蓮花縱身而起，筆直地往江中掠去，身形如電，他竟不及阻攔。

他這是做什麼？打算跳江而死嗎？

但……肖紫衿一瞬間腦子有些糊塗，他依稀記得李相夷水性頗好，當年墜海猶能不死，墜江怎會死得了？想起這事，他倒是鬆了口氣，猛地看見李蓮花縱身平掠，斜飛數丈，落身在一艘漁船上，遙遙回身對他一笑。

他恍然大悟——李蓮花自知不是對手，所以震斷「吻頸」，甘心赴死，其實都是為了降低他的戒心，然後等到江上有漁船駛過再飛身脫難！

一股難以言喻的怒火沖上心頭，他其實並不惱怒李蓮花不死，更多的怒火來自地上的「吻頸」！

「吻頸」！

「吻頸」此劍跟隨李相夷多年，曾斬殺多少妖邪？救過他多少次性命？他竟就此碎劍！

他不是有本事逃脫嗎？

不是早就計畫好了要跳江嗎？那他為何要碎劍？

如果不想死的話，為何要碎劍？此劍對他而言，就如此不值嗎？

肖紫衿勃然大怒，殺氣沖霄，果然這人不得不殺，非殺不可！

李蓮花落身漁船之上，那船夫本在撒網，突然有人宛如天兵一般從天而降，嚇得他差點摔進江裡，尖叫起來：「鬼啊——有鬼啊——」

那落在漁船上的人嘆了口氣：「青天白日，哪裡來的鬼？」

漁夫回過頭，只見這「天兵」一身白衣，長相倒是不惡，稍微放了些心，但仍是道：「你……你你你……」

李蓮花坐下來，見這漁夫收穫不多，船上不過寥寥幾條小魚，還在船底掙扎，不由得微笑：「船家，我和你打個商量可好？」

那漁夫小心翼翼地看著他，想了又想，十分謹慎地問，「什麼事？」接著又補了一句，「我沒錢，你若要那些魚，就拿走。」

李蓮花笑了，他從懷裡摸出一張紙：「我要買你這艘船。」

「這……這船是……不賣的。」

李蓮花打開那張紙：「這是五十兩的銀票。」

「銀票？」漁夫疑惑地看著那張紙，銀票這東西他聽說過，卻沒見過，怎知是真是假？

李蓮花想了想，又從懷裡摸出二兩碎銀，「五十兩的銀票，加二兩碎銀。」他拍了拍身上，神情極認真，「買這艘船，再幫我送一封信，我可一文錢都沒有了，只有這麼多。」

二兩銀子？漁夫大喜，他這船怎麼也值不了二兩銀子，連忙將銀票和碎銀收下：「可以可以，賣了賣了，不知客官你要到何處？我可以送你去。」

李蓮花笑笑，從懷裡取出一封信，溫和且極有耐心地道，「那張銀票可以在城裡汪氏銀鋪換成銀子，這封信，你就幫我送到……」略略一頓，他本想說送到百川院的分舵，然而這漁夫只怕不知百川院的分舵究竟是個什麼玩意兒，便道，「送到方氏任何一家酒樓、茶館或是銀鋪都可以。」

「哦。」漁夫收起信件，對那張銀票倒不是很看重，興趣只在那二兩銀子上。

李蓮花指了指對岸：「你先上岸，這船就是我的了。」

「客官你要去哪裡？我可以先送你去，再等你的人來接船。」漁夫甚是純樸，收了錢之後為李蓮花打算起來。

「我不去哪裡。」李蓮花微笑，「我也會划船。」

「是嗎？」漁夫搖著船槳，緩緩划向岸邊，「看你白面書生的模樣，不像是會划船。」

「呵呵，我也是漁夫，也賣過魚。」

「啊？你那裡大白魚多少錢一斤？最近大白魚可貴了，我卻怎麼撈也撈不到一條……」

「呵呵……」

單薄粗糙的小木船緩緩靠岸，漁夫跳下船，揣著五十兩的銀票和二兩碎銀對李蓮花揮手道別。

李蓮花左手搖起船槳，將木船緩緩划向江心，任由小船順江而下。這裡是長江下游，看這水勢，不到一日一夜，就可以入海。

李蓮花將船底的小魚都放生了，抱膝坐在木船上，看著前面滔滔江水。若山水有七分，看在他眼裡只剩一二分。

但他仍在看。

兩側青山籠罩著霧氣，蒼翠全帶了股晦暗，讓人覺得冷。

他坐在船上，陰冷的霧氣自江上湧起，漸漸彌漫滿船，似沁涼又冰冷。

遠遠望去，見輕舟出雲海，倒是風雅。

李蓮花笑了笑，輕輕咳了一聲，吐出一口血。

他極認真地摸出一塊巾帕擦拭。

接著他又吐了一口血。

笛飛聲已接連與各大門派動過手。

除了少林法空方丈堅持不動手，武當紫霞道長閉關已久沒有出關外，他幾乎天下無敵。

八月二十五日。

距離當年墜海，已相隔近十三年。

笛飛聲很早就來到東海之濱，這是一個名為「雲厝」的小村，村裡老老少少都姓雲。雲厝村外的海灘很是乾淨，白沙碧海，海上碧空無雲。

仿若當年的天色。

在這處海灘邊緣，有一塊巨大的礁石，名曰「喚日」。

不知何年何月何日，誰人在這礁石上刻下瀟灑絕倫的字跡，如今那深入礁石的字跡上長著極細的海螺，卻也不妨礙那鐵畫銀鉤。

笛飛聲就站在這塊喚日礁上，一身青衣，一如當年。

其實他要殺李蓮花很容易，但他想決勝的，不是李蓮花這個人，而是李相夷那柄劍。

近十三年前，他與李相夷對掌完勝，是因為李相夷身中劇毒，但即便李相夷身中劇毒，他仍能一劍重創笛飛聲。

那一招「明月沉西海」，以及此後十年病榻，此生此世，刻骨銘心。

今日，他覺得他甚至可以只用五成真力就殺了李相夷，但不想在未破他「明月沉西海」之前便殺了他。

何況那人狡詐多智，近十三年來，或許尚有高出「明月沉西海」的新招。笛飛聲站在喚日礁上，心中淡淡期待。

喚日礁後，高高低低站了不下百餘人，四顧門各大首腦自然來了，喬婉娩也在其中，峨眉派來了不少年輕弟子，丐幫來了三位有袋長老，武當有陸劍池，甚至少林寺也來了不少光頭小和尚。

在這群形形色色的怪人當中，一頂黃金大轎才真正讓人瞠目結舌，只見此轎四壁黃緞，緞上繡有彩鳳，四名轎夫雖然衣著樸素，卻是鼻孔朝天，面無表情，一看便知是哪路高手假扮的。

這轎裡坐的自然是方多病方大公子和昭翎公主。

轎外還站了一個面無表情的黑面書生。

此轎如此古怪，武林中人都遠遠避開，議論紛紛。

方多病其實半點也不想坐轎前來，他本想將老婆一甩，翻牆走人，此後大半年逍遙自在。卻不知他娘子是他知音，心知夫君要跑，於是言笑晏晏地備好馬車大轎，打點一切，與良婿攜手而來。

與這對恩愛伉儷一併前來的，還有楊昀春。

他對笛飛聲和李相夷的傳說好奇已久，幾乎是聽著兩人的故事長大的，凡是習武之人，哪有不好奇的？眼見喚日礁上笛飛聲嶽峙淵渟，氣象磅礴，真是大開眼界，暗讚這等江湖人上人果然與官場中人全然不同。

然而，笛飛聲在那礁石上站了兩個時辰，已過午時，也沒看見李相夷的身影。圍觀之人開始議論紛紛，竊竊私語，紀漢佛眉頭皺起，肖紫衿也眉頭緊蹙，白江鶉低聲囑咐左右一些事情，喬婉娩不知不覺已面帶愁容。

方多病自轎中探出頭道：「怎麼這麼久還沒人來？李相夷不會爽約吧？」

昭翎公主低聲道：「這等大事，既然是絕代謫仙那樣的人物，怎會失約？莫不是遇上什麼事吧？」

笛飛聲站在礁上，心智清明，靈思澄澈。

李相夷狡詐多智，遲遲不到，或許又是他擾亂人心之計。

此時一匹大馬遠遠奔來，有人大老遠便呼天搶地地喊：「少爺！少爺！大少爺——」

方多病從轎子裡一躍而出，皺眉問道：「什麼事？」

在這等重大時刻，方氏居然派遣快使大呼小叫地前來攪局，真是丟人現眼。

那快馬而來的小廝一口氣都快斷了，臉色青白，高舉著一封信：「少爺，是一封信。」

方多病沒好氣地道：「本公子自然知道那是一封信，拿來！」

小廝將那揉得亂七八糟的信遞上去，越發臉青唇白，驚慌失措：「是李相夷的信……」

「什麼信非得在這個時候送來？方氏的事什麼時候輪到老子做主了？」方多病火氣一

沖，那「老子」二字脫口而出，忽地一怔，「李相夷的信？李相夷寄信不寄去四顧門，寄給我做什麼？」

他本就扯著嗓子大吼，突然來這一句，眾人紛紛側目，頓時把他與那小廝圍了起來。

李相夷的信？

李相夷怎會寄信給方氏？他本人又為何不來？

方多病心驚膽顫地打開那封信，手指瑟瑟發抖。

那是一張很尋常的白宣，紙上的字跡很是熟悉，寫著：

近十三年前東海一決，李某蒙兵器之利，借沉船之機與君一戰猶不能勝，君武勇之處，世所罕見，心悅誠服。今事隔多年，沉痾難起，劍斷人亡，再不能赴東海之約，謂為憾事。

方多病瞪著那熟悉的字跡，看了幾句，已全身冰涼，只見那信上寫道：

江山多年，變化萬千，去去重去去，來時是來時。今四顧門肖紫衿劍下多年苦練，不在『明月沉西海』之下，君今無意逐鹿，但求巔峰，李某已去，君意若不平，足堪請肖門主以代之。

方多病臉色慘白，看著那紙上最後一句：李相夷於七月十三日絕。

「信上說了什麼？」

紀漢佛與肖紫衿並肩而來，眾人紛紛讓開，卻仍探頭探腦。

方多病艱難地吞了口唾沫，一開口，聲音卻已沙啞：「他說……」

肖紫衿目中凶光大熾，一把抓住他的胸口：「他說了什麼？」他憤怒無比，李相夷竟敢失約避戰！這無恥小人把四顧門的臉面都丟到九霄雲外去了！等下若是現身，縱然笛飛聲不殺，他也要動手殺人！

「他說……他說……」方多病茫然看著肖紫衿，「他說他已經死了，來不了，請你……請你替他上陣。」

紀漢佛脫口而出：「什麼？」當下搶走那封信。

肖紫衿一怔，眨了眨眼睛：「什麼？」

「他說他已經死了，所以來不了，他很遺憾……」方多病喃喃道，「他說……他說你劍法很高，比他厲害，所以請你替他上陣……」

「什麼他已經死了？什麼要我替他上陣？」肖紫衿胸口那團怒火瞬間燃上天際，厲聲道，「這是他的戰約！是他的地方！為何我要替他上陣？」

「他說……」方多病茫然道，「因為你是四顧門門主。笛飛聲……是來與四顧門門主比試的，不是嗎？」

肖紫衿茫然無語，「他為何不來？他來了，我……」他頓了頓，「他來了，我就把四顧門門主還他……還他……」他也不知為何會說出這句話，竟然還說得如此自然流暢，好似早在心中想過千萬遍。

方多病搖了搖頭。

「他說他劍斷人亡……已經……」他輕聲道，「死了。」

說完，他不再理睬肖紫衿，搖搖晃晃地向自己的大轎走去。

昭翎公主關切地看著他：「怎麼了？」

方多病呆呆地站在轎旁，彷彿過了很久很久，他動了一下嘴角：「你說……死蓮花不是李相夷對不對？」

站在轎旁的施文絕見他看了一封信後突然傻了，哼了一聲：「呸！老子早就告訴過你，李蓮花就是李相夷，李相夷就是李蓮花，是你死也不信。怎麼了？他寄信給你了？你信了？哈哈哈哈哈，他騙了你我這許多年，可是有趣。」

方多病搖了搖頭：「你說——死蓮花不是李相夷——」

施文絕一愣：「怎麼了？」

方多病抬起頭：「他寄信……說……他已經死了，所以今日的比武請肖紫衿上陣。」

施文絕看著方多病，一瞬間彷彿方多病變成塊石頭或是怪獸。

方多病茫然地看著施文絕：「他為何要寄信給我？他若不寄信給我多好。」他若不寄信，我便永遠不知道。

施文絕呆呆地看著方多病，四面八方那麼多人，在他眼裡全成了石頭。李相夷死了？那個騙子死了？怎麼會死？

他不是李相夷嗎？

李相夷應該是……永遠不會死的。

「難道真的是因為……那些傷？」施文絕喃喃道，「天……我明明知道，卻……卻自己走了……天啊……」

方多病轉過頭，一把抓住他，咆哮著將他提了起來：「你知道什麼？」

施文絕對他露出一個比哭還難看的笑臉：「騙子身上有傷，很重的舊傷……很可能是當年墜海之後留下的……」

方多病呆了半晌，本想繼續咆哮，卻是一鬆手將他丟下。

「算了，」他喃喃道，「算了算了……」他抬起頭看著碧海青天，「老子和他認識這麼多年，吃喝拉撒在一起那麼久，還不是屁也不知道一個？」

「他真的死了嗎？」施文絕爬起來，「他說不定是說謊，為了不來比武，扯瞞天大謊。」

方多病呆呆地看著晴空，搖了搖頭。

「他沒有說謊。」他喃喃道，「他雖然是個騙子，卻不怎麼騙人……真的……不怎麼騙人，只是你我不明白……沒……沒太把他當回事……」

喚日礁上笛飛聲也聽說了李相夷寄來絕筆，請肖紫衿代之。聽完後，他淡淡一哂，飄然而去，竟是不屑與之動手。

而肖紫衿也無心與他動手，他仍想不通，為何那日李蓮花寧願逃走，不肯就戮，卻突然無聲無息地死了？

他說劍斷人亡。

難道那日他震碎「吻頸」，便已絕了生機？

肖紫衿不禁一陣顫慄，莫非……莫非真是自己……逼死了他？自己一心一意要他死，如今他似乎真的死了，自己卻覺得不可思議，無法接受，李相夷是不死的，是不敗的，是無論自己如何對他、如何惡言相向、揮劍相向也能存在的神祇啊……

他怎麼能……真的死了？

他是因為當年的重傷而亡的嗎？

那日他不肯就戮、不願自盡難道是因為——

肖紫衿臉色霎時慘白——難道是因為他不願我親手殺他！他不願我做下後悔之事，也不願婉娩知道我曾威逼他自盡，所以他那時不能死！

他若在那時死了，婉娩絕不會原諒自己，所以他跳上漁船，去……別的地方……一個人死。

肖紫衿雙眼通紅，他一個人死，他死的時候，可有人在身旁？可有人為他下葬，為他收屍？

回過頭來，海濱一片蕭索，不知幾時有了嗚咽之聲，幾個藍衣女子在遠處哭泣，紀漢佛面如死灰，白江鶉坐倒在地，石水一言不發往回就走。

肖紫衿仰首一聲長嘯，厲聲道：「你究竟死在哪裡？生要見人，死要見屍，掘地三尺，走遍天下，我也要把你找出來！」

兩年之後，東海之濱，柯厝村。

柯厝村就在雲厝村不遠，村外晒著漁網，村裡不過百餘人，比起雲厝，可是小得多了。

一個人在屋後晒網。

這人身材頎長，肌膚甚白，宛若許久不曾見過陽光，右手垂落身側，似不能動，他以一隻左手慢慢地調整漁網，似乎做得心情十分愉悅。

只是他的眼睛不大好，有些時候要以手指摸索著做事，有時要湊得極近方才看得清。

「死蓮花！」有人從屋裡咆哮著追出來，「老子叫你乖乖在屋裡休息，眼睛都快瞎了的三腳貓，還敢跑出去網魚！老子從京師大老遠來一趟容易嗎？你就這麼氣我？」

晒網的人轉過身來，是熟悉的面容，瞇起眼睛，湊近了，對著方多病看了好一陣子，才勉強記起他是誰，欣然道：「哦，施少爺，別來無恙。」

方多病暴跳如雷！

「施少爺？哪個是你施少爺？誰讓你叫他施少爺？老子是方多病！一個月不見，你只記得施少爺？他『施』給你什麼了？老子派幾百人沿江沿海找你，累得像條狗，撿回來的你變成個白痴，老子給你住給你吃給你穿，像個奶媽一樣，怎麼也不見你叫我一聲方少爺？」

李蓮花又瞇起眼睛，湊上去仔仔細細地又將他看了一遍，微笑道：「哦，肖門主。」

方多病越發跳腳，氣得全身發抖，「肖……肖門主？那個王八蛋——那個王八蛋你記著他做什麼？快給我忘了，統統忘了——」他抓著李蓮花一陣搖晃，搖到他自己覺得差不多已經將那「肖門主」從李蓮花腦子裡搖了出去才罷手。「老子是誰？老子是方多病，當今駙馬，記起來了嗎？」

李蓮花再沒興趣細看：「駙馬。」他轉過身又去摸那漁網。

「你這忘恩負義、糊裡糊塗、無恥混帳的狗賊！」方多病對著他的背影指手畫腳，不住咒罵，奈何那人一心一意晒他的網，聽而不聞，且他現在聽見了也不見得知曉他在說什麼。

方多病忽地吐出一口長氣，拖出一把椅子坐下。

死蓮花沒死。

坐著漁船，順流而下沖出大海，被漁民撿了回來。

沒死就好。

雖然找到人的時候，右手殘廢，眼睛失明，神志全失，渾渾噩噩，就像條狗。

但……沒死就好。

像現在這樣，不記得是是非非，不再有聰明才智，喜歡釣魚就釣魚，喜歡種菜就種菜，喜歡養雞就養雞，有時晒晒太陽，和隔壁的阿公阿婆說幾句話。

有何不好？有何不好？

他的眼睛酸澀，他想他這麼想應該是看得很開了，卻仍會記起當年那個和他一起在和尚廟裡偷兔子，溫文爾雅微笑著說「你真是聰明」的小氣巴巴的李蓮花。

這時晒網的人已經哼著不知所云的曲子，慢慢摸索著走出後院。他的後院外面就是沙灘，再過去就是大海。

有個穿著青色長衫的人影淡淡站在外面，似在看海。

李蓮花鬼鬼祟祟地往後探了個頭，欣然摸到一處沙地，那沙地上畫著十九橫十九縱的棋盤，上面放了許多石子。他端正地在棋盤一端坐好，笑道：「第一百三十六手，你想好了沒有？」

那人並未回身，過了一陣子，淡淡道：「我輸了。」

李蓮花伸出手，笑得燦爛：「一兩銀子。」

那人揚手將一兩銀子擲過去，突然問：「你當真不記得我是誰？」

李蓮花連忙點頭道：「我記得。」

那人微微一震：「我是……」

「你是有錢人。」李蓮花一本正經地道。

——《蓮花樓》全書完

番外

揚州慢

揚州城山水如畫，有詩云「煙花三月下揚州」，又云「春風十里揚州路」，每到春分時節，便有許多人慕名而來，踏青訪友、尋花問柳，不一而足。

方多病便是在這個時節到達揚州。

他剛過十六，出門闖蕩江湖前家裡給了他一馬車的衣裳被褥、暖炭手爐，還配了小廝一名，名喚旺福。

旺福原本不叫旺福，他今年十二，在方家當方多病的書僮時，根據方家僕役的命名規矩，喚作蘭蓀。但出了家門後，他家少爺自稱江湖人士，行事須按江湖規矩，一般江湖中人身邊的隨從不是叫清風明月，就是叫旺福旺財。

於是少爺為他選了個名字，叫做旺福。

少爺又稱江湖中人一切從簡，這一馬車的衣裳雜貨帶著實在累贅，不合江湖規矩，便把馬車送進當鋪，換了幾張薄薄的銀票揣在懷裡。

正當方多病兩袖空空，腰懸一柄長劍從當鋪裡走出來時，看見一棟比他的馬車還要大幾倍的木樓從他面前緩緩經過。

兩頭水牛並駕齊驅，緩慢地拖著一棟雕工精緻的小木樓，那小木樓下嵌有臨時木輪方便移動。一個灰衣人牽著一頭小灰驢，小灰驢背上馱滿了行李，正往西行。

方多病目瞪口呆——他本以為他那裝滿金銀細軟、綢緞衣裳、被褥暖爐等的馬車已經夠誇張了，這人居然出門連房子都帶上了？看這小灰驢背上的繡花包裹，圓的十有八九是個水缸……嗯……那個小的……難道是個夜壺？

灰衣人身材頎長，走得卻慢，還有那麼一點東張西望、不知該去哪裡的模樣。

方多病一腳伸出，擋在水牛牛蹄前面，饒有興致地伸出連鞘長劍攔住灰衣人：「給本公子站住！你是何人？」

灰衣人盯著方多病伸出來的腳，直到方多病的劍鞘差點指到他鼻子，才訝然地抬起頭。

此人相貌俊雅，年紀比十六歲的方多病大上一些：「小……」

「啊！」方多病正等著灰衣人回話，驟然腳上一陣劇痛。那頭水牛並不理睬方少爺伸出來擋路的那隻腳，也看不懂他腳上鑲金嵌銀、價值連城的鞋子，就這麼慢悠悠地一蹄子踩了下去。

「……心！」灰衣人話音剛落，方多病已經抱著腿慘叫倒地。

「少爺！」旺福尖叫著撲上去。

牽著小灰驢的灰衣人摸了摸口袋裡的碎銀子，忍不住嘆了口氣。

若干年後。

吉祥紋蓮花樓內的木桌上擺了一碟花生米、兩盅桂花酒。

「老子當年遇見你的時候，還是青春年少。」方多病一邊嚼花生，一邊翹著腳，「你這廝為老不尊，居然縱牛傷人，害老子腳背每逢雨天都會痠痛。」

李蓮花不愛喝酒，方多病喝一杯，他就抿一小口，好在方多病也不嫌棄。

聽聞他提起舊事，李蓮花正色道：「非也，你年少時膽色過人。那牛重達千斤，你居然伸腿去攔。我一時驚詫，阻攔不及……」

方多病剝開一顆花生，咬牙切齒：「若非你害本少爺瘸了腿，離不開揚州，後來揚州城那場『靈山識珠』就識不到旺福身上，他奶奶的旺福就不用去當小神棍了。」

李蓮花喝酒喝得慢，吃花生卻吃得極快：「靈山大師坐化前留下真言，要尋找一名轉世靈童，這等熱鬧自是非看不可，你就算瘸了腿，跑得倒也不慢。」

所謂「靈山大師」並不是老和尚，而是茅山派風水道第一百九十八代傳人，專司風水之術。茅山派雖然祖傳武學成就不高，江湖中人也多半不記得茅山掌門的名號，但萬萬不會忘記茅山派十分有錢。

茅山派分僵屍道、山水道和精怪道。

僵屍道專管抓僵屍，山水道專管看風水，精怪道專管抓妖怪。

聽說僵屍道和精怪道傳了一代便失傳了，唯有風水道傳了一百九十八代。風水道在達官貴人之間十分出名，尤其擅長觀望官運和財運，若是客人十分有錢，偶爾還會傳授一點邀寵之術。不管客人要向誰邀寵，是清官貪官，還是公子世子，或是王爺侯爺，風水道的邀寵之術都可以滿足。

靈山大師更是此中高手。傳聞他家中金銀財寶之多堪比國庫，他指定的「轉世靈童」便是那萬貫家財的新主，這等好事，怎能不引得眾人瘋狂？王靈山在揚州城置辦了家產，列為風水道道場，在他坐化之後，肉身成不朽金像，於是才有了後來風水道在道場舉辦「靈山識珠」大會，為靈山大師尋覓轉世靈童。

根據靈山大師留下的真言，要找一名背後有梅花印記的柳姓女子，那女子於某年某月某日誕下的麟兒，就是他要找的轉世靈童。

那年方多病瘸著一條腿在「靈山識珠」大會上津津有味地看了七日，聽著江湖各路英雄豪傑將靈山大師的生平細細品析。先是議論靈山大師到底有多少真金白銀，再議論他一生未娶，可能有過多少女人，再議論這名柳姓女子究竟是哪家閨秀，又是何等傾城之色。

到了第八日，許許多多的「柳姓女子」攜帶「麟兒」出現在「靈山識珠」大會上，有的自稱在大明湖畔遇見靈山大師，有的取出定情信物，還有的甚至直撲靈牌就喊爹，哭訴女兒來遲了……

方多病第一次行走江湖便大開眼界，嘖嘖稱奇。跟著他看熱鬧的旺福突然扯了扯方多病的衣袖，小聲說：「少爺，我娘也姓柳。」

方多病道：「對啊，你是柳姨的兒子。」

柳姨是方家的浣衣婦之一，身材高大、力氣十足，方多病兒時最喜歡和她玩耍，踩著她的肩頭爬上樹去。

「我娘背上也有梅花印記。」旺福說，「我也是差不多那時候出生的。」

「啊？」方多病回過神來，「你娘可是有夫之婦，你別亂說。」

「可是我爹十幾年才回來過一次。」旺福委屈地道，「我娘常說，若不是生我那年我爹突然回來一趟，她早就忘了自己還嫁過一回。」

「你爹叫什麼名字？」方多病捏著旺福的小圓臉，「不會叫王靈山吧？」

旺福小聲說：「不是，我爹姓朴，叫朴二黃。」

靈山大師坐化時已逾七旬，怎麼看也不像是方家浣衣婦失蹤多年的死鬼，更不像是能和身高七尺的柳姨生出一個旺福的好漢。方多病這日看完熱鬧，回客棧向愁眉苦臉數藥費的李蓮花說起這件事。

他覺得這靈山大師的遺言過於草率，想那柳姓本是大姓，姓柳女子天下何其多，生下麟兒的至少也有十之二三。再者，那梅花印記又未說明到底是何模樣，天下梅花印記的種類莫說一千，至少也有八九百種，這叫人從何找起？然而李蓮花聽說此事，卻極認真地提醒方多病，既然不知，不妨去找王靈山問問。

方多病嚇了一跳，靈山大師已經坐化了啊！

李蓮花道：「他的肉身金像還供在風水道道場。」

當時的方多病年少無知，聞言怦然心動，於是趁著夜黑風高翻牆而入，摸進了風水道道場。

王靈山的屍身……呃……刷了金漆的肉身金像就放在靈堂正中央。

茅山派的人武功果然不高，方多病瘸了一條腿，一路潛入居然沒引起任何人注意。靈堂四周有不少風水道的弟子看守，然而打盹的打盹，賭錢的賭錢，一個已經死了的師父未能獲得他們多大重視。

王靈山的肉身瘦小乾癟，留著山羊鬍，屍身上塗了一層厚厚的金漆，實在看不清是什麼模樣。說也奇怪，在揚州三四月的天氣裡，他的屍身卻不腐不壞，也無蟲蟻啃咬的痕跡。方多病年少大膽，趁左右無人注意，伸手在王靈山身上一陣亂摸，不小心一推，「咕咚」一聲，王靈山的屍身往前翻倒，那顆五官模糊不清的頭顱居然掉了下來。

方多病嚇得差點魂飛天外，足足過了十息才看清楚，那「肉身金像」居然不是人！而是一尊木刻人像。

「誰？」靈堂外有人吆喝，人像翻倒的聲音終於驚動了靈堂的守衛。

方多病立刻遠遁，逃之夭夭。

太奇怪了——傳聞中靈山大師坐化成肉身金像，留下真言要尋轉世靈童。可肉身金像是假的，那是一尊木雕。

那麼靈山大師呢？

「話說老子當年只發現王靈山的木雕，你又如何猜出王靈山是為人所害？」

吉祥紋蓮花樓裡，方多病吃完了花生，很遺憾地舔舔嘴脣，對面的李蓮花便摸了包瓜子出來。

「但凡與金銀珠寶相關的事，萬萬沒有拱手送人這麼輕易了結的道理。」李蓮花道，「王靈山的金銀珠寶拱手送給『轉世靈童』，對他自己、對風水道都沒有半點好處，唯一得到好處的只有『轉世靈童』。」他微微一頓，又道，「即使『轉世靈童』是王靈山的什麼人，既然他活著時沒有半點分錢的意思，死後多半也不會記得。」

方多病恍然大悟。的確，那「轉世靈童」若真是王靈山重要之人，他生前怎麼不多加照顧？如果王靈山活著時都不肯多加照顧，又怎會在死後將家產奉送？

「既然你發現王靈山的木雕，說明他的屍體必然有詐。」李蓮花伸手拿酒卻錯拿了一邊的涼茶，見方多病沒發現，他便心安理得地喝了，「如果屍體有詐，多半就是死於非命；他如果是死於非命，那麼『轉世靈童』就必然和凶手有關。」

他笑嘻嘻地看著方多病。

方多病的腦子轉了好幾圈才想明白：「你是說『轉世靈童』不是王靈山自己放的屁，而是凶手為了謀取他的家產鋪的路？」

「如果有人殺了王靈山，只是為了行竊搶錢，能帶走多少呢？」李蓮花感慨道，「聽聞王靈山富可敵國，他沒有老婆，年紀又那麼老，突然冒出私生子也太勉強，所以便生出『轉世靈童』之說，意義與私生子相仿。」

「想出『轉世靈童』這等妙計的人一定是王靈山身邊信任的人，是以他開口說話，風水道都相信是王靈山的遺言。」方多病說，「凶手必定就在與王靈山最親近的人之中，他的大弟子王守慶、二弟子何烏有和老姘頭楊芙蓉都是與他親近之人，還有在風水道伺候他的婢女春花，管家的老僕朴二黃，都長年與王靈山形影不離。」

「但只有『轉世靈童』能合情合理地謀得王靈山的全部家產。」李蓮花微笑，「誰和『轉世靈童』有關，誰就是凶手。所以……」他慢條斯理地喝著涼茶，「熱鬧還長，你的腿又瘸，我當初要你在茶館看戲，不過十日就知道凶手是誰，你卻不信。」

方多病「呸」了一聲：「我怎知那凶手如此著急，居然等不到老子醒悟，就急急忙忙留下新的線索，只差沒昭告天下——那『轉世靈童』乃是我方家的旺福。」

李蓮花連連搖頭，「這等大事，豈能不急？我若是朴二黃，在王靈山家裡當了幾十年奴才，幫王靈山數了幾十年的銀子，卻是一兩也沒進自己的口袋，豈能不急？王靈山老了，他毒殺王靈山，偽造『真言』，眼巴巴地等著他兒子來得這家業。」李蓮花感慨，「只可惜螳螂捕蟬，黃雀在後，朴二黃做下這等事，王守慶和何烏有怎麼可能不知道，又怎能確定楊芙蓉不知道？反倒是他這『轉世靈童』的主意不賴，幫了其他人的忙。那些人只等『轉世靈童』一到，就殺了朴二黃，再自相殘殺，最後贏家自可操控『轉世靈童』這個傀儡，順理成章獨享王靈山的萬貫家財……」

「結果有人悄悄告了官，引來『捕花二青天』。」方多病憶起當年，忍不住嘆氣，「當著我家旺福的面，抓走了大半風水道的弟子，小旺福這『轉世靈童』當得再委屈不過了。」

李蓮花的茶已經喝完，他意猶未盡地翻過杯子，看還有沒有多出一滴來。「那是許多年前的事了，你家的小旺福，早已是茅山派掌門王蘭蓀，風水道第一百九十八代傳人。聽說如今請他登門一望風水，需得百兩白銀起價，一斛珍珠鋪路。」他喃喃自語，「不過一斛珍珠也不多，不知那路是多大一條，萬一鋪得不滿，豈不是容易滑倒……」

又是若干年後，東海邊的小漁村。

方多病暴跳如雷，拿著一根竹竿在村後的竹林裡四處亂竄，驚起落葉蕭蕭、蟲蛇逃匿，卻到處找不著李蓮花的蹤影。

「死蓮花！快給我出來！」

「方二、王三！」方多病大聲呼叫他安排來保護李蓮花的影衛，「快給我出來！死蓮花人呢？今天是跟著姓肖的走了，還是又被姓笛的拐了？」

二位影衛應聲出現，恭敬地跪地行禮：「參見駙馬。」

「李蓮花人呢？」方多病問，「我要你們跟著他，現在人都丟了，你們還在這裡？」

方二沉穩道：「有位姓王的道長正和李門主在竹林中散步。」

「什麼姓王的道長？」方多病越發怒不可遏，「他還新認識了姓王的道長？哪裡來的妖道？」

王三恭敬地道：「是一位銀磚鋪地、珍珠開路的年輕道長，他說他姓王，叫蘭蓀，是駙馬您的熟人。」

方多病一怔：「啊？」

「王道長說他擅長捉鬼開光，能驅邪避難。如李門主這等陰邪入腦的症狀，只需一帖符水即可痊癒，就看駙馬您付不付得起銀子……」

方多病又是一愣，勃然大怒：「王旺福！」

青翠的竹林深處。

一道銀磚鋪就、珍珠鑲嵌的小道蜿蜒向前，不知通往何處。一身銀袍的王蘭蓀仙風道骨，懷抱拂塵，徐徐而行。

與他並肩而行的李蓮花極認真地問：「你……從來沒有滑倒過？」

高寶書版集團
gobooks.com.tw

YE 031
蓮花樓（冊四）完結篇

作　　者　藤　萍
特約編輯　余純菁
責任編輯　高如玫
封面設計　張新御
內頁排版　賴姵均
企　　劃　何嘉雯

發 行 人　朱凱蕾
出　　版　英屬維京群島商高寶國際有限公司台灣分公司
　　　　　Global Group Holdings, Ltd.
地　　址　台北市內湖區洲子街88號3樓
網　　址　gobooks.com.tw
電　　話　(02) 27992788
電　　郵　readers@gobooks.com.tw（讀者服務部）
傳　　真　出版部(02) 27990909　行銷部 (02) 27993088
郵政劃撥　19394552
戶　　名　英屬維京群島商高寶國際有限公司台灣分公司
發　　行　英屬維京群島商高寶國際有限公司台灣分公司
初　　版　2023年03月

原著書名：《吉祥紋蓮花樓》
本書中文繁體字版由天津星文文化傳播有限公司授權出版。

國家圖書館出版品預行編目(CIP)資料

蓮花樓（冊四）完結篇/藤萍著. -- 初版. -- 臺北市：英屬維京群島商高寶國際有限公司台灣分公司, 2023.03
冊；　公分. --

ISBN 978-986-506-596-6（第1冊：平裝）.--
ISBN 978-986-506-597-3（第2冊：平裝）.--
ISBN 978-986-506-598-0（第3冊：平裝）.--
ISBN 978-986-506-599-7（第4冊：平裝）

857.7　　111018766